오페라 소녀

오페라 소녀
ⓒ이재익 2012

초판 1쇄 인쇄 2012년 12월 24일
초판 1쇄 발행 2012년 12월 24일

글 이재익

펴낸곳 도서출판 가쎄 [제 302-2005-00062호]

주소 서울 용산구 이촌동 302-61
전화 070. 7553. 1783
팩스 02. 749. 6911
인쇄 정민문화사

ISBN 978-89-93489-28-6

값 13000원

이 책의 판권은 지은이와 도서출판 가쎄에 있습니다.
이 책 내용의 전부 또는 일부를 재사용하려면 반드시
양측의 서면동의를 받아야 합니다.

작가의 말

대학에 입학한 지 얼마 지나지 않은 1994년 어느 봄날이었습니다. 어머니가 예술의 전당에 가자며 저녁에 시간을 비우라고 했습니다. 지금도 그렇지만, 그 시절 저는 ROCK 음악에 빠져 있었지요. 밴드까지 결성해 클럽에서 활동할 정도로 ROCK의 흥분에 취해 살던 소년에게 예술의 전당은 이름만 들어도 하품 나오는 곳이 아니었겠어요? 게다가, 어머니는 제가 매일 입고 다니던 찢어진 청바지 대신 깨끗한 셔츠에 정장 구두를 신어야 한다고 했습니다. 공연을 관람하기 위한 최소한의 예의라나요. 대체 무슨 공연이기에! 어머니는 싫다고 난리 치는 저를 반강제로 데려가셨습니다.

마지못해 간 공연이어서 그랬을까요? 공연은 시작부터 지루하기 이를 데 없었습니다. 끈덕진 졸음에 속수무책으로 빠져들던 와중 갑자기 귀를 잡아끄는 아리아 선율에 눈을 떴습니다. 2중창 〈축배의 노래〉였습니다. 어 이 음악 들어본 적 있는데? 그 뒤로는 졸지 않고 공연을 관람하다가 끝내 눈시울이 뜨거워지는 경험을 하고 말았지요.

제 인생 최초의 오페라 〈라 트라비아타〉와의 만남이었습니다. 그날 이후, 돈이 모이는 대로 사들이던 록과 힙합 앨범들 사이에 가끔씩 오페라 아리아 모음집 CD가 섞이곤 했습니다. 로커가 되고 싶었던 소년은 그렇게 오페라의 세계로 발을 디뎠던 것입니다.

제 소설 중에서 영화로 만들어진 작품이 여러 편 있지만 처음부터 영화를 생각하고 쓴 적은 없었습니다. 그런데 이 소설은 구상부터 영화와 뮤지컬, 그리고 어쩌면 오페라로 만들어지는 것까지 생각하고 썼습니다. 스크린과 무대 위에서도 얼굴을 잃은 사내와 눈을 잃은 소녀의 사랑이야기를 볼 수 있다면 좋겠어요. 아름다운 아리아 선율도 함께 들으며.

소설을 쓸 때도 음악과 함께 했습니다. 오페라 음반을 들으면서 글을 쓰느라 창작의 고통은 다른 작품보다 훨씬 덜했지요. 여러분도 책을 읽다가 소설에 등장하는 아리아를 찾아 들어보세요. 읽는 즐거움이 배가 될 걸요. 스마트폰을 열고 네이버에 아리아 제목만 쳐도 여러 성악가가 부른 동영상을 쉽게 찾아볼 수 있습니다. 오페라는 이만큼 우리 곁에 가까이 있습니다.

취재하는 과정에서 실제로 맹인 소녀에게 성악을 가르치는 선생님을 만난 적이 있습니다. 도움 말씀을 주신 정현아 선생님께 감사드립니다. 또한, 동료 PD들과 몇 달째 진행하고 있는 팟캐스트 방송 〈씨네타운 나인틴〉의 청취자 '문카루소' 님께도 고마움을 표하고 싶어요. 어설픈 오페라 지식을 깨알같이 바로잡아 주셨습니다. 요즘은 왜 메일 안 보내세요? 오페라에 미친 의사 박종호 선생이 펴낸 저서들과 유형종 선생이 저술한 〈불멸의 목소리〉 시리즈도 큰 도움이 되었음을 밝힙니다.

마지막으로, 이 책은 어머니에게 바칩니다.
당신이 저를 데리고 오페라 극장으로 들어가던 순간, 이 소설은 시작되었습니다. 이번 생에서는 최고의 엄마로 사셨지만 다음 생에는 꼭 오페라 가수로 태어나세요.
사랑해요 엄마.

빛을 잃은 소녀와 영혼을 잃은 남자의 사랑이야기

1

'아마도 지금까지 내 인생에서 가장 낭만적인 밤이 아닐까?'

민주는 지하철역에서 나오는 순간 가상의 커튼이 천천히 올라가는 착각이 들었다. 앞에 펼쳐진 광화문 거리가 오페라의 무대고 그녀는 주인공이라는 상상을 하자 가벼운 소름이 돋았다.

어둠이 내린 세종로를 따라 늘어선 가로등은 줄지어 날아가는 발광 기러기 떼로 보였다. 12월 하늘의 별은 초롱초롱, 열여덟 살 소녀의 가슴은 두근두근.

손거울을 꺼내 얼굴을 비춰보았다. 어설프게 화장을 한 모습이 영 마음에 들지 않았다. 함께 온 친구 아라에게 물었다.

"나 좀 이상하지?"

"너 원래 화장하면 좀 이상해."

"아 그러지 말구. 좀 봐봐."

"야. 교복 안 입고 온 게 어디야. 니네 아빠가 데려다 줬으면 완전 고딩 꼴로 올 뻔 했잖아."

아라의 말이 맞다. 교복을 입고 가라는 아빠의 명령에 제대로 반항한 것만으로도, 태워주겠다는 고집을 꺾은 것만으로도 다행이다. 허락도 없이 꺼내 입은 언니 스커트에 더플코트까지 걸쳤으니 애송이 고등학생처럼은 보이지 않겠지.

"아 뭐해. 거울 그만 봐. 늦겠다. 빨리 가자."

아라의 재촉에 민주는 거울을 넣었다. 한 걸음 한 걸음 발을 디딜 때마다 귓가에 발랄한 멜로디가 울리는 것 같았다. 짤랑짤랑 종이 발에 달렸나.

세종문화회관 앞에 이르자 커다란 현수막이 눈에 들어왔.

〈천상의 목소리, 테너 한기현의 겨울음악회〉.

한기현이라는 이름만 봐도 손끝이 저릿저릿했다. 또래 아이들이 아이돌 그룹에 열광하는 것처럼 민주는 젊은 성악가에게 푹 빠져 있었다. 보통 성악가가 아니었다. 순정만화 주인공 같은 외모에 늘씬한 키, 하얀 피부, 언제나 물기를 머금은 머리칼, 이제 겨우 스물여섯이라는 나이까지, 실력 외에도 우월한 것이 많은 남자였다.

그는 일반 대중들에게 다소 생소한 성악 분야에 홀연히 등장한 스타였다. 몇 년 전, TV 프로그램 〈어메이징 쇼〉에 출연한 것을 계기로 화제를 불러일으키더니 발매한 음반은 십만 장이 넘게 팔렸고 대형 뮤지컬의 주연을 맡았다. 언론은 한국의 폴 포츠, 한국의 파바로티라는 수식어를 즐겨 붙였다. 팬클럽 회원은 수만 명에 달했고 민주도 그 중 한 명이었다.

단순히 공연 때문에 이렇게 흥분할 민주가 아니었다. 세종문화회관의 관장으로 계신 아라 큰아빠의 지위를 이용해 대기실 방문을 허락받았다. 기현 오빠를 바로 옆에서 보고 이야기를 나눌 수 있다니. 교지 편집반인 민주는 이 기회에 짧은 인터뷰까지 할 셈이었다.

"나 미치겠어. 가슴이 터져버릴 것 같아."

민주가 호들갑을 떨자 아라는 특유의 심드렁한 반응으로 그녀를 진정시켰다.

"터질 가슴이라도 있어? 나처럼 B컵은 되어 줘야 터지든 말든 하지."

아라 큰아빠가 미리 말해둔 직원을 만나 안내를 받았다. 출연자 대기실 앞에 이르자 민주는 걸음이 후들거렸다.

"나 어떡해 아라야. 오빠하고 눈 마주치면 입이 붙어버릴 텐데. 제대로 말도 못하고, 완전 찌질하겠지?"

"아 지랄하지 말고 빨리 들어가. 이러다가 공연 시간 되면 인터뷰고 뭐고 암것도 못해."

아라의 손에 이끌려 대기실 안으로 들어갔다. 직원은 기현의 매니저에게 민주와 아라를 인사시켜주고 나갔다.

"오, 그래. 어서 들어와."

이미 얘기가 되어 있던 터라 매니저는 반갑게 웃으며 인사를 건넸다. 공연 시작 30분 전. 기현은 넓은 대기실 한가운데 앉아서 메이크업 수정을 받고 있었다.

민주는 침을 삼키며 기현을 훔쳐보았다. 벌써 몇 번의 공연장에서 그를 보았지만, 항상 무대와 객석의 거리를 두고서였다. 그런데 지금은 다가가서 와락 안을 수 있을 거리에 그가 있다.

운동선수처럼 커다란 덩치에 머리를 짧게 자른 매니저가 기현을 불렀다.

"기현아. 애들한테 잠깐 시간 좀 내줘라."

기현이 돌아보면서 민주와 눈이 마주쳤다. 구불구불한 앞머리 사이로 갈색 눈동자가 빛났다. 세상에. 사람의 눈이 저렇게 빛날 수 있나? 걱정했던 대로 민주는 몸에 맥이 풀렸다. 사진으로 보던 것과는 차원이 다른 경험이었다. 화려한 비단으로 치장한 고대 중국의 무사 의상을 입은 기현은 인간 세상에 내려온 신과 다르지 않았다.

신이 입을 열었다. 냉담한 인간의 언어로.

"왜?"

낭만적인 감상이 싹 가시는 한 마디였다. 왜라니? 그는 잠시 민주에게 머물던 시선도 매몰차게 거두고 매니저에게 말했다.

"형, 나 공연 30분 전부터는 물도 안 마시는 거 알잖아."

민망한 쪽은 매니저였다.

"기현아. 딱 1분만 시간 내줘. 고등학생들인데 질문 몇 개만 하고 사진 한 컷만 찍으면 된단다."

"싫어."

기현은 대수롭지 않게 대답하고는 아예 눈을 감아버렸다. 메이크업 아티스트는 바로 옆에서 벌어지고 있는 상황을 무시하고 분장 마무리에 열중하고 있었다.

이럴 순 없어. 민주는 얼굴이 화끈거리다 못해 속이 울렁였다. 매니저의 목소리도 작아졌다.

"야 인마. 그러지 말고 쫌. 여기 세종문화회관 관장님 조카야. 딱 1분만."

기현은 대답도 하지 않고 매니저를 무시했다. 감은 눈도 열리지 않았다. 서로 민망한 시간만 흘렀다. 민주는 기현에게 불쑥 다가갔다.

"안녕하세요? 저는 숙명 여자고등학교에 재학 중인 오민주라고

합니다. 한기현 테너님의 팬입니다. 팬카페 시리우스 정회원이기도 하고요. 클래식은 전혀 몰랐는데 한기현 테너님 덕분에 오페라를 좋아하게 됐습니다. 공연 전에 방해 드려서 죄송한데 질문 두세 가지만 대답해주시면 안 될까요? 불편하시면 사진은 찍지 않으셔도 됩니다."

부들부들 떨리는 목소리를 겨우 다잡으며 한 말이었다. 가만히 있던 기현이 반쯤 눈을 떴다.

"고등학생 인터뷰까지 해줘야 되냐? 그렇게 한가해 보여?"

"바쁘신 건 아는데 저희는 나름 허락을 맡았다고 생각하고…"

"누가 허락을 해줘?"

그러면서 기현은 매니저를 쏘아보았다. 매니저는 난감한 기색을 숨기지 못했다. 기현이 또 물었다.

"세종문화회관 관장 조카라고?"

"저는 아니고요. 같이 온 친구가…"

"난 그런 거 신경 안 써. 대통령 딸이라도 고딩은 인터뷰 안 해줘."

강렬한 흠모의 마음은 순식간에 같은 크기의 모멸감으로 바뀌었다. 오기가 발동했다.

"그럼 제가 한기현 테너님을 인터뷰하려면 어떻게 해야 할까요?"

"자격을 갖춰. 나중에 기자가 되거나 방송국 PD가 되면 찾아와.

인터뷰해줄게."

"정말 너무하시네요." 민주는 울지 않으려고 혀를 꾹 깨물었다.

"약속할게요. 나중에 꼭 PD나 기자가 되어서 인터뷰할게요. 하지만 지금 당장은…"

기현은 거지에게 적선하는 눈빛으로 민주를 돌아보았다.

"거 참, 사람 귀찮게 하네. 나가. 끌려 나가기 전에."

민주는 기어들어가는 목소리로 중얼거렸다.

"내가 아는 당신이 맞나요?"

그녀는 대기실을 뛰쳐나갔다. 복도 천장에 달린 형광등이 팽글팽글 돌았다. 어디로 향하는지도 모른 채 정신없이 복도를 걷고 있는데 아라가 달려왔다.

"민주야 괜찮아?"

참았던 눈물이 음정 잃은 음표처럼 떨어졌다. 아라가 꼭 끌어안아주었다.

"너무 속상해하지 마. 원래 예술가란 새끼들이 좀 사이코잖아. 공연 앞두고 예민해서 더 까칠했을 거야."

말 대신 눈물만 꾸역꾸역 나왔다. 아라가 등을 토닥여주었다.

"그래도 여기까지 왔으니까 공연이라도 보고 가자. 응?"

2층 앞줄에 자리를 잡았다. 객석은 한 자리도 빈 곳이 없었다. 무대 위에는 황제의 색인 자주색 커튼이 드리워져 있었다.

기현이 좋아하는 아리아와 가곡을 부르고 노래에 얽힌 이야기를 편안하게 들려주는 형식의 공연이었다. 직접 아이디어를 내고 기획을 했기에 이번 공연에 쏟은 열정은 대단했고 팬들의 기대 역시 뜨거웠다.

귀에 익숙한 현악 연주가 커튼 뒤에서 울려 퍼졌다. 마스카니의 오페라 〈카발레리아 루스티카나〉의 간주곡. 넘실거리는 선율이 상처 입은 소녀의 감성을 다시 자극했다. 민주는 고집과 자존심만큼은 누구보다 강한 아이였다. 마음이 머리에 명령했다.

'넌 거지취급을 받고 부끄럽지도 않니? 여기서 나가. 그 사람 말대로, 자격을 갖춘 다음 보란 듯이 다시 돌아와.'

성찬을 앞둔 전채요리 같은 짧은 음악이 끝나자 공연 시작을 알리는 종이 울렸다. 나갈까 말까 민주가 우물쭈물하는 사이에 조명이 꺼지고 객석의 수군거림도 사라졌다. 범인들은 천재를 맞이할 준비가 되었다. 어둠 속에서 천천히 커튼이 열렸다. 자줏빛 안개가 드리워진 무대 위로 신비스러운 조명이 번득였다. 고대 중국의 무사로 분한 기현이 등장했다.

'아, 어쩌면 좋아.'

공연장의 두근거리는 침묵을 밀어내고 영웅이 노래했다. 오페라 〈투란도트〉의 3막을 여는 아리아 〈공주는 잠 못 이루고(Nessun Dorma)〉.

목숨을 담보로 사랑의 내기를 건 무사의 심정이 위대한 음률로 울려 퍼졌다. 오페라의 내용을 모르는 사람도 귀에 익숙한 멜로디였다. 기현은 오직 목소리만으로 거대한 공간을 진동시키고 수천 명의 관객을 사로잡았다.

노래가 끝나자 쩌렁쩌렁 귀를 울리는 박수가 터져 나왔다. 민주는 자리에서 일어나 공연장을 빠져나왔다. 그녀를 비틀거리게 한 것은 겨울바람이었을까?

인정하지 않을 수 없었다. 기현은 천재다. 그의 노래는 금방 그에게 실망한 소녀조차도 전율하게 만들었다.

국어 시간에 배운 '재승덕박(才勝德薄)'이라는 표현이 생각났다. 재주가 지나쳐 덕을 넘어서면 오히려 화를 부른다는 뜻을 떠올리면서 민주는 기도했다. 신이 주신 재주가 그를 삼키지 않기를. 동시에 다짐했다.

'반드시 약속을 지킬게요. 꼭 다시 찾아올게요. 인터뷰해도 좋을 만큼의 자격을 갖춘 후에.'

소녀 특유의 감성은 필요 이상의 비장한 심정으로 이어졌다. 버림

받은 여인이 복수를 다짐하는 양. 그녀는 밤하늘을 쳐다보았다.

'왜 이리도 마음이 시릴까? 별은 빛나건만.'

2

공연은 대성공으로 끝났다. 기현이 직접 엄선해서 뽑은 여덟 곡의 아리아와 네 곡의 가곡은 관객들의 숨소리마저 틀어막았다. 앙코르 곡을 부르기 위해 등장한 깜짝 합창단도 반응이 좋았다. 두 번째 앙코르곡은 성악을 전공한 걸그룹 멤버와 이중창으로 불렀는데 폭발적인 호응과 함께 공연 직후 각종 포털 사이트 메인 화면을 차지하는 뉴스로 떴다.

분장을 지우고 공연장에서 빠져나온 기현은 한 여자의 집을 찾았다. 몇 달 전부터 만나 온 그녀는 지방 미인대회 출신의 TV 연예 프로그램 리포터였다. 함께 성공을 축하하며 샴페인을 마시고 사랑을 나누었다. 매번 느끼는 거지만 침대가 너무 물렁거렸다.

'몇 번이나 얘기를 했는데 아직도 매트리스를 안 바꾸고 있네. 미련한 거야 아님 날 우습게 생각하는 거야? 모르겠다. 귀찮다. 오래 만날 애도 아니고.'

나란히 누워서 정사 후의 나른함을 음미했다. 여자가 콧소리를 섞어 물었다.

"자고 갈 거지? 아침에 자기 좋아하는 미역국 끓여줄까?"

'미역국을 좋아하는 건 맞지만 네가 끓여주는 미역국은 꼭 종이를 물에 잔뜩 불려 먹는 맛이란다. 실제로 불린 종이를 먹어 본 적은 없지만 꼭 그럴 것만 같아.'

"아니. 내일 아침에 특강이 있어. 그만 가볼게."

기현은 아쉬워하는 여자에게 입맞춤을 남기고 집을 나섰다. 차를 몰고 도로에 올랐다. 살짝 취기가 돌았지만 대리기사를 부르고 싶지 않았다. 목적지는 그의 집이 아니라 다른 여자의 집이었으니까. 생판 모르는 대리기사에게 은밀한 사생활을 보이기가 싫었다. 게다가 그를 기다리고 있는 여자 역시 얼굴이 알려진 연예인이었다. 특강 같은 건 애초에 없었다.

새벽 한 시 올림픽대로. 벤츠 SL500의 8기통 5,000CC 엔진은 가속페달을 밟는 대로 반응하며 달려 나갔다. 하드탑 지붕을 열고 오픈카로 달리는 터라 가속감은 두 배였다. 기현은 겨울에도 탑을 오픈하고 달리곤 했다. 차 안으로 들이 치는 바람 소리와 경쟁이라도 하듯 카스테레오의 볼륨을 잔뜩 높였다. 리처드 보닝이 지휘한 오페라 〈라 트라비아타〉의 1979년 음반이었다.

많은 사람들이 최고의 〈라 트라비아타〉 음반으로 줄리니가 지휘한 1955년 밀라노 라 스칼라 극장 실황 앨범을 꼽았다. 여주인공 비올레타 역을 맡은 전설의 소프라노 마리아 칼라스가 청자의 혼을 빼앗는 노래를 들려주기 때문이다. 남자주인공 알프레도 역의 주세페 디 스테파노도 최고의 명연을 들려준다. 그러나 50년도 더 전에 녹음한 음반이기에 음질이 열악했다.

기현은 음질을 감안하면서 들어야 하는 줄리니의 앨범보다는 1979년에 발매한 이 앨범을 더 좋아했다. 비올레타를 맡은 조안 서덜랜드(Joan Sutherland)는 마리아 칼라스와는 완전히 다른 스타일로 노래했다. 알프레도 역의 루치아노 파바로티의 용솟음치는 음성은 패기와 여유가 느껴졌다. 둘의 이중창 〈축배의 노래〉가 시작되었다. 기현은 볼륨을 더 높였다. 오케스트라의 씩씩한 반주에 맞춰 파바로티가 먼저 노래했다.

"마시자, 즐거운 잔 속에 아름다운 꽃이 피네. 덧없이 흐르는 세월은 이 잔으로 잊어버리자. 마시자, 사랑의 잔! 흥분 속에서 마셔보자. 그대의 고운 눈앞에 모든 근심 사라지네. 사랑의 잔 속에서 행복을 느끼리라."

다음은 소프라노 차례. 서덜랜드의 환희에 찬 고음이 뒤를 잇는다.

"나의 행복한 나날들 모두 그대 덕분이에요. 기쁜 꿈이 없으면 삶이 허무하지요. 즐겨요. 사랑의 기쁨은 금방 없어지고 아름다운 꽃들도 지고 나면 다시 피지 않아요. 즐겨요. 우리의 생명이 타는 동안. 큰 기쁨을 느껴 봐요."

그리고 파바로티와 서덜랜드는 함께 노래한다. 런던 오페라 합창단의 웅장한 코러스에 맞춰.

"이 밤이 새도록 춤과 노래를 즐기자. 기쁨이 우리를 낙원으로 안내하리."

무명의 파바로티가 세계적 스타덤에 올라서게 된 계기가 바로 이 앨범에서 협연한 소프라노 조안 서덜랜드와의 만남이었다. 이미 세계적 스타였던 서덜랜드는 오스트레일리아 순회공연을 앞두고 상대역 테너를 찾고 있었다. 한 가지 조건이 있었다. 여자치고는 거구인 서덜랜드와 체격 면에서 꿀리지 않을 정도로 몸집이 큰 테너일 것. 그래서 낙점한 상대역이 파바로티였다.

파바로티는 서덜랜드를 만나 영어권의 큰 오페라 시장으로 진출할 수 있었다. 뿐만 아니라 한참 선배 성악가인 서덜랜드는 파바로티에게 자신만이 터득한 호흡법을 자상하게 가르쳐 주었다. 훗날 파바로티는 서덜랜드에게 배운 호흡법이 평생 도움이 되었다고 고백했다.

기현 역시 운명의 파트너를 만나 환희의 이중창을 부를 무대를 상상했다. 운명의 파트너를 만나는 일은 그의 소원이기도 했다. 오늘 공연에서처럼 흥행만을 생각하고 섭외한 아이돌 가수가 아니라 음악과 영혼을 교감할 수 있는 진짜 소프라노와 함께 노래하는 상상을 하면서 노래를 따라 불렀다.

"이 밤이 새도록 춤과 노래를 즐기자. 기쁨이 우리를 낙원으로 안내하리."

기분은 최고였다. 이대로 솟구쳐 하늘 끝에 닿겠다. 인생에도 맛이 있다면 지금 이 순간은 혀가 아찔할 정도로 달콤하도다.

전화가 울렸다. 곧 만나서 안을 여자일 줄 알았는데 매니저 상태 형이었다.

"기현아 대박이야. 지금 대형 공연 기획사들이 연락 와서 이번 콘셉트로 전국 순회공연 돌자고 난리다! 계약금은 부르는 대로 주겠대. 내일부터 일단 미팅을 해 볼게."

잔뜩 흥분한 목소리다. 술도 꽤 취한 것 같다. 별것 아닌 일에 호들갑을 떨고 신경을 쓰는 타입이었다. 기현은 그런 상태 형이 싫었다. 오래전부터.

"전국 순회공연 같은 거 안 해. 촌구석에서 노래 부르기 싫으니까."

"야 무슨 소리야. 지방에서도 네 노래를 듣고 싶어 하는 사람들이 얼마나 많은데. 문화 소외 지역 해소를 위해서도 지방 공연은 꼭 필요하지."

기현에게는 야심 찬 계획이 있었다. 이번 공연을 앞두고 연습하던 중 그는 테너들에게 악명 높은 아리아인 〈나에게 버림받은 줄 아는 여자여〉를 부르는 데 성공했다. 오페라 〈청교도〉의 클라이맥스를 장식하는 그 노래는 인간의 음역으로는 불가능한 하이 F 음이 등장하는, 소위 악마의 아리아였다. 웬만한 테너들은 그 배역 자체를 맡지 않으려고 했고, 세계적인 테너들도 몇 음을 낮춰서 불렀다. 루치아노 파바로티조차도 그 아리아에서만큼은 가성으로 하이 F를 넘겨야 했다.

기현은 자신의 계획을 '청교도 프로젝트'라고 혼자 이름 붙였다. 아직은 완성되지 않아서 이번 공연 레퍼토리에 넣진 않았지만 다음 독창회에서는 히든카드로 그 노래를 부르고 싶었다. 만약 성공한다면 세계 음악계에 이름을 알릴 수도 있지 않을까? 거기까지 생각이

미치자 전율이 일었다.

'이런 상황에서 매니저라는 인간이 지방 공연 따위나 기획하고 있다니. 청교도 프로젝트에 대해 얘기해봤자 의미를 이해하지도 못하겠지. 대충 통화를 마무리하고 내일 다시 전화해서 본론을 꺼낼까? 어차피 할 얘기라면 내친김에 홀가분하게 털어버리자.'

기현은 속도를 줄이고 통화했다.

"형 우리 같이 일한 지 얼마나 됐지?"

"한 3년 됐나? 갑자기 왜 그런 건 물어봐 인마."

"형은 참 착한 사람이야."

"고맙다 인마."

"그런데 난 그게 싫어. 착한 사람은 자선사업을 해야지. 연예 비즈니스가 아니라."

"응?"

"우리 여기까지 합시다. 어차피 계약 기간은 지난달에 끝났잖아. 내일 얘기할까 했는데 형이 또 쓸데없이 스케줄 잡고 그럴까 봐. 미팅도 하지 말고, 이제부터 내 일에서 손 떼."

상태는 침묵을 지키다가 힘 빠진 목소리로 물었다.

"계약하자는 데 있냐? 어디야?"

"그런 것까지 알 필요는 없잖아. 형은 이해하지 못할 계획이 있어.

다들 깜짝 놀랄. 그동안 수고했어 형."

"수고? 그냥 수고했다고 말하면 끝이냐?"

"이것 봐. 또 이러잖아. 구질구질하게. 이래서 형은 한계가 있는 거야. 쿨하게 자기 갈 길 가자고. 비즈니스잖아."

"충고해줘서 고맙다. 근데 난 너하고 비즈니스를 한다고 생각 안 했어. 우린 한가족이라고 생각했어."

"처음부터 마인드가 달랐네. 그럼. 잘 자요 형. 털건 다 턴 것 같은데 내가 퇴직금 조로 서운하지 않을 만큼 넣어줄게. 혹시 문제 있으면 연락하고."

기현은 더 할 말이 남아있지 않았다. 상태 형은 끊지 않고 숨을 몰아쉬고 있었다. 기현이 먼저 전화를 끊으려고 하는데 무겁게 가라앉은 목소리가 들렸다.

"너 정말 개새끼구나. 노래하는 개새끼."

그리고 전화가 끊겼다. 기현은 핸드폰을 든 손을 부르르 떨었다.

"이 새끼가 어디다 지랄이야? 찌질한 새끼 그동안 불쌍해서 같이 해줬더니. 아 진짜 짜증나게."

그냥 놔둘 수가 없다. 여자 집에 도착하기 전에 화풀이를 해버려야 개운하겠지. 다시 통화목록을 찾아 발신 버튼을 누르려는데 갑자기 세상이 휙 뒤집혀 버렸다. 사실 뒤집힌 것은 세상이 아니라 그의 차였다. 쿵 쾅, 끔찍한 고통 그리고 암흑.

3

한 시간이 하루 같고 하루가 한 시간 같은 나날이 이어졌다. 달리의 그림 마냥 뭉그러진 시간 속에서 색채는 색을 잃었고 음악은 소리를 잃었다. 의미 없는 비선형 곡선들이 불규칙적으로 이어지다가 사라졌다. 희미한 불빛이 점멸하다가 꺼졌다. 괴로운 기억이 꿈처럼 스쳤다. 과거와 현재가 물과 잉크처럼 뒤섞였다. 현실과 초현실은 경계를 지웠다. 아연질색하게 만드는 고통이 자꾸만 의식의 목을 졸랐다.

사소하면서 연관성 없는 기억의 편린들이 엎치락뒤치락 기어 다녔다.

방콕 공연이 끝나고 관광을 하러 나간 날 바가지를 씌웠던 택시기사의 얼굴이 놀랄 만큼 선명해. 나를 보면 알아볼까? 안젤리나 게오르규의 목소리를 듣고 싶다. 자꾸 들을수록 마음에 드는 소프라노야. 수십억 인구가 수십 벌씩 가지고 있는 옷을 전부 염색하는데 든 염료의 양은 얼마나 될까? 하얀 옷만 입고 살면 환경을 지키는 데 도움이 되려나? 신사동 영동 설렁탕 식당에서 설렁탕이나 한 그릇 먹었으면 좋겠다. 이름값이 너무 부풀려진 성악가들이 많아. 포르세 카레라보다 박스터 디자인이 더 멋지다고 생각하는 사람은 나뿐일까? 잠깐. 왜 이런 생각이 계속 이어질까? 사람이 죽으면 이런 상태에 이르나?

존재론적 질문에 이를 정도로 정신이 들었을 때, 힘겹게 눈을 떴다.

"기현아!"

이름을 부르는 사람의 얼굴이 뿌옇게 보이다가 조금씩 선명해졌다. 아버지였다. 지치고 주름진 얼굴은 아버지가 분명했다. 아버지라고 부르고 싶어도 목소리가 나오지 않았다.

"정신이 드냐? 기현아! 이놈아!"

"한기현씨 제가 보이면 눈을 깜박여 보십시오."

아버지 얼굴을 가리며 나타난 얼굴은 처음 보는 의사였다. 하얀 가운에 적힌 이름까지는 보이지 않았다. 기현은 눈을 껌벅여 의사를 표시했다. 의사는 상태를 확인하고 고개를 끄덕였다. 아버지가 손을 잡는 온기가 느껴졌다. 다시 아버지를 불러보려고 했으나 목은 여전히 열리기를 거부했다.

어떻게 된 걸까? 온몸에 통증이 불붙는 걸 보니 아직 살아있는 것은 분명한데. 식물인간 신세가 되어 버렸나?

손끝을 움직여보려고 애썼다. 뜻한 만큼은 아니어도 분명히 몸이 움직이는 느낌이 전해졌다. 착각일까? 대체 나는 얼마나 잘못된 것일까? 그전에는 한 번도 경험해 본 적 없는 공포가 밀려왔다. 통증이 한계치를 넘어서자 또 정신을 잃었다.

4

골절상이 19군데라고 했다. 오른쪽 다리를 제외한 팔다리가 모두 몇 군데씩 부러졌다. 허리도 심하게 다쳤다. 갈비뼈가 부러지면서 폐를 찔러 출혈이 생긴 것이 가장 위험했다.

앞에 가던 8톤 트럭을 들이받는 추돌 사고였다. 스포츠카여서 차체가 납작했던 기현의 차는 트럭 아래로 보닛 부분이 빨려 들어갔다가 다시 튕겨 나오면서 뒤집혔다. 시트에서 머리를 보호하는 롤바가 튀어나오지 않았다면 그 자리에서 목이 부러져 죽었을 사고였다. 사고와 동시에 정신을 잃은 기현은 사고 내용조차 기억하지 못했다. 추후에 사고 정황을 들어서 알았다.

고비를 넘기고 시간이 흐르면서 골절도 조금씩 붙어갔다. 그러나 현대의학으로 회복할 수 없는 것들도 있었다. 이를테면 화상. 남자

화장품 모델을 할 정도로 우월한 피부를 자랑하던 얼굴은 이제 없었다. 차에 불이 붙으면서 얼굴 왼쪽이 심한 화상을 입었다. 의사는 감사하라고 했다.

"시력을 안 잃은 게 기적이지요. 눈이 통째로 사라질 뻔했어요."

붕대를 풀고 거울을 본 순간 기현은 바닥이 꺼져버리는 절망감에 휩싸였다. 수술 때문에 짧게 자른 머리 아래로 오른쪽은 익숙한 얼굴, 왼쪽은 괴물의 얼굴로 나눠져 있었다. 눈썹도 사라지고, 뺨은 물론 턱 아래까지 형체가 사라졌다. 자주색과 갈색이 뒤섞인 듯한, 토사물과도 비슷한 색깔이 아무렇게나 휘저은 페인트처럼 엉겨있는 모양이었다. 오페라의 유령을 떠올렸다. 흉하게 일그러진 얼굴을 가면으로 감추고 은둔하는 주인공이 자신의 모습과 겹쳐졌다.

환자나 간호사들은 그와 마주치면 흠칫 놀라곤 했다. 더러운 짐승을 본 것처럼 피해 가는 사람도 있었다. 아이들은 엄마에게 매달리곤 했다.

"엄마, 병원에 괴물이 있어."

상처 곳곳에서 진물과 고름이 줄줄 흘렀다. 감각이 없어서 알아차리지 못하다가 고약한 냄새를 맡고서야 닦아내곤 했다. 찌는 여름철 음식물 쓰레기통에서 나는 냄새와도 비슷했다. 종종 눈물이 뒤섞여 흘렀다.

5

병원에서 나오기까지 꼬박 6개월이 걸렸다. 퇴원을 하고 집에 돌아온 뒤로는 며칠 동안 방에서 머물렀다. 그날의 기억에서도 한 발짝도 나가지 못했다.

음주운전을 했기 때문에 보험금은 없었다. 병원에 누워있는 사이에 매니저가 공연 수익금을 모두 가로채 외국으로 도망가 버린 사건은 그 뒤로 이어진 일들에 비하면 애교 수준이었다. 기현이 광고를 찍었던 회사들이 줄줄이 소송을 걸어왔다. 음주운전으로 인한 이미지 실추에 따른 손해배상 소송이었다. 물어줘야 할 돈이 적지 않았다. 결국 혼자 살던 서초동 아파트를 팔았다.

수천 장의 CD와 DVD, 그리고 트로피와 메달을 자랑해둔 체리목 진열장 앞에서 기현은 무릎을 꿇었다.

어쩌다 이렇게 됐을까? 왜 나에게 이런 불운이 찾아왔을까?

그는 지향점을 찾지 못한 분노의 화살을 쏘아댔다. 폭우 같은 화살은 그의 영혼에 고스란히 꽂혔다. 주먹으로 바닥을 치며 울다가 진열장을 쓰러뜨려 버렸다. 바닥에서 몸을 뒹굴며 흐느꼈다.

"안 돼. 안 된다고…"

세상을 다 가졌던 그는 한순간에 모든 것을 잃었다.

6

몇 달이 더 흘렀다. 아버지와 동생이 사는 집으로 이사 온 기현은 여전히 방에서 나오지 않았다. 퇴원하고 처음 며칠은 자신과 관련한 기사를 검색했다.

-한국의 파바로티, 음주운전으로 나락에 빠지다
-행방 감춘 테너 한기현은 어디에?
-이어지는 줄소송… 한기현 빚더미에 앉나?
-한순간에 몰락한 톱스타, 또 누가 있나?

사람들은 성공담보다 실패담을 더 좋아한다. 결혼설보다 이혼설을 보도하는 기사가 클릭 수가 더 많은 법이다. 기현을 찬양하기 바쁘던 기자들은 가련한 그의 신세를 앞다투어 보도했다. 그것도 채 열흘이 가지 않았다.

조금씩 줄어들던 그의 기사는 썰물처럼 사라졌다. 그토록 열광하던 대중은 언제 그랬냐는 듯 관심을 거두었다. 팬클럽 카페는 드나드는 이가 없었다. 매일 아침 일어나자마자, 또 잠들기 전에 네이버 검색창에 한기현 세 글자를 쓰고 엔터키를 누르는 의식도 멈추었다.

그저 포털 사이트에 떠 있는 이런저런 기사들을 읽으며 시간을 보낼 뿐이었다.

낮에는 컴퓨터 앞에 앉아 있다가 밤에는 정신을 잃을 때까지 술을 마시는 일과가 매일 반복되었다. 몸 상태는 엉망으로 망가졌다. 마른 몸에 불룩 나온 배, 푸석푸석한 얼굴에 퀭한 눈, 윤기를 잃은 머리카락은 노숙자와 별로 다르지 않았다. 며칠에 한 번씩 세면대 앞에서 거울을 볼 때면 반쪽짜리 얼굴에 잘 어울리는 행색이라는 생각마저 들었다.

"하루에 최소 한 시간씩은 산책을 하셔야 합니다. 다리도 그렇고 허리도 그렇고 아직 정상인 상태가 아니거든요. 충분한 영양섭취와 운동이 필수적입니다."

가끔 외래진료를 가서 듣는 의사의 말은 개똥으로 취급했다. 오늘도 아침에 일어나서 하루 종일 멍하니 컴퓨터 앞에 앉아 있다가 컴퓨터를 끄고 누웠다. 저무는 가을 햇살이 창문 커튼 사이로 새어 들어왔다. 일어나 다시 커튼을 닫고 누웠다. 늪의 밀도로 꾸역꾸역 차오르는 침묵 속에서 통증이 울부짖는다. 온몸이 아프다. 퇴원한 이후 매일매일 심한 몸살을 앓는 기분이다.

차라리 그날 죽어버렸다면 좋았을 텐데. 삶이 죽음보다는 낫다는 말은 사회의 질서와 생산성을 유지하고자 하는 기득권의 논리일 뿐이다. 분명히 죽음보다 못한 삶은 존재한다.

현관문 열리는 소리가 들렸다. 어젯밤부터 일하고 오후에 퇴근하는 동생이리라. 기현은 방에서 나갔다. 동생의 손에는 아무것도 들려있지 않았다. 순간 화가 치밀었다. 분명히 문자를 남겼고, 알았노라고 답 문자까지 받았는데.

"술은?"

동생은 대답 없이 시선을 피하고 거실로 들어왔다. 방에 들어가려는 동생을 기현이 막아섰다.

"뭐야 인마. 술 어디 있냐고. 잭 다니엘하고 코카콜라 클래식하고 레몬 사오라고 했잖아. 다 어디 있어?"

"이제 그만해 형."

"뭘 그만해 인마?"

"그렇게 마시다가 죽어."

"죽으려고 마시는 거야."

"돈도 없어. 정 술 마시고 싶으면 소주 마셔."

"왜 돈이 없어? 아파트 팔고 남은 돈이 3억 넘게 있었는데."

"지난달에도 공연 기획사랑 소송해서 졌잖아. 또 2억 물어준 거 기억 안 나?"

"그래도 1억은 남았잖아."

"다 써 버리려고? 또 소송 들어오면?"

"소송 다 끝났어. 더 물어줄 것도 없어."

"남은 돈 술 마시는데 다 쓰겠다? 그럼 형 뒤치다꺼리는 무슨 돈으로 해?"

"이 새끼 봐라. 너보고 나 뒤치다꺼리해달란 얘기 안 해 새꺄. 빨리 나가서 술사와."

동생은 주머니에서 지갑을 꺼내더니 기현의 통장과 물려있는 신용카드를 건네주었다.

"그럼 지금부터 형이 직접 해."

그리고는 방에 들어가 버렸다. 기현은 바로 뒤따라 들어가서 방문을 열어젖혔다. 옷을 벗고 있는 동생을 밀쳐버렸다. 기현은 반쪽이 일그러진 얼굴을 손가락으로 가리키며 소리쳤다.

"나보고 나가라고? 이 꼴로?"

"그럼? 평생 방 안에 틀어박혀 있을래? 세상에는 한쪽 팔이 없는 사람도 있고 다리가 불편한 사람도 있어. 형처럼 화상을 입은 사람들도 있어. 다들 형처럼 숨어서 살까?"

"내가 그 사람들하고 똑같아? 사람들이 알아보잖아. 다들 날 보고 수군거려. 내 불행을 즐기면서 비웃겠지."

"내기할까? 지금 형 모습을 봐. 사람들이 기억하는 형하고는 완전히 다른 사람이야."

"그렇겠지. 얼굴 반이 날아갔는데."

"아니. 반이 아니라 다 날아갔어. 아무도 형을 못 알아볼 거야. 화상이 없어도."

동생은 기현을 방에서 밀어냈다.

틀린 말은 없었다. 기현은 침대에 누워 눈을 감았다.

이미 나는 가족들에게 짐이다. 가족이라고 해봐야 두 명. 아버지와 동생.

아버지는 하루 종일 기사식당에서 일했다. 평생 어렵게 살다가, 기현이 잘나가던 시절 집을 사드리고 넉넉히 용돈을 드릴 때도 생업을 놓지 않던 아버지였다. 어릴 때는 아버지 식당에 가끔 가기도 했는데 유명해진 뒤로는 한 번도 들르지 않았다. 가난했던 과거와 단절하고 싶었던 것이 기현의 솔직한 마음이었다.

동생 우현은 기현과는 달리 음악적 재능이 전혀 없었다. 공부에도 소질이 없었고 야망도 없었다. 그저 순하고 착하기만 했다. 군대를 다녀와서 바로 택시를 몰았다. 기현은 학비를 대줄 테니 공부를 더 하라고 권유했지만 우현은 끝까지 사양했다. 친동생이 택시 운전을 한다고 말하기가 부끄러웠던 것 역시 솔직한 마음이었다.

한집에 산 지 몇 달 동안 아버지는 한 번도 잔소리를 하지 않았다.

폐인이 되어 방에 틀어박혀 있는 아들에게 한다는 말은 고작 식사를 챙기는 안부 정도였다.

기현은 모르지 않았다. 그것이 아버지가 자식을 지켜주는 방식이었다. 슬픔도 걱정도 힐난도 꾹 눌러 참으며, 마치 아무 일도 없었던 것처럼 그렇게 일상의 수레바퀴를 묵묵히 돌리는 것이었다.

7

며칠 뒤 늦은 밤. 야구 모자를 눌러쓰고 마스크까지 쓴 채 집을 나섰다. 집 앞 편의점 알바생은 그를 전혀 알아보지 못했다. 부자연스럽게 얼굴 다 가린 차림에 강도가 아닌가 의심하는 눈빛으로 보면서도 눈치채지 못했다. 원래 기현이 누군지 몰랐을지도. 어쨌든 첫 번째 야행은 성공이었다.

다음날도, 그 다음날도 기현은 야행에 나섰다. 역시 들통 나지 않았다. 그래도 아직 낮에 모습을 드러낼 용기는 생기지 않았다. 오래 돌아다닐 형편도 안 되었다. 사고 이후로 체력은 반 토막이 났다. 한 시간만 서 있어도 허리, 다리, 팔 곳곳이 부러질 것처럼 아팠다. 흐리거나 비라도 내리는 날이면 신음소리가 절로 나왔다. 그런 그에게

술은 마취제 역할도 했다. 잔뜩 취하면 통증도 덜해졌으니.

매일 자정에 습관처럼 집을 나서던 어느 날 밤, 현관문을 여는 기현을 부르는 목소리가 있었다.

"운동하러 가니?"

아버지였다. 동네나 한 바퀴 돌다가 술을 사오는 길임을 알면서도 그렇게 묻는다.

"요 앞 포차에서 소주나 한잔할까?"

"아버지 일 나가셔야 하잖아요?"

"잠깐만 앉아있다 들어오지 뭐. 괜찮겠니?"

기현은 잠시 망설였다. 사고 이후 한 번도 밖에서 술을 마신 적은 없었다. 결정을 내리지 못하고 있는 사이에 아버지가 손을 잡고 밖으로 나섰다.

"이렇게 밤에라도 밖으로 나와 다행이다. 집에만 있으면 건강에도 좋지 않고……."

집 앞 도로변에 있는 포장마차를 찾았다. 주황색 천막을 걷고 들어가니 파란색 플라스틱 테이블 네 개가 놓인 실내가 보였다. 손님은 한 테이블밖에 없었다. 기현은 구석 테이블을 잡고 주인 쪽에서 오른쪽 얼굴이 보이도록 앉았다. 맞은편에 앉은 아버지는 기현에게 물어보지도 않고 주문을 했다.

"여기 소주 한 병하고. 꼼장어, 오돌뼈, 국수도 주세요."

"아버지 너무 많아요."

"괜찮다."

소주가 나올 때까지 둘은 아무 말도 하지 않았다. 한 잔씩을 비우고도 대화는 없었다. 막상 안주가 나오자 아버지는 기현에게 음식을 권하기 바빴다.

"얼굴이 많이 안됐다. 팔다리도 여위고. 좀 많이 먹어라."

특별히 할 얘기가 있어서 데리고 나왔나 싶었는데 안주를 먹이려고 불러낸 모양이었다. 하긴 하루에 한 끼를 겨우 먹거나 그것도 귀찮으면 라면이나 삶아 먹는 게 벌써 몇 달 째였다. 술이, 그것도 독한 양주가 식사고 안주고 디저트였다.

아버지는 먹기 싫다는 기현에게 억지로 국수 한 그릇을 다 먹인 다음에야 입을 열었다.

"다시 노래할 생각은 없냐?"

"이제 노래는 안 해요."

"목을 다친 건 아니잖니?"

"제 얼굴 안 보이세요? 무대에 못 오르죠. 사람들도 저를 많이 잊었고요."

"널 잊은 사람은 아무도 없다. 나는 음악이니 클래식이니 이런 거

모르지만. 너의 목소리는 잊을 수 있는 목소리가 아니야. 한 번이라도 너의 노래를 들어봤다면."

아버지가 노래에 대해 아세요? 아버지가 대중에 대해 아세요? 이 몰골로 무대에 서서 조명을 받으면 어떻게 보일지 아시냐고요?

기현은 가슴에 가득한 분노와 절망이 터져 나오려는 것을 겨우 참았다. 아버지도 더 이상 같은 얘기를 꺼내지는 않았다.

돌아오는 길, 아버지는 아들의 손을 잡고 걸었다. 아파트 단지에 들어설 때쯤 아버지가 걸음을 멈추었다.

"죽음이 찾아오기 전까지는 삶에 대해 겸손해야 한다."

기현은 대답을 하지 않았다.

"최선을 다해서 살아야 한다는 말이다. 일이 잘 풀리든 안 풀리든 간에 최선을 다해야 해. 그래야 나중에 정말 죽음이 찾아왔을 때 미련이 덜 남을 테니까. 너는 아직 살아갈 날이 참 많이도 남았잖니."

"살날이 많이 남으면 뭐 해요. 할 일이 없는데. 전 무대밖에 몰라요. 그런데 이제 무대에 설 수 없어요. 제가 무슨 쓸모가 있겠어요? 전 존재의 이유를 잃었다고요."

아버지는 고개를 내저었다.

"사람은 누구나 존재의 이유가 있다. 의사가 했던 말 기억하니?

살아난 것이 기적이라고. 신은 아무 이유 없이 기적을 일으키지 않는다. 너를 통해 또 다른 기적을 행하시기 위함이다."

"아버지 그 사이에 기독교로 개종하셨어요? 예수쟁이가 다 됐네."

"내 종교는 언제나 너였다."

다가오는 아버지의 손을 밀어냈다. 집에 들어가 마실 술을 사지 못했다는 생각에 짜증이 날 뿐이었다. 무릎과 허리, 어깨가 연속으로 욱신거렸다. 바람이 많이 부는 밤이었다.

8

11월의 마지막 날이었다. 점심시간이 막 지났을 무렵부터 집으로 전화가 걸려오기 시작했다. 기현은 전화를 잊고 산 지 오래였다. 사고 이후 핸드폰을 해지해버렸고 집으로 걸려오는 전화도 받지 않았다. 그런데 이번에는 두 번 세 번, 계속 이어서 전화가 울렸다. 전화기 코드를 뽑아버릴까 하다가 전화를 받았다. 동생 우현이었다.

"형. 아버지가 돌아가셨어."

정신이 아득해졌다. 잠시 시야가 흐려졌다가 맑아졌다. 거실 창을 통해 들어오는 겨울 햇살이 안개 같다.

돌아가셨다고? 포차에서 소주잔을 기울인지 한 달도 되지 않았는데. 그날 아버지는 무슨 말을 했던가? 죽음을 예감하기라도 하셨던 걸까?

사인은 심장마비였다. 식당에서 일하는 아주머니의 말에 따르면 아버지는 평소처럼 주문을 받고 카운터를 보다가 갑자기 가슴을 움켜쥐고 쓰러지셨다. 구급차가 왔을 때는 이미 숨이 끊어진 뒤였다.

9

장례식을 치른 뒤 기현은 다시 집에 틀어박혔다. 밥도 먹지 않고 방바닥에 우두커니 앉아 하루를 보냈다.

미로에 갇혔다. 길을 찾아 걸어 다닐 힘도 없다. 길을 찾고 싶은 생각도 없다. 차라리 미로의 벽이 무너져 깔려 죽었으면 좋겠다.

창문으로 들어오는 빛이 약해진 것을 봐서는 해가 질 무렵으로 짐작되는 때였다. 동생 우현이 방에 들어왔다.

"할 말이 있어."

"해."

"잠깐 나와 봐. 어디 좀 가자."

"지금?"

우현은 더 이상 말하지 않고 문 앞에 버티고 서 있었다. 거부할 수 없는 강한 의지를 눈에 담고. 기현은 청바지에 후드를 입고 점퍼를 걸쳤다. 야구모자까지 쓰고 우현을 따라나섰다.

우현은 평소에 영업을 하는 것처럼 담담한 표정으로 택시를 몰았다. 기현은 손님처럼 목적지에 도착할 때까지 서로 한마디도 하지 않았다.

〈한씨네 기사식당〉이라는 간판은 불이 꺼져 있었다. 우현이 열쇠로 문을 열고 식당에 들어갔다. 기현은 잠자코 뒤를 따랐다.

"형은 오랜만이지?"

"그러네."

정확히 몇 년 만인지 기억이 나지 않을 정도로 오랜만이었다. 우현은 의자를 쓱 빼서 앉았다. 기현도 맞은편에 앉았다. 우현이 말을 시작했다.

"아버지는 30년 동안 이 자리에서 식당을 하셨어. 쉬는 날도 없이. 내가 택시 운전을 택한 것도 이 식당의 영향이 없지는 않을 거야. 어릴 때부터 기사 아저씨들을 많이 봐왔으니까. 형은 어떻게 생각할지 모르지만 난 여기가 참 좋았어. 택시를 한 뒤로는 나도 여기서 밥을 먹었어. 점심이든 저녁이든 한 번은 들렀지. 아버지는 나한테는 주문을 받지 않았어. 그냥 그날그날 알아서 밥을 주셨지. 식당이 한가할 때는 같이 밥을 먹기도 했고. 한 번 둘러봐. 이상하지 않아?"

며칠 전까지 영업을 하던 식당은 아버지의 소박한 성격처럼 별다른 인테리어 없이 그저 테이블과 의자만 가지런히 놓여 있었다. 한쪽 구석에 매달아 놓은 TV 옆에는 엉뚱하게도 태극기가 걸려있다.

"뭐가 이상해?"

"식당에 형 사진이 한 장도 없잖아."

다시 둘러보니 정말 그랬다.

"형이 그렇게 유명했을 때도 아버지는 형 사진을 안 붙여놓았어. 아줌마들이 어디서 신문이나 잡지를 오려가지고 와도 질색을 하셨어. 왜 그러시냐고, 아들 자랑 좀 하시라고, 그러면 식당이 유명해져서 손님도 더 많아지지 않겠냐고 아주머니들이 성화였지. 그 말이 맞지. 테너 한기현의 아버지가 하는 식당이라고 방송에 나가기라도 하면 얼마나 좋겠어? 그래도 아버지는 형 사진이나 기사를 식당에 붙이지 못하도록 했어. 이유를 설명해주지 않았지만 난 알았지. 형이 아버지를 부끄러워했기 때문이야."

기현은 부정할 수 없었다.

"그래서 혹시 소문이라도 날까 봐, 형이 원치 않게, 아버지나 내가 형의 가족이라는 사실이 알려질까 봐 걱정하셨던 거야."

기현은 고개를 떨구었다.

"아버지는 형을 자랑스러워하셨어. 형이 나오는 방송과 신문, 잡지는 모조리 찾아보셨어. 나한테 부탁해서 인터넷을 배운 뒤로는 인터넷을 샅샅이 뒤져 형의 흔적을 보며 흐뭇해하셨어. 형 사고 후에 아버지가 매일 같이 알아본 검색어가 뭔 줄 알아? 화상 흉터 성형수술이야. 인터넷에 떠 있는 정보는 모조리 찾아보실 기세였어."

"미안하다."

"나한테 미안하다고 할 필요는 없어. 아버지한테 하는 말이라면, 고맙다고 해야지."

긴 침묵이 흘렀다. 우현은 식당을 천천히 돌아보았다. 카메라로 촬영하는 사람처럼 구석구석 눈에 담는 모습이었다.

"나는 형처럼 재능도 없고 많이 배우지도 못해서 어려운 얘기는 할 줄 몰라. 내가 아는 대부분은 아버지한테 배운 것들이야. 아버지는 세상의 모든 사건과 존재에는 의미가 있다고 하셨어. 그 말이 맞다면, 아버지가 갑자기 돌아가신 것도 나나 형에게 어떤 의미가 있겠지. 그냥 우연은 아니야. 아버지가 입버릇처럼 말씀하시던 대로 신의 의도가 숨어있겠지."

"너까지 신 타령이냐?"

"어떤 신인지는 모르겠지만, 신이 있다는 사실은 믿어."

문득 우현이가 동생이 아니라 형 같다는 생각이 들었다. 그럼에도 불구하고 그의 말에는 동조하고 싶지 않았다. 세상 모든 일에 의미가 있다면, 내가 이 꼴이 된 사건은 무슨 의미가 있는데? 신이 있다면, 무슨 의도로 날 이렇게 만든 건데?

"형. 이 식당을 팔 수는 없어."

"그럼?"

"내가 할래."

기현은 고개를 끄덕였다. 아버지가 원하는 바일 테다. 벌이로 쳐도 택시기사보다는 기사식당이 나을 테고.

"잘 생각했어."

"형은? 계속 죽을 날 받아놓은 사람처럼 방에 갇혀 있을 생각이야?"

"나는… 할 수 있는 게 없다."

"왜?"

"조각났다가 붙은 몸뚱이야. 한 시간도 서 있을 수가 없는데 무슨 일을 하겠니?"

"하루 종일 앉아서 하는 일도 있어."

"이 얼굴은? 난 괴물이야. 아무도 마주치고 싶지 않은 더러운 짐승이라고."

"얼굴이 다 그런 것도 아니고, 왼쪽 얼굴만 그렇잖아?"

"오른쪽 얼굴만 보여주면서 할 수 있는 일은 없잖아?"

"있어."

"세상에 그런 직업이 어디 있어?"

"있다니까."

유언과도 같았던 아버지의 마지막 말이 귓가에 울렸다.

사람은 누구나 존재의 이유가 있다.

정말 그럴까?

10

토요일 오후 타임스퀘어 주변 도로는 차들로 꽉 막혔다. 스무 살이나 되었을까? 뒷자리에 나란히 앉은 젊은 연인은 기현을 투명인간 취급하며 연신 입을 맞추고 시시덕거렸다. 꽃다발이 있는 걸 보니 기념일인가보다.

동생의 말이 맞았다. 택시 운전은 하루 종일 앉아서 하는 일이었다. 왼쪽 얼굴을 드러낼 일도 없었다. 선글라스를 쓰고 머리까지 길게 길러 왼쪽 얼굴을 덮으니 아무도 기현을 알아보지 못했다. 꽃미

남 테너로 화장품 광고 모델까지 하던 20대의 청년은 황무지처럼 거칠어진 피부에 덥수룩한 수염, 망가진 몸매의 30대 아저씨로 변해 있었다.

기대도 희망도 없이 택시를 몰았다. 가끔은 아무 데나 차를 꽉 들이받고 죽어버리는 상상도 했다. 여전히 유일한 위안은 술이었다. 위스키에서 소주로 주종은 바뀌었지만 매일 밤 취해서 잠드는 일은 똑같았다. 아버지의 마지막 말이 아니었다면, 사고로 죽든 술병이 나서 죽든 벌써 세상을 등졌을 것이다.

사람은 누구나 다 존재의 이유가 있다.

'무대에 서지 못하는 오페라 가수에게 존재의 이유는 무엇일까? 택시 운전? 아버지. 제가 죽기 전에 답을 알아낼 수 있을까요? 그게 궁금해서 일단 조금은 더 살아볼게요.'

동생이 결혼하면서 기현은 옥탑방을 얻어 따로 나와서 살았다. 동생은 물론이고 마음씨 착한 제수씨도 같이 살자고 했으나 자존심이 허락하지 않았다.

택시를 형에게 물려주고 아버지의 식당을 이어받은 우현은 기를 쓰고 식당에 매달렸다. 처음에는 나쁘지 않았다. 문제는 2년 전에 바로 맞은편에 생긴 다른 식당이었다. 평수도 두 배는 더 크고 가게 앞에 택시를 대기에도 훨씬 편했다. 〈한씨네 기사식당〉 매출은 반으로 뚝 떨어졌다.

동생은 집을 팔고 전세로 옮겨서 버텼다. 그래 봤자 밑 빠진 독에 물 붓기. 더 이상 식당을 유지하기 빠듯한 상황이었다. 아이가 생긴 데다 건물 주인이 가게 월세까지 올려달라고 통보한 탓에 동생의 절박함은 더했다. 은행에서는 최대한도까지 돈을 빌린 상황이어서 더는 대출이 나오지 않았다. 가게를 정리하는 방법밖에 없었다. 동생은 죽으면 죽었지 식당만은 포기할 수 없다고 버텼다.

기현은 동생에게 되묻고 싶은 충동을 느꼈다.

'세상의 모든 존재와 인생의 모든 일에는 신의 의도가 있다고 했지? 이렇게 몰리는 상황에는 무슨 의도가 숨어있지? 나는 그렇다 쳐도, 넌 신의 분노를 살만한 일을 하지 않았잖아? 넌 태어나서 한 번도 나쁜 짓은 해 본 적 없잖아? 그런데 왜?'

기현은 10년 가까이 택시 운전을 하면서 모아놓은 돈이 한 푼도 없었다. 옥탑방 월세를 내고 생활비로 쓰고 남은 돈은 술값과 사설경마로 다 썼다. 동생을 위해 대출을 알아보았다. 은행에서는 담보도 신용도 없어 대출이 힘들다고 했다. 사채업자는 택시를 담보로 잡고 이천만 원을 빌려주었다. 기현은 그동안 모아놓은 돈이라고 거짓말을 하고 동생에게 돈을 건네주었다.

매일 택시를 몰아 버는 돈은 고스란히 사채업자의 주머니로 들어갔다. 그런데도 원금은 줄어들지 않고 이자 갚기에 바빴다. 요즘에는 손님이 줄어 이자도 제대로 넣어주지 못했다.

"다 왔습니다."

기현은 타임스퀘어 앞에 손님을 내려주고 또 다른 손님을 태웠다.

"흑석동이요."

살집 좋은 아줌마는 타자마자 눈을 감았다. 기현은 움직이지 않는 차들 속에서 깜빡이를 켜고 좌회전을 기다렸다. 차창으로 빗방울이 툭툭 떨어졌다. 아침부터 모진 몸살에 걸린 것처럼 허리와 무릎이 욱신거리더라니.

11

언제나처럼 소주에 잔뜩 취해 잠이 들었다. 하도 자주 꿔서 악몽이라고 부르기도 무의미한, 불길하고 섬뜩한 꿈을 꾸었다. 꿈속에서 자꾸 냄새가 났다. 코끝을 찡하게 만들고 속으로 넘어가서 구토를 불러일으키는 냄새였다.

"잠이 오냐 씹새끼야?"

낮고 거친 목소리는 꿈이 아니라 현실에서 들렸다. 그러고 보니 강렬한 악취도 현실의 냄새였다. 팅, 소리와 함께 방에 불이 켜졌다. 검은 오리털 파카를 입은 사내 두 명이 있었다. 사내 한 명은 백 킬로는 넘어 보이는 거구였고 또 다른 사내의 검게 그을린 얼굴에는 길게 칼자국이 흘렀다.

둘 다 처음 보는 얼굴들이었다. 그러나 누구인지는 쉽게 짐작할 수 있었다. 한 달쯤 전부터 오기 시작한 빚 독촉 문자와 전화의 주인공들.

"내가 얘기하지 않았나?"

칼자국이 기현의 얼굴에 담배 연기를 뿜었다. 그의 뒤에 선 덩치의 손에는 1.5리터 통에 어떤 액체가 반쯤 담겨 있었다.

"이번 달까지 돈 안 넣으면 자다가 휘발유 냄새 맡을 거라고 했지?"

칼자국이 피식 웃으며 기현의 이마에 딱밤을 튀겼다. 기현은 반응을 보이지 않았다.

"이런 싸가지 없는 새끼 봤나. 무릎 꿇고 빌어도 모자랄 판에 낯짝을 쳐들고 있어?"

뜨거운 느낌이 머리에 날아들었다. 덩치는 주먹으로 머리를 때린 뒤에 머리채를 잡고 고개를 뒤로 젖혔다. 목이 부러지는 줄 알았다. 기현의 왼쪽 얼굴을 본 칼자국이 빙긋 웃었다.

"오호, 너 불 맛을 한 번 봤구나? 어때, 오른쪽 얼굴도 왼쪽이랑 똑같이 만들어줄까?"

기현은 눈을 감았다. 놈들이 의도하는 것처럼 무섭지 않았다. 그에게 죽음은 협박의 도구가 되지 못했다.

"오늘은 냄새만 맡게 해 줄게. 한 달 더 시간 준다. 그때까지 성의 있는 태도를 보이지 못하면 오른쪽 얼굴도 날려버린다."

기현은 속으로 중얼거렸다. 마음대로 해라. 차라리 깔끔하게 죽여주면 더 좋고.

"정 네가 배 째라는 식으로 나온다면 다른 방법도 있어. 형이 못 갚으면 동생이 갚아야지. 동생이 못 갚으면 제수씨가 몸으로라도 갚아주겠지."

칼자국은 키득거리면서 딱밤을 한 대 더 튀겼다. 놈들은 휘파람을 불면서 방에서 나갔다. 놈들이 남긴 텁텁한 체취는 방에 뿌려놓은 휘발유 냄새보다 더 섬뜩했다.

어떻게 알아냈을까? 갖은 협박에도 무덤덤하던 피부와 마음에 소름이 돋았다.

안 돼. 동생은 안 돼. 망가진 사람은 나 하나로 족해.

기현은 방에서 나갔다. 새벽 네 시가 넘었다. 쇠락한 주택들이 다닥다닥 붙은 동네는 어둠보다 더 어둡다. 비가 그치고 구름이 물러간 밤하늘에 반달이 슬픈 빛을 뿌린다.

　더 이상 떨어질 곳이 없는 줄 알았는데, 바닥은 끝이 없구나. 어찌하면 좋을까?

12

　출근이 늦었는지 자꾸만 재촉하던 30대 남자 승객을 서초동에 내려주자 바로 다른 손님이 탔다. 손님은 문을 닫으면서 목적지를 말했다.

　"목동 SBS 앞이요."

　기현은 손님을 딱 두 번 본다. 탈 때와 내릴 때. 서른쯤 되어 보이는 여자는 조금 마른 체형이다. 털이 달린 야상에 스키니 진을 입었다. 뒷자리에 타자마자 스마트 폰을 꺼내 든 여자에게서 익숙하지만 이름은 알 수 없는 옅은 향수 냄새가 났다.

　기현은 여느 때처럼 앞만 보며 차를 몰았다. 서울교 근처쯤 갔을까, 신호에 걸려 차를 멈추자 손님이 말을 붙였다.

　"저 기억 하세요?" 그러면서 앞으로 고개를 쓱 내밀었다.

　혹시 정신이 좀 이상한 여자인가 싶었는데 룸미러로 본 여자의 얼굴은 미친 여자치고는 너무 예쁘고 말끔했다. 아무리 봐도 모르는 얼굴이었다.

"잘 모르겠습니다."

"놀랍네요. 10년 동안 사라졌던 천재 테너 한기현이 택시 운전을 하고 있다?"

여자의 말에 기현은 내동댕이쳐지는 기분이었다. 한기현. 이름을 정확히 알고 있다. 기현은 말없이 여자의 시선을 피했다.

"벌써 10년 전이네요. 한기현의 겨울음악회. 기억 안 나요? 대기실에서 내쫓은 여고생 몰라요?"

그제야 기현은 기억의 지평선 너머로 사라져 버렸던 사소한 에피소드를 떠올렸다.

"맙소사. 정말 인연이라는 게 어쩜 이렇게 무섭니. 전 아직도 한기현씨가 했던 말을 잊지 않고 있는데. '인터뷰할 자격을 갖춰. 나중에 기자나 방송국 PD가 되면 찾아와. 인터뷰해 줄게.' 부인은 못 하시겠죠?"

"그 학생은 기억납니다. 제가 무슨 말을 했는지는 모르겠고요."

"정확히 그렇게 말했다고요. 그런데 이제 어떡하죠? 정말 인터뷰해주셔야겠네."

여자는 명함을 쓱 내밀었다. SBS 제작본부 프로듀서 오민주.

"그 고딩이 커서 정말로 피디가 됐다고요. 어때요?"

기현은 몇 번이나 명함과 명함 주인의 얼굴을 확인했다. 솔직히 그때 여고생의 얼굴은 전혀 기억나지 않았다. 다만 의미심장한 미소를 띠고 있는 여자가 피디인 것은 분명해 보였다.

"죄송합니다. 저는 이제 노래를 하지 않습니다. 그러니 피디님이 인터뷰하실 필요도 없겠지요."

"아니요. 약속은 약속이잖아요."

"그런 약속까지 지킬 여유가 없습니다. 보면 아시겠지만."

그러면서 기현은 룸미러에 왼쪽 얼굴이 보이도록 슬쩍 고개를 돌렸다. 흉터를 본 민주는 어깨를 으쓱했다.

"흉터는 아까 봤어요. 교통사고 나셨을 때 화상을 크게 입으셨다더니. 기사에서 보고 짐작한 것보다 심하네요."

잠시 기현을 응시하던 민주는 가라앉은 목소리로 말했다.

"많이 변하셨네요. 10년이 아니라 20년도 더 지난 것처럼요."

기현은 반응을 보이지 않았다. 그저 빨리 목동에 도착해서 민주를 내려주고 싶은 마음뿐이었다. 택시는 88대로에서 막 빠져나왔다. 10분이면 SBS에 도착한다. 잎 떨어진 가로수들이 초침처럼 탁탁 지나갔다. 민주가 제안했다.

"인터뷰 겸해서 술 한 잔, 어때요?"

"고맙지만 사양하겠습니다."

"사람들 눈에 안 띄는 곳으로 알아볼게요. 꼭 하고 싶은 얘기가 있어서 그래요."

"저는 듣고 싶은 얘기가 없습니다."

파리공원을 지났다. 신호만 떨어지면 직진, 300미터만 가면 목적지다.

"혹시 돈 때문에 택시를 하시나요? 그렇다면 더더욱 제 이야기를 들어야 해요. 돈이 되는 이야기니까요. 어쩌면 큰돈이."

뒤에서 빵, 경적이 울렸다. 직진 신호를 보지 못하고 있던 기현이 급히 출발했다. 그는 끝내 대답을 하지 않고 SBS 앞에 차를 세웠다.

"도착했습니다. 손님." 기현이 딱딱하게 말했다.

"전화도 좋고 문자도 좋아요. 연락주세요. 10년 전에 당신이 지금의 모습을 상상도 못했던 것처럼, 지금 당신도 10년 후 모습을 상상도 못 해요. 어쩌면 저한테 연락하는 일이 변화의 시작일 지도 몰라요."

"변하고 싶은 마음 없습니다."

"오늘 기현씨를 만난 건 우연이 아니에요. 신이 있다면, 분명 이 만남을 준비하셨을 거예요. 전 지금 전율이 일 지경이라고요."

"이상하네요. 왜 내 주변에는 신 타령하는 사람이 많을까요? 전 신을 안 믿습니다. 어떤 신도. 그러니 신의 의도니, 운명이니, 이런 말을 해봤자 소용없습니다."

"좋아요. 돈 때문이라고 쳐요. 어쨌든 전화해요. 전 약속을 지켰으니까요."

그러면서 민주는 '제작본부 PD 오민주'라고 적힌 SBS 사원증을 손가락으로 톡톡 쳤다. 택시에서 내리고 차 문을 닫는 그녀의 동작이 경쾌했다.

기현은 한참 차를 출발시키지 못하고 있었다. 명함에 적힌 그녀의 전화번호를 보면서.

13

며칠 동안 두 개의 마음이 격렬하게 싸웠다. 계속 숨어 살고 싶은 마음과 동생에게 짐을 지우기 싫은 마음. 후자가 조금 더 강했다. 무슨 제안인지는 모르겠지만 들어나 보자. 돈 때문이야. 스스로를 설득하는 과정이었다. 자다가 휘발유 냄새를 맡거나 쥐도 모르는 사이에 죽는 일은 두렵지 않았다. 그러나 동생 가족에게 피해가 넘어가는 일은 용납할 수 없었다. 당장 사채업자의 탐욕스러운 허기를 달랠 돈만 구할 수 있다면, 흔적만 남아있는 수치심 따위가 무슨 상관인가.

전화를 걸자 민주의 명랑한 목소리가 쏟아졌다.

"생각보다 일찍 전화했네요? 전 바로 오늘 저녁에 만나도 좋아요. 12년 만의 재회인데 시시하게 차를 마실 순 없죠. 사람들이 별로 없는 곳이 좋겠죠?"

그녀가 약속장소로 잡은 곳은 세종문화회관 뒤편의 일본식 주점이었다. 실내는 어둑했고 테이블마다 칸막이가 있어서 다른 손님들의 시선을 피할 수 있는 구조였다. 기현이 10분 일찍 도착했는데도 미리 기다리고 있던 민주가 번쩍 손을 들었다. 자리에 앉으면서 기현이 중얼거렸다.

"이상하네요."

"뭐가요?"

"사람들 시선이 별로 겁나지 않아요."

"일그러진 모습이 부끄러웠던 게 아니었겠죠. 한기현이 이렇게 됐다는 사실을 들키기가 싫었겠죠. 세월이 흘러 사람들이 당신을 못 알아보니까 이제 타인의 시선이 두렵지 않은 거죠."

"그럴 수도 있겠네요. 어느 쪽이든 이제는 상관없습니다."

그 말에 민주는 복잡한 표정을 지었다. 그것도 아주 오래.

"왜 그렇게 봅니까?"

"왜냐고요? 나중에 이야기해줄게요. 우리가 좀 더 친해지면."

민주가 주문한 사케와 안주가 나왔다. 날씬한 모양의 병은 보석처럼 파란빛을 머금었다. 병에 붙어 있는 라벨에는 일본 회화 풍으로 달이 그려져 있었다.

"병 이쁘죠? 일본의 정종 회사 메이보에서 나온 요하노츠키라는 술이에요. 심야의 달이라는 뜻이죠. 영어로는 미드나잇 문. 정작 일본에서보다 뉴욕에서 팔리는 양이 네 배나 더 많아요"

"피디들은 아는 게 많네요."

"방송국에서 배운 게 아니에요. 두 달 전에 날 차버린 개자식한테서 배운 술이죠. 처음 만난 날 이 술로 저를 꾀었어요. 술이 얼마나 맛있던지."

"그 사람이 좋았으니까 술이 맛있었겠지요."

"그랬나? 반대인 줄 알았는데. 하여튼, 멘트 하나는 끝내주는 놈이었는데."

기현은 갑자기 튀어나온 민주의 연애담에 딱히 할 말이 없어 가만히 있었다.

"죄송해요. 제가 워낙 앞뒤 잴 줄을 몰라서 쓸데없는 얘길 늘어놓았네요."

술이 몇 잔 오갔다. 민주는 그동안 어떻게 지냈는지 물었다. 기현은 아주 짧게 대답했다.

사고 후 집에서 안 나왔습니다. 아버지가 돌아가시고 동생이 아버지 식당을 물려받았지요. 동생이 하던 개인택시를 제가 받아서 몰았습니다.

그랬다. 세 문장. 10년이 넘는 세월은 단 세 문장에 담길 만큼 공허했다. 한 문장을 더 붙인다면, 술을 마셨지요.

민주는 숨을 길게 내쉬며 고개를 끄덕였다.

"노래를 다시 할 생각은 안 해보셨어요?"

기현은 고개를 저었다. 삶의 전부였던 음악은 이제 지우고 싶은 흉터와 다름없었다. 생각하면 할수록 괴로우니까. 죽지 못해 사는 기현에게 화려했던 시절은 떠올려서는 안 될 기억일 뿐이었다.

"누가 뭐래도 기현씨는 제 우상이었어요. 어쩌면 기현 씨 때문에 방송국 피디가 되었는지도 모르겠네요. 제가 왜 기현씨를 택시에서 보자마자 알아차렸을까요? 전 요즘도 기현씨의 음악을 가끔 찾아 듣거든요. 기현 씨 이름으로 냈던 음반은 전부 갖고 있어요. 공연 실황 영상도 전부."

"꼭 해야 한다는 이야기가 뭡니까?"

"잘 들어주세요. 작년에 입봉을 했어요. 제가 한 프로그램의 메인

PD가 되었다는 뜻이에요. 그전에도 AD로 프로그램 많이 했고요."

"프로그램을 말씀하셔도 TV를 안 봐서 잘 모릅니다."

"왜요?"

"TV가 없으니까요."

"왜요?"

"TV를 안 보니까요."

"화성인이 따로 없네요. 하지만 이번에 제가 맡은 프로그램은 아실 텐데요."

"TV를 안 보는데 어떻게 압니까?"

"당신이 출연했던 프로그램이니까요. 그것도 1회에."

기현은 잠시 아찔한 기분에 손을 떨었다. 그게 언제였더라? 14년 전의 일이다. 그는 일반인 오디션 프로그램인 〈어메이징 쇼〉의 1회 출연자였다. 동시에 〈어메이징 쇼〉가 낳은 최고의 스타이기도 했다.

"〈어메이징 쇼〉가 아직 있습니까?"

"그럼요. 우리 예능국 최장수 프로그램이에요. 하여튼. 그동안 형식이 많이 바뀌었으니까 간단히 설명해 드릴게요. 신청자를 받아서 스탭들의 간단한 예선을 거친 다음 방송에 나가요. 100명의 방청객 앞에서 노래를 부르고 방청객들은 투표하죠. 투표를 받은 숫자만큼 돈으로 받고, 가장 많이 투표를 받은 사람은 우승자가 돼요. 70표를 받으면 70만 원을 받아가는 셈이죠. 시청자들 문자를 가장 많이 받은 사람은 따로 인기상 개념으로 특별한 상품도 주고요. 연예인 패널들도 있지만 심사를 하지는 않아요. 참가자들하고 인터뷰만 나누죠."

"우승자가 되면요?"

"첫 주 우승자가 되면 백만 원을 받아요. 다음 주에 그 사람을 능가하는 투표수가 안 나오면 계속 우승자로 남아요. 둘째 주를 우승하면 삼백만 원, 셋째 주도 우승하면 오백만 원, 넷째 주까지 계속 그 사람의 투표수를 넘는 도전자가 없으면 천만 원을 받고 리틀 스타 자격을 확보하고 내려오죠. 리틀 스타는 4주 우승을 해야 받을 수 있어요. 매년 연말에 리틀 스타들끼리 콘테스트를 해서 최종적으로 어메이징 스타를 뽑아요. 어메이징 스타에겐 상금 1억과 함께 기획사를 소개해 줘요."

"제가 나왔을 때하고는 많이 바뀌긴 했지만 무슨 방식인지는 알겠습니다. 그런데 왜 나한테 그 얘기를 합니까?"

"우리 쇼에 다시 나와 줬으면 해요."

"싫습니다." 그는 망설이지 않고 대답했다. 민주도 단단히 준비를 해 온 듯 당황하지 않고 맞섰다.

"파바로티가 처음부터 최고였던 건 아니잖아요. 20대에 성대에 결절이 생겨 음악을 포기할 뻔 한 일 아시죠? 기적적으로 성대 결절을 극복한 뒤에 오히려 고음의 영역을 쉽게 드나들면서 우리가 아는 파바로티가 된 거잖아요. 파바로티의 자서전 보셨어요? 음악을 포기하겠다는 결심으로 마음을 비웠기 때문에 그런 기적이 일어났다고 하잖아요. 당신도 지금 그런 기로에 서 있어요. 새롭게 시작한다고 생각하세요. 제가 도와드릴게요."

파바로티의 에피소드는 기현도 알고 있던 이야기였다. 그러나 기현은 다시 시작하고 싶은 마음도 의지도 없었다.

"섭외 때문에 저를 찾으셨다면 일어서도록 하겠습니다."

기현은 자리에서 몸을 일으켰다. 놀란 민주가 기현의 손을 덥석 잡았다.

"드라마가 있잖아요! 13년 만에 돌아온 천상의 목소리! 〈어메이징 쇼〉가 낳은 최고의 스타! 시청자들에게 그간의 스토리도…"

"스토리? 잘 나가던 한기현이 이렇게 비참하게 살고 있다. 한때의 스타도 당신들보다 불행하니까 안심하고 행복하게 살라고? 평범한 삶이 훨씬 행복하다는 메시지라도 주려고? 절대 무대에는 안 서."

"왜 그렇게 삐딱하게 생각해요?"

민주의 목소리가 카랑카랑하게 날이 섰다. 기현의 가슴 속 깊은 곳에 흐르는 분노의 강에서 물줄기가 튀어 올랐다. 그는 일그러진 왼쪽 얼굴을 민주에게 들이밀었다.

"이렇게 생긴 사람이 똑바로 생각할 수 있을까?"

"아니!" 민주 역시 분노한 얼굴로 벌떡 일어섰다.

"당신이란 사람은 처음부터 똑바르지 않았어. 뭔가가 꼬여 있었다고. 당신이 좋다고 찾아온 열여덟 살 아이를 그렇게 박대하는 사람이 제대로 된 사람일까? 당신은 자존감과 자존심과 자신감, 세 가지를 전혀 구분하지 못하는 사람이야. 그때도 지금도 잔뜩 삐뚤어져 있다고!"

기현은 머리 뒤쪽이 침에 찔린 듯 따끔했다. 이런 소리를 들은 적은 처음이었다. 동생 우현 정도나 가끔 싫은 소리를 했을까. 그마저도 마음이 약했던 탓에 비난보다는 읍소에 가까웠고.

기현은 나가지도 다시 앉지도 못하고 그냥 서 있었다. 칸막이 위로 솟아오른 얼굴을 다른 테이블 사람들이 힐끗힐끗 쳐다보았으나 상관없었다. 민주는 아차 싶은 얼굴이었다.

"미안해요. 앉아요." 목소리도 누그러져 있었다. 기현도 흥분을 가라앉히고 말했다.

"피디님하고 더 만날 일은 없겠습니다. 예전 일은 제가 사과하지요."

"아뇨! 죄송해요. 제가 너무 심한 말을 했네요. 제가 욱하는 성질이 있어서. 조금만 더 들어보세요. 아 미치겠다. 어떻게 사과하면 마음이 풀리실까요? 저한테 말 낮추세요. 아니면 한 대 때리실래요?"

기현은 고개를 내저었다. 민주가 숨 가쁘게 말을 이었다.

"전 당신에게 희망을 주러 왔어요. 제 손을 잡아주세요."

"하나 알아두십시오. 모든 사람들이 희망을 고마워할 거라고 단정 짓지 말아요. 희망을 원치 않는 사람도 있습니다."

"말 놓으시라니까요! 전 당신의 마지막 모습을 기억해요. 황제를 뜻하는 보라색 망토를 두른 중국의 무사였지요. 하늘에서 내려온 신 같았어요. 지금 당신 모습을 봐요. 때 묻은 티셔츠는 당신에게 어울리지 않아요. 다시 의상을 입으세요. 당신에게 어울리는 의상을요!"

기현은 고개를 내저었다. 술집의 침침한 조명 아래로 목소리가 무겁게 가라앉았다.

"그래. 말은 놓을게. 다시 말하는데 무대에는 못 서겠다. 더 이상 나는 의상을 입지 않아. 이 얼굴에 어울리는 의상은 없거든."

아직 반달이 남아있는 미드나잇 문을 남겨놓고 기현은 술집을 떠났다. 십 년 째 택시로 달리던 도시를 오랜만에 걸었다. 쓸쓸한 기분은 마찬가지였다.

14

　방송국 지하식당에서 점심을 급하게 마친 민주는 로비 카페에서 커피를 샀다. 맛이 없다고 불평하면서도 방송국 밖에까지 커피를 사러 나가기 귀찮아서 마시는 맹맹한 아메리카노를 들고 엘리베이터를 탔다. 하필이면 예능국장이 엘리베이터에 있었다. 기다리던 사람처럼. 문이 닫히기 전에 도망가고 싶었지만 민주는 꾸벅 인사를 했다.
　"안녕하세요. 국장님?"
　키가 크고 워낙 말라서 어디 아픈가 싶은 인상을 풍기는 국장은 성질마저도 까칠했다. 예능 피디들이 가장 마주치고 싶지 않아 하는 인간이었다.
　"니가 그렇게 삽질하는데 내가 안녕할 수가 있냐?"
　"죄송합니다."
　민주는 고개를 숙였다. 어젯밤 〈어메이징 쇼〉는 7.2%의 시청률을 찍었다. 한참 잘 나올 때 15%를 넘나들던 수치와는 비교할 것도 없고, 이번 달 들어 아슬아슬하게 넘나들던 8%의 지지선마저 허무하게 무너져 버렸다. 출근하자마자 시청률을 확인한 민주는 앞이 캄캄했다.
　어제는 3주째 우승하던 80년대 미스코리아 출신의 40대 주부를 꺾고 제주도에서 올라온 열아홉 살 미소년이 새로운 우승자로 탄생했는데도 시청률이 곤두박질쳤다.

"오피디. 커피가 넘어 가냐? 이거 네 입봉작이잖아. 너 PD로 올릴 때 내가 반대했어. 아직 조연출 더 해야 한다고. 네 팀장이 하도 널 믿길래 프로그램 한 번 맡겨봤는데, 그 시간대에 칠프로가 뭐냐 칠프로가. 육프로 대로 떨어지면 다시 조연출로 내릴 거야. 니네 팀 작가들도 싹 갈아엎고. 니네 팀장도 좀 쉬면서 감이나 찾으라고 해야겠어. 아니, 아예 프로그램을 날려버리는 게 맞겠다."

민주는 치욕감에 입술이 바르르 떨렸다. 보통 때보다 열 배로 느리게 올라가던 엘리베이터가 멈추고 국장실이 있는 8층 문이 열렸다. 국장은 나가면서도 한 마디를 잊지 않았다.

"네 프로에 지금 빠져 있는 게 뭔지 알아? 드라마가 없어 드라마가. 노래 잘하는 애들은 보컬학원 털어보면 차고 넘쳐. 내가 이런 것까지 가르쳐줘야 되냐?"

'누가 모르나요? 드라마! 드라마! 저도 알고 메인 작가 언니도 알고 막내 작가도 알아요. 없는 드라마를 리얼리티 프로그램에서 어떻게 만드느냐고요?'

민주는 하고 싶은 말을 참느라 애를 먹었다. 다행히 입을 열기 전에 국장이 혀를 차며 내렸다. 민주는 엘리베이터 벽에 등을 털썩 기댔다.

프로그램을 없애다니. 절대로 안 된다. 10년이 넘게 이어온 예능국의 전통이다. 절대 내 손으로 그럴 수는 없다.

민주는 우울함과 불안감을 애서 누르며 녹화장 아래층에 있는 리허설 스튜디오로 향했다.

"안녕하세요. 피디님!"

팀의 막내 작가 미림이가 반갑게 인사했다. 민주는 인사를 받는 둥 마는 둥 출연자 프로필 파일을 받아들었다. 투명한 창을 통해 보이는 부스 안에는 최종 선발된 이번 주 출연자 후보 다섯 명이 대기하고 있었다. 이미 몇 번씩 보고 회의를 거친 출연자들이었다. 민주는 프로필을 다시 보면서 얼굴을 하나씩 확인했다. 다섯 명 중에서 리허설을 통해 최종 출연자 세 명을 가려내야 했다.

첫 번째 출연자는 어릴 때부터 동요대회에서 입상하고 중학교 때 수원 비보이 대회에서 우승한 학생이었다. 노래도 잘하고 춤도 잘 춘다는 설명. 외모는 몇 군데 고치면 아이돌 멤버로 써먹을 수 있을 정도의 수준은 됐다.

두 번째 출연자는 판소리를 하는 일흔 살 할아버지였다. 기인처럼 산에서 살면서 혼자 득음을 했다는데 목청이 워낙 쩌렁쩌렁해 화제는 불러일으킬 것 같았다. 데시벨 측정기까지 준비해놓았다.

　세 번째 출연자는 현직 변호사인 여자였다. 어릴 때부터 꿈이 가수여서 노래도 곧잘 했는데 부모님의 만류로 고시공부를 했다는 소개가 적혀 있었다. 스물두 살에 고시에 합격해서 이제 겨우 스물여섯 살의 나이에 변호사라는 타이틀이 붙어 있었다.

　"아무래도 이 변호사 언니가 오늘 대박일 거 같아요. 노래도 진짜 잘하던데요?"

　미림이가 끼어들었다.

　"난 첨부터 얘 마음에 안 들었어. 이렇게 잘난 엄친딸, 엄친아 피곤하지 않니? 부모님이 다 약사라면서? 예쁘고 머리 좋은 애가 넉넉한 집안에서 졸라 공부 열심히 한 거야. 넌 감동이 오니? 드라마가 하나도 없잖아."

　쌀쌀맞게 튀어나온 민주의 말에 미림은 본능적으로 움츠러들며 중얼거렸다.

　"피디님도 엄친딸이시잖아요."

　"자꾸 토 달래?"

　네 번째 출연자는 시각장애인 소녀였다. 음악을 따로 배운 적은 없는데도 성악곡을 부른다고 했다. 나이는 열여덟 살인데 학교를 자주 쉬어서 이제 중학교 3학년이었다. 고개를 숙이고 있어 얼굴이 제대로 보이지 않았다. 지저분하게 자라 덥수룩한 머리카락 속에 얼굴이 묻혀 있어서 더 안 보였다.

"쟤도 노래 잘해요. 제가 클래식을 잘 모르긴 해도 엄청 높이 올라가더라고요. 조수미 같아요. 참, 쟤는 드라마도 있잖아요. 앞이 안 보이니까."

"그 정도로 되냐? 장애인이 일반인하고 똑같이 해서는 드라마가 안 돼. 장애인인데 일반인보다 더 잘해야 드라마가 되는 거지. 그리고 높이 올라가기만 한다고 노래를 잘하는 것도 아니고."

민주의 눈에 소녀의 산발이 자꾸 거슬렸다.

"그나저나 쟤 오늘 뽑히면 머리 좀 어떻게 해봐라. 늑대 소녀야? 보기만 해도 짜증나."

"분장실에 얘기해볼게요."

미림이가 재빠르게 스마트폰에 메모했다.

마지막 다섯 번째 출연자는 현재 유명한 걸그룹에서 활동하고 있는 멤버의 남동생이었다. 누나보다 더 끼 많은 연예인이 되는 게 꿈이라고 썼다. 국장의 부탁으로 올린 출연자였다.

"자, 1번부터 보겠습니다. 준비되면 시작해주세요."

민주의 콜에 엔지니어가 콘솔에 손을 올렸다. 미림이는 부스에 들어가 1번 출연자부터 준비를 시켰다. 출연자들은 차례로 무대를 선

보였다. 비보이는 춤을 잘 췄으나 음정이 불안했고 할아버지는 목청만 컸다. 다행히도 아주 컸다. 여자 변호사는 예쁜 척을 너무 했다.

네 번째 시각장애인 소녀 차례였다. 방음 유리창을 사이에 놓고 마주 선 소녀는 시종일관 숙이고 있던 고개를 천천히 들었다. 다른 동급생들보다 나이가 두 살이 많아서 그런지 중학생 교복을 입었는데도 성숙해 보였다. 그런데도 아기처럼 말간 얼굴만큼은 세상의 때가 한 점도 묻지 않았다. 인간의 발길이 닿지 않은 처녀 섬이 떠올랐다. 빛을 한 번도 보지 않아서 그림자도 없는 것일까?

그녀의 묘한 이미지를 완성시키는 결정적 마무리는 눈이었다. 그녀의 눈은 또렷하게 세상을 응시하고 있었다. 도저히 시각장애인이라고 생각하기 어려웠다.

"쟤 눈 안 보이는 거 맞아?"

"전혀 안 보여요. 시각장애 1급 장애인증도 확인했어요."

"그런데 꼭 우릴 보고 있는 거 같다. 분위기가 묘해."

소녀는 심호흡을 한 번 길게 쉬더니 억양이 없는 목소리로 노래를 소개했다.

"오페라 〈마술피리〉 중에서 〈밤의 여왕 아리아〉 부르겠습니다."

선곡이 마음에 들지 않았다. 너무 뻔하다. 목소리가 좀 높이 올라간다는 여가수들이 하나같이 자랑하듯 뽐내는 노래 아닌가. 목청 좋은 남자들이 다들 투란도트의 〈공주는 잠 못 이루고〉를 부르는 것과 마찬가지지. 잘해야 본전인데 선곡부터가 글렀구나.

소녀는 반주 CD도 없이 바로 노래를 시작했다. 노래를 시작한 지 십 초도 지나지 않아 민주의 팔뚝에 타닥타닥 소름이 돋았다. 소녀의 목소리는 밤하늘의 별똥별처럼 민주의 마음을 가로질렀다. 다른 잡념을 싹 사라지게 하고 텅 빈 가슴에 소리의 흔적을 새겨버렸다. 맑고 윤택한 목소리는 날개를 달고 높이 솟구쳤다 떨어지기를 반복했다. 어디까지 날아오를 수 있을까, 궁금해졌다.

"지옥의 복수심이 내 마음에 불타오르고 죽음과 절망이 불타오른다. 네 손으로 자라스트로에게 죽음의 고통을 주지 않는다면 넌 더 이상 내 딸이 아니다. 너와 영원히 의절하겠다. 널 영원히 버리겠다. 피로 이어진 너와의 모든 인연을 영원히 끊고 말겠다. 들어라, 복수의 신들아, 이 어미의 맹세를 들어라."

프로필의 이름을 확인했다. 서유리. 원래 리허설 때 노래는 1절 정도만 듣고 마는데 민주는 유리를 멈추지 않았다. 엔지니어도 고개를 흔들며 감탄했다. 미림이가 중얼거렸다.

"피디님. 노래 듣고 소름 돋은 적은 처음이에요."

난 두 번째야. 민주가 속으로 말했다.

노래가 끝났다. 유리는 고개를 숙이고 가만히 있었다. 다시 세상과의 소통을 접고 자신만의 세계에 스스로를 가두는 모습에 민주는 몸을 부르르 떨었다.

15

세 명을 뽑았다. 판소리 할아버지. 비보이. 그리고 유리.

녹화를 며칠 앞두고 회의를 했다. AD인 세훈이, 메인 작가인 주작가 언니부터 막내 미림이까지 다섯 명의 작가가 모두 모였다. 출연자들 캐릭터 잡는 일이 관건이었다. 스탭들은 유리를 가장 주목했다. 기본적인 정보는 사전 인터뷰를 통해 갖고 있었다.

집은 강북구 수유동. 어릴 때 아버지가 돌아가시고 엄마와 둘이서 생활해왔다. 노래 부르는 것을 좋아하고 특수학교가 아니라 일반학교에 다닌다. 민주가 물었다.

"엄마가 신청했나?"

"아뇨. 본인이 직접 신청했어요." 출연자들 섭외를 담당하는 서브 작가 윤미가 대답했다.

"의왼데?"

"라디오에서 스팟 나가는 걸 듣고 전화했대요. 애가 말수는 적은데 차분하던데요. 어디 모자라거나 그러지는 않아 보였어요. 어머니 전화번호도 받았어요. 통화해 보려고요."

"엄마하고는 내가 직접 통화할게. 번호 줘봐."

민주는 유리 엄마의 전화번호를 핸드폰에 옮겨 담았다.

"잠깐만. 그럼 여긴 어떻게 왔어? 앞을 못 보잖아."

"친구가 같이 왔어요. 아까 리허설 스튜디오에 있었는데 못 보셨구나. 친구도 진짜 의외에요. 딱 보기에도 완전 일진 같은 애 있죠? 여자앤데 코, 귀 다 뚫었더라고요. 담배 냄새가 진동하고. 아까 화장실에서 담배 피다가 경보까지 울렸어요. 금연 딱지가 떡하니 붙어있는데." 그 말에 다른 작가들이 빵 터져서 웃었다.

"노래는 어디서 어떻게 배웠대?"

"모르겠어요. 물어봤는데 절대로 얘길 안 해줘요. 무슨 비밀이라도 있는지."

민주는 잠시 생각에 잠겼다. 피디로서 본능적인 촉이 꿈틀거렸다. 뭔가 꺼리가 될 만하다. 집안 사정이 어렵다면 금상첨화다. 홀어머니와 함께 사는 맹인 소프라노 소녀. 그것도 음악 수업을 한 번도 받지 못한 천재! 드라마다. 민주는 후배 피디 세훈이에게 말했다.

"녹화할 때 패널에 소프라노 한 명 추가해. 조수미나 신영옥 선생님이면 제일 좋고, 안 되면 방송 경험 많은 교수도 괜찮아."

"반주는요? MR로 갈까요?"

"MR 쓰지 마. 간단하게라도 현악 연주자들 준비해."

민주는 퇴근하고 집에 가자마자 컴퓨터 앞에 앉았다. 리허설 영상을 다시 확인했다. 유리의 노래는 분명 예사롭지 않았다. 전문가의 평이 궁금했다. 게다가 노래를 부르는 동안 유리는 마치 어딘가를 보는 것처럼 눈을 크게 뜨고 있었다. 정말 시각장애인일까?

그런데 왜 엄마가 아니라 본인이 직접 신청을 했지? 민주는 윤미에게 받은 유리 엄마의 전화번호로 전화를 걸었다. 여보세요, 하는 탁한 목소리가 전화를 받았다. 아이가 적어도 엄마 목소리를 닮지 않은 것은 분명했다.

"안녕하세요? 유리 어머니 되시죠?"

민주는 간단하게 자기소개를 하고 용건을 말했다.

"그래서 말인데요. 녹화장에 어머님이 함께 오시잖습니까? 어머님한테도 인터뷰를 부탁드리려고요."

"미친년. 바빠 죽겠는데 왜 괜히 쓸데없는 짓을 해가지고서는."

민주의 예상이 빗나갔다. 홀로 앞 못 보는 딸을 천재 소프라노로 키워낸 애 끓는 모정을 기대했는데. 어머니는 목소리에서부터 삶에 지친 피로가 묻어났다.

"쓸데없는 짓이 아니고요 어머님. 유리가 노래를 아주 잘해요. 유리한테도 정말 좋은 기회가 될 겁니다."

"좋은 기회? 노래 잘하면, 노래가 밥 먹여주나? 노래가 눈을 띄워 준답니까?"

"아니 그런 뜻이 아니라…"

"하튼 나는 갈 일 없으니까 그렇게 알아요."

전화가 툭 끊어졌다. 난감한 일이었다. 미성년자의 방송출연은 부모의 동의를 맡아야 하는데 솔직히 금방 통화는 동의라기보다는 반대에 가까웠다. 그냥 가면 문제가 생길지도 모른다. 다시 전화를 걸었지만 전화를 받지 않았다. 엄마와 딸, 둘 사이에 무슨 일이 있었던 걸까?

그녀는 냉장고에서 아사히 맥주 한 캔을 따서 쭉 들이켜고 결심했다. 그냥 간다.

16

 생방송은 순조롭게 진행되었다. 방청객이자 심사위원단 100명과 마주한 무대에 출연자들이 차례로 올랐다. 연예인 패널들과 인터뷰를 하고 노래 실력을 뽐냈다. 비보이 청년은 현란한 춤 솜씨와 다양한 모창으로 많은 박수를 받았다. 뒤이어 등장한 판소리 할아버지는 너무 긴장했는지 정작 판소리 자체는 별로였다. 할아버지의 캐릭터인 엄청난 성량도 썩 부각되지 못했다. 데시벨 측정에서도 리허설에서 기록한 수치보다 훨씬 낮았다. 패널들과의 인터뷰가 재미있었다는 점이 그나마 위안이었다.

 MC가 두 출연자를 소개할 때보다 한 톤 높은 목소리로 유리를 소개했다.

 "한 소녀가 있습니다. 이 소녀는 앞을 보지 못합니다. 하지만 신은 소녀에게 눈을 빼앗아 간 대신 천상의 목소리를 선물로 주셨습니다. 정규 음악 수업을 한 번도 받지 못한 소녀가 부르는 천상의 아리아, 들어보시죠."

 "오케이. 유리 등장." 무대 아래에 선 민주가 인터컴으로 콜을 했다.

 패널 중 남자 아이돌 가수 한 명이 유리의 손을 잡고 무대로 인도했다. 미리 준비한 하얀 드레스를 입고 머리도 긴 생머리로 늘어뜨린 유리의 모습은 고대의 여신 같았다. 전형적인 미인은 아니었다. 그녀가 지닌 매력을 굳이 표현하자면 야성에 가까운 매력이었다. 보이지 않으면서도 마치 어딘가를 보고 있는 것 같은 눈은 강력한 호소력을 지녔다. 유리가 내뿜는 묘한 분위기에 방청석에서 탄성이 일었다.

MC는 나이와 가족사항 등등 제작진이 알고 있는 기본 정보를 인터뷰를 통해 방송으로 끌어냈다. 순조로운 진행이었다. 특히 카메라를 정면으로 응시하는 유리의 눈이 압권이었다. 시청자들도 지금 마치 그녀의 눈 속으로 빨려 들어가는 기분을 느끼리라.

"유리 얼굴 자주 클로즈업 넣어주세요!"

민주가 인터컴으로 말하고 시간을 체크했다. MC는 민주가 사인을 보내기 전에 노련하게 시간을 확인하고 인터뷰를 마무리했다.

"자, 그럼 우리 유리 양의 노래를 들어볼까요? 야, 이 노래는 세계 최고의 소프라노들만 부를 수 있다는 노래 아닙니까? 밤의 여왕 아리아!"

그러자 까불까불한 연예인 패널 몇몇이 오버하면서 말을 보탰다.

"우리나라에서 이 노래를 제대로 부르는 사람은 조수미 씨 밖에 없는 줄 알았는데?"

"이태리 유학을 안 가고도 이 노래를 부를 수 있나요?"

"밤의 여왕이 아니라 밤의 소녀 아리안데요? 듣기도 전에 소름이 쫙 돋네!"

"자자자, 그만 떠들고 노래 좀 들어봅시다!"

사회자의 콜에 따라 현악 연주자들이 연주를 시작했다. 그런데 바로 따라서 나와야 할 노래가 나오지 않았다. 유리는 입을 꾹 다문 채 고개를 떨구었다. 민주의 등에 식은땀이 솟았다. 당황한 사회자가 유리에게 다가가 손을 잡아주었다.

"우리 유리양이 생방송이라 긴장을 많이 했네요. 자, 편하게 생각해요. 다시 한 번 불러볼게요."

처음부터 반주 시작. 이번에도 유리는 꿈쩍도 하지 않았다. 푹 숙인 고개도 들지 않고. 또 반주가 중단되고 짧은 침묵이 흘렀다. 사회자가 수습을 하려고 뭔가 말하려는 순간이었다.

찢어지는 소리가 터져 나왔다. 유리였다. 그녀는 아리아가 아니라 비명을 질렀다. 두 주먹을 불끈 쥔 채 간질병 환자처럼 몸을 떨면서 처절한 비명을 질러댔다. 그 소리는 귀신의 소리와도 같았다. 그러다가 고개를 번쩍 들었다. 보이지 않는 그녀의 눈은 증오가 흘러넘치는 시선으로 카메라 한복판을 똑똑히 노려보았다. 섬뜩한 기운이 스튜디오를 집어삼켰다. 사회자와 패널조차 겁에 질려 할 말을 잃었다.

어떻게 대처해야 할지조차 모르는 찰나의 순간에 민주는 생각했다.

망했다. 인터넷에서는 최악의 방송사고라고 떠들어 대겠지. 어쨌든 하루 종일 이슈는 되겠구나. 결국 내 손으로 프로그램을 날리나?

17

엉망이 된 방송을 사회자와 패널들의 애드립으로 겨우 마무리했다. 민주는 대기실에서 유리를 만났다. 한 대 치고 싶은 마음을 억누르고 연이은 질문을 던졌다.

"왜 그랬니? 우리한테 감추는 게 있니? 긴장이 덜 풀린 거니?"

유리는 대답하지 않았다. 부모님 대신 유리를 방송국에 데리고 온 루미라는 친구가 있었다. 노랗게 염색한 머리에 코와 귀에 피어싱을 한 루미 역시 중학생이라고 보기 어려웠다.

"피디님. 유리가 가끔 그래요. 하지만 고의는 아니에요. 아주 가끔 그분이 오시는데, 피디님이 운이 안 좋았네요. 다음엔 안 그러겠죠. 그치 유리야?" 루미가 껌을 딱딱 씹으며 끼어들었다.

"다음엔 안 그러겠다고? 다음이 또 있을 것 같냐? 야, 네가 뭔데 그딴 소릴 하고 있어?" 보다 못한 막내 윤미가 루미를 막아섰다.

"저 유리 매니저예요."

"매니저? 친구라며."

"친구이면서 매니저. 왜요?"

"너 학교는 다니니?"

"중학교까진 나왔어요. 왜요? 잠깐만. 왜 여기서 학벌을 꺼내요? 그러는 언니는 서울대라도 나왔어요?" 루미는 윤미와 끝까지 말싸움을 벌일 태세였다.

"그만해." 민주가 나지막이 말했다. 다들 입을 다물었다. 민주는 유리의 손을 잡았다.

"하나만 묻자. 일부러 그런 거니?"

"아니요." 유리는 떨리는 목소리로 대답했다. 민주는 천천히 심호흡하면서 불끈거리는 마음을 진정시켰다.

"노래하고 싶긴 한 거니?"

유리는 작지만 분명히 말했다.

"노래하고 싶어요."

정확한 증거가 없을 때 말의 진위를 판단하는 유일한 방법은 눈빛을 살피는 것이다. 보이지 않으나 마치 보이는 것 같은 유리의 눈은 거짓과 진실의 경계를 모호하게 만들었다.

"매니저, 너 잠깐 나하고 얘기 좀 하자."

민주는 루미를 데리고 대기실 밖 복도로 나갔다.

"왜 저러니? 유리한테 무슨 일이 있었던 거야?"

"저도 몰라요. 아까 말했잖아요. 가끔 그분이 오신다고."

"친한 친구 같아 보이는데, 유리 어릴 때 무슨 안 좋은 일이라도 있었어?"

"안 좋은 일은 저한테 훨씬 많았을 텐데요? 유리가 6학년 때 전학을 왔으니까 저랑 안 지 5년쯤 됐는데 제가 알기로 특별한 일은 없었어요. 병신 같은 애들이 가끔 놀리거나 괴롭히거나 그러기도 했는데 그럴 때마다 제가 박살을 내줬으니깐."

"그전에는?"

"그전 얘기는 안 해줘요. 그렇다고 제가 유리한테, 유리야 너의 과거를 이야기해줄래? 이럴 순 없잖아요?" 루미는 태평스럽게 복도를 지나다니는 연예인들을 힐끔거렸다.

"매니저 일은 언제부터 시작했니?"

"재작년부터요. 유리가 노래하는 걸 듣고 완전히 꽂혔어요. 애는 된다. 내가 되게 만들 거다. 결심했죠."

"그래서 학교도 그만두고?"

"알바도 열심히 하거든요? 〈어메이징 쇼〉에 지원한 것도 제 아이디어였어요. 어떡할까요? 우리 가수 한 번 더 출연하나요? 다음엔 정말 잘할 자신 있는데."

"연락할게. 일단은 사태 수습부터 하고."

"무슨 사태요?"

"너 용산 전자랜드 가서 개념부터 좀 탑재해야겠다."

"별로 안 웃긴데요? 개념 탑재 같은 말은 제가 초딩 때 인터넷 댓글에서나 쓰던 말이라고요."

"웃으라고 한 말 아니야. 네 가수 데리고 가."

민주는 피우지도 않는 담배 생각이 났다. 퇴근하고 집에 돌아가는 길에 담배 대신 맥주를 왕창 샀다. 답답한 마음을 알코올로 진정시키고 잠을 청했다. 자꾸만 유리 생각이 났다. 절규하던 그녀의 얼굴은 떠올리기만 해도 소름이 끼쳤다.

유리야. 왜 그랬어? 뭘 숨기고 있니?

18

"국장이 다음 개편 때 〈어메이징 쇼〉를 내리라고 하네. 본부장 의견도 똑같고. 내가 화났다고 생각하지 마. 난 다만 고민하고 있는 것뿐이야. 얌전히 말을 들을까, 아님 조금 게기다가 말을 들을까, 아직 둘 중에 선택을 못 내리고 있어."

만드는 프로그램마다 화제를 몰고 다니면서 현역PD 시절 연예인만큼 인기가 좋았던 김진오 팀장은 전자담배를 입에 물고 민주를 보고 있었다. 팀장 데스크 앞에 선 민주의 머리가 복잡했다. 팀장은 그냥 내리느냐 버티다가 내리느냐 두 가지 선택을 고민한다고 했지만 민주 앞에 놓인 선택은 한 가지가 더 있었다.

 방송 직후부터 다음 날 아침인 지금까지 〈어메이징 쇼〉는 오랜만에 포털사이트 실시간 검색어 1위를 줄곧 놓치지 않았다. 문제는 연관검색어가 '오페라 귀신 소녀' 라는 것.

 민주가 다시 봐도 유리가 괴성을 지르는 장면은 공포 영화의 귀신 장면과 다를 게 없었다. 순결하면서도 고혹적으로 보이던 원피스가 소복으로 바뀌고, 청순함과 농염함을 함께 지닌 18살 소녀의 얼굴은 사무친 한을 지닌 귀신으로 바뀌었다. 그녀가 내뿜는 목소리는, 아니 비명은 비슷한 소리조차 들어본 적 없었다.

 댓글은 비난과 호기심이 반반씩 섞였다.

 -준비 미숙의 극치. 피디 자질이 부족하다
 -오페라 귀신 소녀의 정체를 공개하라!
 -소리 잘 지르는 거 보니 목청은 좋은 듯
 -〈어메이징 쇼〉 마이 묵었다 아이가 이제 고마해라

수백 개의 댓글을 보면서 민주의 마음은 절망에서 희망으로 바뀌었다. 희망이라는 단어는 조금 사치스럽다. 오기가 솟았다고 할까.

"팀장님 생각에도 프로그램 내리는 게 맞다고 보세요? 10년 동안 이어온 우리 예능의 자존심이잖아요?" 민주가 진지하게 물었다.

"전통 같은 건 개나 줘. 방송국은 박물관이 아니야. 계속 숫자 안 나오면 10년 아니라 20년 한 프로그램도 나가리야. 신입사원도 아니고 그걸 왜 몰라?"

"어제는 숫자가 조금 올랐습니다."

"엄청 올랐지. 7.2%에서 7.3%로. 아주 깜짝 놀랐다 야. 기뻐서 잠이 안 오더라."

"유리가 다시 출연하면 십프로 찍을 자신 있습니다."

"다시? 걜 다시 내보낸다고? 너 미쳤니?"

"바로 내보내겠다는 게 아닙니다. 훈련을 충분히 시키겠습니다. 드라마가 있어요! 그 드라마를 보여줄 수 있게 해주세요!"

"다른 드라마 찾아봐."

"트레이닝이 필요합니다. 엄마를 설득하려면 최소한의 금전적 지원도 필요하고요. 천이백만 원만 별도 결재로 끊어주세요."

그 말에 팀장은 기가 찬 웃음을 뱉었다.

"너 돌았구나. 지금 당장 경위서 받아도 시원치 않은 판에, 뭐? 천이백만 원 별걸? 이게 진짜 가만히 있으니까 누굴 가마니로 보나."

"저는 팀장님 밑에서 예능의 ABC를 배웠습니다."

"내가 잘못 가르쳤나 보다."

"팀장님이 그러셨잖아요. 리얼리티 프로의 첫 번째 원칙. 고난이 커야 감동도 크다."

팀장은 못 말린다는 표정으로 민주를 쳐다보았다.

"유리 한 번 만들어 볼게요."

"그만해."

민주는 물러서지 않았다.

"자신 있냐?"

"자신 있습니다. 아니, 제가 보기에 이번이 마지막 기회에요. 〈어메이징 쇼〉, 제 손으로 내리는 일은 없도록 하겠습니다. 팀장님. 무릎이라도 꿇을까요?"

"일단 자리에 가 있어. 제작비 지원은 한 번 알아볼 테니까."

"감사합니다!"

"근데 걔는 왜 그랬데?"

"모르겠어요. 얘기를 안 해주네요. 눈만 닫힌 게 아니라, 입, 마음, 전부 닫힌 애 같아요."

"그런 애한테 음악을 가르쳐 줄 수 있을까?"

"고난이 커야 감동도 크다. 인생에도 적용할 수 있는 원칙 아닐까요?"

"대신 알아둬. 시간은 이번 개편 전까지야. 그 전에 승부 못 내면 〈어메이징 쇼〉는 사라질지도 몰라."

민주는 꾸벅 인사를 하고 자리로 돌아왔다. 이제 시작이다. 비장한 기분이 몸을 휘감았다.

19

민주로부터 또 연락이 올 줄은 몰랐다. 그것도 다시 만나자고 적극적으로 나설 줄은. 기현은 이미 통화에서 잘라 말했다. 노래를 할 생각은 없다고. 절대로 다시 무대에 올라가지 않는다고. 그녀는 아랑곳하지 않았다. 그런 부탁이 아니라고, 그러니 꼭 만나서 얘기하자고 급하게 서둘렀다.

약속 장소인 호프집에는 손님이 별로 없었다. 무료한 표정의 알바생 둘이 나란히 앉아 TV를 보다가 기현에게 메뉴판을 갖다 주었다. 제대로 닦지 않아 끈적거리는 테이블 위에 메뉴판을 덮어놓고 민주를 기다렸다.

호프집의 풍경이 액자 안의 그림처럼 보였다. 기현이 보는 세상은 모두 그랬다. 세상은 그와 상관없는 그림 속 풍경과도 같다. 금단의 성벽으로 주변을 둘러친 그였다. 그런 그에게 민주와의 만남은 성벽에 생긴 균열과도 같은 의미였다.

다른 손님이 한 팀 들어오고 얼마 안 있어서 민주가 들어왔다. 갈색 코트를 벗어 의자에 걸친 그녀는 기현에게 불쑥 손을 내밀었다.

"화해의 악수를 하고 시작하죠."

"우리가 싸웠나?"

"지난번에 큰 소리를 내고 헤어졌잖아요. 빨리요. 제 손이 부끄러워하잖아요."

기현은 그녀의 손을 슬쩍 잡았다. 그녀는 낚아채듯이 그의 손을 꽉 쥐고 놓지 않았다.

"제 가슴에서부터 전해지는 떨림이 느껴지나요?"

"이상한 짓 하지 마."

"진심이에요. 진심으로 당신이 필요해서 이렇게 불러냈다고요."

"피디가 프로그램 섭외를 할 게 아니라면, 왜 나를 불러냈는지 모르겠네."

"먼저 이걸 좀 보세요." 민주가 아이패드를 꺼냈다. 기현은 시선을 피했다.

"아니. 먼저 주문부터 하자고."

생맥주 두 잔과 샐러드를 주문했다. 술과 안주가 나오기 전에 민주는 기현에게 이어폰을 끼워주고 유리의 리허설 영상을 재생시켰다.

기현은 자신도 모르게 흡, 숨이 덜컹거리는 소리를 냈다.

운명이 뒤집혀버린 사고 이후 노래를 부르지 않았을 뿐 아니라 듣지도 않았다. 택시 안에서도 라디오를 켜지 않았다. 젊은 날 그에게 전부였던 오페라는 이미 까마득하게 빛바랜 추억이었다. 너무 아픈 사랑은 사랑이 아니라는 노래 가사처럼 떠올릴수록 아픈 기억이기에 꽁꽁 봉인해놓았던 것이다. 10년 만에 듣는 아리아였다.

화면 안의 소녀는 이상한 발성법으로 노래를 불렀다. 정식으로 소프라노 훈련을 받은 적이 없어 보였다. 그런데도 결과물은 썩 나쁘지 않았다. 기존의 오페라 창법으로 점수를 매긴다면 낙제점이겠으나 노래 그 자체로 평가한다면 마음을 움직이는 힘이 있었다. 길지 않은 아리아를 끝까지 듣는 동안 기현은 이해하기 어려운 점을 발견했다. 설마설마 하면서 노래를 다 듣고 아이패드를 내려놓았다.

"어때요?"

"분위기가 묘하네. 성악 전공한 아이는 아니지?"

"역시 들어만 봐도 알아차리시네요. 시각장애인이라면 믿겠어요?"

"그래? 그건 몰랐어. 그런데 어디서 어떻게 노래를 배웠지?"

"저도 모르겠어요. 얘길 안 해줘요."

기현은 노래를 들으면서 미심쩍었던 부분을 얘기할까 말까 망설였다. 민주는 기현의 망설임을 놓치지 않았다.

"뭐 이상한 점이 있나요?"

"이상하다기보다는… 아니야. 아무것도."

"말해 봐요. 뭔데요?"

"루치아 포프."

"루치아 포프?"

"아이가 노래 부르는 방식이 루치아 포프를 꼭 닮았어."

"루치아 포프가 누군데요?"

"슬로바키아 출신의 소프라노야. 죽은 지 20년이 지난 옛날 사람이지. 루치아 포프가 데뷔한 곡이 바로 이 노래, 밤의 여왕 아리아야. 한창때는 밤의 여왕 역할을 독식했고 나이가 들어서는 조금 더 중후한 역할인 파미아 역할도 끝내주게 소화했지. 아직까지도 이 노래를 얘기할 때는 50년 전에 오토 클렘페러의 지휘 아래 루치아 포프가 부른 녹음을 빼놓지 않을 정도니까."

"애가 그만큼 잘 부르나요?"

"아니. 그런 말이 아니야. 루치아 포프는 맑고 청아하고 기름기를 머금은 목소리인데 이 아이는 아직 자기 목소리를 제대로 못 찾고 있어. 높낮이에 따라서 목소리가 달라지잖아. 발성이 불안정해서 그래. 노래라는 건 간단히 말하면 호흡이거든."

"그런데 뭐가 비슷하다는 거죠?"

"하나의 아리아라도 부르는 가수에 따라 달라. 미세한 음정과 음을 밀고 당기는 미묘한 리듬이 전부 다르니까. 밤의 여왕 아리아는 크리스티나 도이테콤이라는 소프라노가 부른 버전을 최고로 치는 사람도 있는데 루치아 포프하고는 스타일이 많이 달라. 예를 들자면 도이테콤이 부른 아리아는 무시무시하고 속도감이 있지. 그런데 루치아 포프는 윤택하고 부드럽게 불러. 무섭다기보다는 아름답달까. 물론 복수의 칼을 품은 치명적인 아름다움. 그래서 러닝타임도 많이 차이가 나. 루치아 포프가 부른 버전이 제일 느리고 길지. 그런데 유리는 1963년에 루치아 포프가 부른 버전하고 스타일만 닮은 게 아니라 리듬과 속도가 똑같아. 이것 봐. 삼분 십이초. 요즘은 아무도 이렇게 느리게 밤의 여왕의 아리아를 부르지 않아."

"루치아 포프의 환생인가요?"

"우연이겠지. 아이한테 물어봐 줘. 루치아 포프를 아는지."

"직접 물어보면 어떨까요?"

"무슨 소리야?"

"제가 다른 동영상을 하나 더 보여 드릴게요."

민주는 유리가 생방송을 망쳐버리는 영상을 보여주었다. 유리가 비명을 지르는 장면에서 기현은 움찔하는 표정을 숨기지 못했다.

"왜 이런 거지?"

"그것도 직접 물어보면 어떨까요?"

"무슨 소릴 하는 거야?"

"저는 유리를 이대로 놓기 싫어요. 유리의 비밀이, 상처가 무엇인지는 모르겠지만 치유해주고 싶어요. 그 방법은 음악이에요. 제 쇼에서 꼭 유리의 재능을 선보이고 싶어요. 그럼 유리의 재능을 꽃피워줄 후원자가 나타날지도 모르죠."

"아이 부모는?"

"아버지는 오래전에 돌아가셨어요. 엄마를 만나봤어요. 아이의 재능에 전혀 관심이 없어요. 먹고 사느라 다른 데 신경 쓸 여유가 없달까요? 종일 파출부를 나가서 일하시는 분이에요. 친엄마 친딸이라고 믿기 힘들 정도로 서로 냉담해요. 무슨 사연이 있는지 모르겠지만."

주문한 맥주와 안주가 나왔다. 기현은 생맥주를 쭉 마셨다. 뭔가 뭉글거리는 느낌이 가시지 않았다. 민주도 맥주를 길게 마시고 탁

소리가 나게 잔을 내려놓았다.

"우리 제작진이 유리를 가르쳐줄만한 선생님들을 알아봤어요. 그런데 다들 난감해하더라고요. 다른 아이들보다 몇 배의 시간이 걸릴 테고 당연히 몇 배의 강사료를 줘야 한다고요. 설령 돈을 준다고 해도 시각장애를 가진 아이를 가르칠 방법을 모르겠대요. 당장 악보부터 볼 수가 없으니까요."

"맞는 말이지. 앞이 안 보이는 애한테 어떻게 오페라를 가르쳐 줘? 악보가 문제가 아냐. 어차피 아이 집에서는 공부를 시켜줄 돈도 없다면서?"

"돈은 제가 구했어요. 천만 원. 기간은 딱 세 달."

"왜 하필 세 달이지?"

"세 달 뒤가 프로그램 개편이에요. 저는 유리에게 희망을 걸었어요. 유리가 부활하지 못하면 우리 프로그램도 다른 희망이 없어요."

"세 달 동안 성악을 가르쳐 줄 수는 없어."

"성악을 다 가르쳐 주란 얘기가 아니에요. 무대에 설 만큼만 잡아주면 충분해요. 나도 알고 당신도 아는 사실이 하나 있죠. 그 아이는 당신의 얼굴을 보지 못해요. 당신의 상처도요."

아이의 영상을 보면서 어느 정도 짐작했던 부탁이었다. 짐작과 다른 부분은 예상보다 훨씬 큰 금액이었다. 천만 원. 한창때에는 푼돈으로 생각했던 돈이었으나 이제 그 돈은 목숨을 좌우하는 돈이다. 원금 위에 쌓여있는 이자를 털어낼 수 있다. 그러나 충분한 돈은 아니었다. 원금이 그대로 있는 한 금방 이자가 불어날 테다. 아이를 가르치면 택시 운전도 자주 쉬어야 할 것이다. 차이코프스키가 뭐라고 했더라? 인생이란 무엇인가. 한 판의 도박이지.

기현이 제안을 던졌다.

"이천."

"안 돼요. 천만 원도 회사를 졸라서 겨우 따낸 돈이에요."

"천으론 안 돼."

"제발요."

"합의 볼 생각은 하지 마. 나도 합의하려고 부른 금액이 아니니까. 지금 내 상황에서 아이를 가르칠 수 있는 최소한의 상황을 만들기 위한 돈이야."

"당신 상황이 어떤데요?"

"자다가 휘발유 냄새 맡아본 적 있어? 지금 빚이 원금 이천에 이자 천, 전부 삼천이야. 일단 이천 정도는 가려놔야 택시 운전도 가끔 쉬어가면서 애를 가르칠 수 있지. 아니면 빚이라는 괴물이 금방 불어나. 나를 잡아먹겠지."

민주는 반응을 보이지 않았다. 마시려던 생맥주 컵을 꽉 쥔 손도 움직이지 않고 생각에 잠긴 모습이었다. 기현은 바닥이 드러나도록 맥주를 마셨다. 동생의 얼굴이 떠올랐다. 갑자기 마음이 조급해졌다. 민주가 제안을 받아들였으면 좋겠다. 만약 제안을 받아들이지 않는다면? 천만 원이라도 받아서 급한 불을 꺼야 하나?

쌍꺼풀 없이 커다란 눈을 깜빡이던 민주가 고개를 끄덕였다.

"삼천 준비할게요. 대신 유리를 위해 최선을 다해주세요. 매일 레슨을 해줘요. 하루에 두세 시간이라도."

기현은 한 대 맞은 기분이었다. 삼천이라고? 데뷔 초기에 갑자기 치솟는 공연 출연료를 들었을 때 실감이 나지 않던 심정을 떠올렸다. 그때는 그럴 만했다. 출연료보다 더한 흥행을 보장해주었으니. 그런데 지금 내가 줄 수 있는 건 불안한 가능성밖에 없는데.

"어째서지? 난 이천이면 충분하다고 했는데."

"삼천이면 더 좋겠죠. 아닌가요?"

당연하다. 삼천이면 원금과 이자 모두 갚는다. 그런데 왜? 그의 의구심을 읽은 듯 민주는 어깨를 으쓱 올렸다.

"제 진심을 보여주고 싶어요. 저는 진심으로 유리라는 아이가 필요해요. 저도 당신의 진심을 봤으니까요."

"내 진심을?"

"아까 오페라 이야기를 할 때 당신의 눈이 얼마나 반짝였는지 알아요?"

그러면서 민주는 빙긋 웃었다. 기현은 그녀의 시선을 피하고 손을 들어 맥주를 한 잔 더 주문했다.

오페라와 관련한 모든 것들을 지워버린 줄 알았는데. 머리카락을 길러 덮어놓은 얼굴의 흉터처럼 가려져 있었을 뿐 고스란히 남아 있었다. 젊은 시절 그의 모든 것이었던 음악은 의식의 표층 아래 여전히 흐르고 있었다. 금방이라도 다시 강을 이루어 굽이칠 것처럼.

"대신 조건이 있어요."

"말해봐."

"이천만 원은 바로 넣어드릴게요. 대신 나머지 천만 원은 유리가 〈어메이징 쇼〉에서 리틀스타, 그러니까 월 장원을 하면 줄게요."

"교활하군."

"현명한 거죠."

"좋아. 해보지. 대신 돈 말고도 필요한 게 있어."

"겁나네요."

"어쩌겠어. 내가 가진 게 아무것도 없으니."

"말해 봐요."

20

며칠 뒤 기현은 민주를 데리고 종로 낙원상가에 들렀다. 손에 익은 커즈와일 PC88 키보드와 PC용 미디 프로그램 큐베이스, 모니터 스피커는 야마하로 골랐다. 결제는 민주의 방송국 법인카드로.

"고마워. 남의 돈으로 사니까 악기가 더 좋아 보여."

"원래 이렇게 뻔뻔했어요?"

"가진 게 없으면 뻔뻔해지지. 대신 저녁은 내가 살게. 여기 아래 장군 족발 보쌈이라고 있어. 요즘 같은 초겨울엔 굴 보쌈이 맛있지."

"듣기만 해도 배가 고프네요. 대자로 시켜먹을 거야."

잠시 뒤 둘은 각종 방송에 출연했다는 광고를 잔뜩 붙여놓은 식당에서 식사에 소주를 곁들였다. 고기와 기름의 비율이 적절한 보쌈에 제철 굴이 푸짐하게 올려졌다. 수십 년 동안 가게에서 직접 담아 온 보쌈김치와 무채에는 윤이 흘렀다. 식욕을 참지 못하고 말없이 보쌈을 먹던 민주가 불쑥 잔을 들었다.

"나중에 우리 프로그램 대박 나면 스태프들 전부 데리고 와서 쏠게요. 기현씨도 같이 와요. 일단 오늘은 둘이 건배해요."

기현도 소주잔을 채워 들었다.

"나중에 대박 나면 축배의 노래 불러줘요."

별 의미 없이 던진 농담이었지만 기현은 그날 밤 고통이 되살아났다.

희열에 넘치는 오페라 아리아가 처참한 몰락의 순간에 배경음악으로 흘렀지. 조안 서덜랜드처럼 멋진 파트너와 노래하는 파바로티를 부러워했는데. 나에게도 운명의 짝과 함께 축배의 노래를 부르는 순간이 오리라고 꿈꿨지. 과분한 꿈을 꾼 죄에 벌을 받은 걸까?

21

1월에 접어들자 날씨가 부쩍 추워졌다. 태양이 하늘 복판에 머무르는 낮에도 공기가 차가웠다. 기현은 옥탑방 앞에 서서 전화를 기다리고 있었다. 낮은 난간 너머로 멀리 남산과 N 타워가 보였다. 건물이 높은 지대에 있어서 오늘처럼 맑은 날에는 전망대처럼 서울 곳곳이 내려다보였다. 기현은 아침부터 뻣뻣한 통증에 잠겨있는 무릎을 슬쩍 굽혔다가 폈다.

전화가 왔다. 딴딴한 목소리의 소녀는 처음 통화하는 사이인데도 인사 없이 다짜고짜 용건부터 던졌다.

"아저씨 저희 다 온 것 같은데 올라가면 돼요? 1층에 슈퍼 있는

4층짜리 집 맞아요?"

잠시 뒤 전화 목소리의 주인공이 외벽에 붙은 계단을 통해 올라왔다. 그녀 바로 뒤에 손을 잡고 다른 소녀 한 명이 따라 올라왔다. 엘리베이터가 없다고 불평하는 소리가 고스란히 들렸다.

"안녕하세요? 저 아까 통화한 루미예요. 얘가 유리예요."

루미가 꾸벅 인사하자 유리도 따라서 고개를 숙였다.

아이패드를 통해 보았던 유리는 편차가 큰 두 가지 모습이었다. 리허설 장면에서는 야성을 흠뻑 머금고 있었다. 허슬한 옷차림과 덥수룩한 머리가 더욱 그렇게 보이게 했다. 생방송 영상에서 유리는 완전히 다른 사람이었다. 길고 까만 머리를 뒤로 빗어 넘기고 하얀 드레스를 입은 그녀는 성숙한 여인의 매력을 발산했다.

지금 기현 앞에 실물로 선 유리는 어느 쪽도 아니었다. 아래위로 회색 트레이닝복에 털모자가 달린 야상을 입었다. 투명한 얼굴 위로 앞머리가 휘날렸다. 적당한 수줍음을 머금은, 전형적인 여고생의 모습이었다. 학년은 비록 중학생이었지만.

그녀는 그를 보고 있었다. 분명했다. 시력을 잃은 아이라고 했는데 어찌 된 일일까. 소리나 냄새를 통해 앞에 있는 대상의 방향과 위치를 정확히 파악하는 것일까? 이유야 어쨌든, 어디서도 본 적 없는 묘한 색을 띤 눈동자는 그를 향해 있었다. 시력을 잃었다고 하기에는 너무 초롱초롱한 눈. 기현은 깊은 내면의 흔들림을 느꼈다. 그것은 다루기 힘든 감정이었다. 반복되어도 낯설기 마련인.

"반갑다."

기현이 유리의 손을 잡았다. 짧은 순간이었지만 그녀는 맞닿은 손바닥을 통해 뭔가를 느끼려는 듯 손에 힘을 주었다. 드러난 목이 추워 보여 야상 지퍼를 올려주려다 말았다. 여러모로, 생방송 중에 야수의 비명을 지른 아이라고는 믿어지지 않았다.

"너도 반갑다." 루미하고도 악수를 했다.

루미는 스키니 진에 검은색 노스페이스 점퍼를 입고 한쪽 다리를 불안하게 떨었다. 어리게 보이는 게 싫은 모양인지 투명한 10대 후반의 피부에 괜히 화장을 짙게 올렸다. 그녀가 주변을 둘러보며 탄성을 질렀다.

"오호, 여기 경치는 죽이네요. 날씨 따뜻해지면 고기 구워먹으면 딱 이겠다. 밤에 술 마셔도 끝내주겠는데요?"

"모르겠다. 그렇게 해 본 적이 없어서. 그나저나 레슨이 오래 걸릴 테니 너는 먼저 집에 들어가."

기현의 말에 루미는 눈을 치켜떴다.

"네? 남자 혼자 사는 방에 우리 유리만 남겨두고 가라고요? 제가 아저씨를 어떻게 믿고요?"

"그럴 일 없다. 걱정하지 마."

"아저씨 고자에요?"

"그렇다고 해 두자."

"안 돼. 믿을 수 없어. 안 서니까 걱정 말라는 새끼들 다 잘만 서더라. 저는 옆에서 폰이나 하고 있을 테니까 레슨하세요."

"그렇게는 안 돼. 집중도 안 되고. 너도 하루 종일 지겨울걸? 만에 하나라도 무슨 일이 생기면 유리가 다 말할 거잖아. 나도 가뜩이나 무거운 발에 전자발찌 차고 싶진 않아."

"유리야. 괜찮겠어?"

루미의 물음에 유리는 고개를 끄덕였다.

"무슨 일 있으면 전화해. 내가 바로 달려올게."

루미는 여전히 미심쩍은 시선으로 기현을 보았다.

"앞으로도 여기까지 데리고만 와. 갈 때는 내가 태워다주면 되니까."

"72프로쯤 믿고 갑니다."

루미는 여전히 미심쩍은 시선을 기현에게 남기고 계단을 내려갔다. 칙칙, 라이터 튕기는 소리를 뒤로 던지면서.

이제 둘만 남았다. 유리는 처분을 기다리는 자세로 얌전히 서 있었다.

"춥다. 들어가자."

기현은 먼저 방으로 들어가려다가 유리의 손을 잡고 방으로 데리고 왔다.

커즈와일 키보드, 미디 프로그램 큐베이스가 깔린 컴퓨터, 야마하 모니터 스피커까지. 며칠 전에 민주가 사준 악기들로 그럭저럭 홈스튜디오가 꾸며졌다. 컴퓨터 하드에는 기현이 다운받아 놓은 클래식 음악이 수십 기가였다. 대부분이 오페라 아리아였고 양념처럼 연주곡도 준비해놓았다.

옥탑방치고는 꽤 넓은 방이어서 답답한 느낌은 없었다. 소리를 크게 질러도 옆집에 들릴 일도 없었다. 남쪽으로 창문도 나 있어 개방감이 좋은데 어차피 유리하고는 상관이 없겠다 싶었다.

좁은 공간에 마주 앉았다. 유리는 햇빛을 묻혀서 들어온 것처럼 방을 더 밝아 보이게 했다. 긴장을 했는지 가슴께가 조금 빠른 속도로 오르락내리락했다. 입술에서 희미한 입김이 흘렀다. 기현은 일어나서 보일러 온도를 올렸다.

그녀는 보이지 않는 더듬이로 공간을 가늠하는 것 같아 보였다. 아마도 후각과 청각으로 이 방의 크기와 온도, 그리고 맞은편에 앉은 나라는 인간을 느끼고 있겠지. 기현은 문득 궁금해졌다.

"하나도 안 보이니? 아무것도?"

"빛과 그림자는 구별이 돼요. 희뿌옇게."

"원래부터 눈이 안 보였어?"

"아니요. 처음엔 잘 보였어요. 열 살쯤부터 흐려졌어요."

유리는 속 시원하게 말을 해주지 않았다.

"그래서?"

"시간이 지나면서 점점 더 흐려지다가 떨리기 시작했어요."

"눈이 떨려?"

"아니요. 세상이요. 나무도 건물도 구름도 떨었어요. 여러 개로 겹쳐 보이기도 하고. 그러다가 결국."

유리는 거기까지 말하고 입을 다물었다.

"나는 어떻게 보이니?"

기현은 질문을 해놓고선 놀랐다. 불쑥 튀어나와버린 말이었다. 유리는 눈을 몇 번 깜박이더니 천천히 숨을 들이마셨다.

"만져 봐도 될까요?"

당황해서 대답을 못하고 있는데 유리의 손이 천천히, 거침없이 올라와 그의 뺨을 감쌌다. 눈을 감았다. 작고 보드라운 손은 기현의 머리칼과 이마, 코, 그리고 뺨을 느꼈다. 화상 흉터로 덮인 왼쪽 얼굴에도 손이 닿았다. 멈칫하던 손가락은 패이고 얽힌 소용돌이를 산책하고 머물렀다. 기현은 묻고 싶었다.

늘어붙은 고무 같지? 괴물이라고 소리를 지르고 싶니?

유리는 손을 거두었다.

"상처가 있네요."

그렇게 말하는 것이 전부였다. 기현은 조금 얼떨떨해져서 물었다.

"이런 얼굴 만져본 적 없지?"

"처음이에요. 남자 얼굴을 만져본 건."

창으로 들어온 햇살이 그녀의 투명한 뺨에 머물렀다. 잠시 시간이 멎었다.

"교통사고가 났었어. 화상을 입어서 얼굴을 많이 다쳤어. 몸도."

"지금은 괜찮으세요?"

"살아는 있지."

그 말에 유리가 희미하게 웃었다. 기현은 낯선 기분에 더 이상 휩싸이기 싫었다.

"그럼 첫 수업을 시작해볼까?"

"네."

"점자 악보를 알아봤는데 내가 점자를 모르니 곤란하고. 노래를 듣고 멜로디와 가사를 외우면서 배우는 방식으로 하자. 유명한 성악가 중에서도 악보를 제대로 안 배운 사람들이 있어."

"그럴 수도 있나요?"

"이탈리아의 소프라노 미렐라 프레니라는 여자가 있어. 한때 이탈리아에서 가장 사랑받았던 소프라노였는데 프레니도 악보를 안 배우고 바로 노래를 들으면서 익혔어."

"그분도 앞이 안 보였나요?"

"그건 아니야. 루치아노 파바로티도 젊은 시절에는 악보를 제대로 못 봤다고 해. 너도 할 수 있겠지?"

"네."

"제대로 노래를 배우려면 몇 년은 걸려. 그런데 난 몇 달만 너를 가르칠 거야. 그러니까 호흡과 발성, 그리고 오페라에 대한 이해를 중심으로 수업을 할 거야. 일단, 첫 번째 연습곡을 뭘로 할까 생각을 많이 해봤는데. 니가 방송 리허설에서 불렀던 밤의 여왕의 아리아는 충분히 훈련이 안 된 상태에서 계속 부르면 목을 다칠 위험이 많아. 잠깐만 다시 불러볼래?"

유리는 작은 목소리로 네, 대답하고는 자리에서 일어났다. 그리고 밤의 여왕의 아리아를 불렀다. 놀랍게도 아이패드로 들은 리허설 때와 똑같이 불렀다. 기현의 의혹은 확신으로 바뀌었다. 중간쯤 들었을 때 기현은 노래를 멈추었다.

"루치아 포프라는 사람 아니?"

"루치아… 포프요? 처음 듣는 이름인데요."

"그럴 리가."

"왜요?"

"네가 부르는 창법이 그 가수하고 똑같아."

"제가 듣고 따라한 CD가 그 가수의 앨범이었나 봐요."

"CD?"

"CD를 듣고 따라 부르면서 노래를 배웠거든요."

"그 CD 내일 갖고 올 수 있니?"

"네. 그럴게요."

"하나 더 물어볼게. 리허설은 잘 불러놓고 왜 생방송 때는 그렇게 비명을 질렀지?"

유리는 대답을 하지 않았다. 기현은 기다렸다. 침묵 속에 줄다리기가 이어졌다.

"나에게 노래를 배우고 싶니?"

"네."

"그럼 대답해. 왜 그런 짓을 했지?"

유리는 끝내 입을 열지 않았다. 기현도 오기가 생겼다.

"왜 말을 못해? 나는 너의 선생이야. 넌 전적으로 내 말을 들어야 한다. 이런 식으로 하면 널 가르칠 수 없어."

유리는 고개를 숙였다. 불편한 침묵이 얼마나 더 흘렀을까. 기현은 루미에게 전화를 걸었다.

"와서 친구 데려가. 수업 끝났어."

유리는 고집스럽게 숙인 고개를 들지 않았고 기현도 더 이상 말을 하지 않았다. 자존심 대결이라도 하는 연인처럼 서로의 숨소리만 들으며 삼십 분을 방에서 버텼다. 결국 루미가 왔다.

"이렇게 일찍 끝낼 거면 왜 가라고 했어요? 그냥 기다린다니깐. 하긴 첫 수업은 일찍 끝나야 맛이지. 뭘 좀 아는 선생님이네."

루미와 함께 방을 나가는 유리의 등을 보면서 기현은 첫 수업이 마지막 수업이 될지도 모른다는 생각을 했다.

그날 밤 기현은 좀처럼 잠을 이루지 못했다. 결국 자정이 넘은 시간에 민주에게 전화를 걸었다. 그녀는 아직 밖인지 사람들 목소리가 섞여 들리는 곳에서 전화를 받았다.

"시끄럽죠? 회식 중이어서. 무슨 일로 직접 전화까지 주셨어요? 첫 수업은 어땠어요?"

"못 가르치겠어."

"왜요?"

"애가 너무 고집이 세."

"그렇지는 않던데."

"내가 물어봤어. 그날 생방송에서 왜 그랬는지. 죽어도 얘길 안 해. 아예 입을 안 열어."

"그거 알아요? 선생님이 되려면 몇 년을 공부하고 그 어렵다는 임용고시를 통과해야 해요. 그러고도 진정으로 좋은 선생님이 되는 사람은 별로 없죠. 당신은 노래밖에 모르던 사람이에요. 10년이 넘도록 노래도 안 불렀고 세상하고는 담을 쌓고 살았죠. 그런데 이제 와서 갑자기 좋은 선생님이 쉽게 될 줄 알았어요?"

"나보고 교대에 입학이라도 하라고?"

"조금만 참아 봐요. 그 부분은 일단 넘기면 되잖아요. 당신한테도 절대 남한테 얘기하기 어려운 지점들이 있잖아요? 너무 아파서."

민주는 기현을 설득하기 위해 상냥하고도 논리적으로 통화를 이어갔다. 기현의 귀에는 잘 들어오지 않았다.

전화를 끊고 다시 눈을 감았다. 오랜만에 신경을 써서 그런지 몸이 매트리스를 뚫고 꺼질 듯이 피곤했다. 그런데도 여전히 잠은 오지 않았다.

컴퓨터를 켜고 음악을 틀었다. 괴테의 고전 〈젊은 베르테르의 슬픔〉을 오페라로 만든 〈베르테르〉 중에서 베르테르가 부르는 아리아 〈봄바람이여 어찌하여 나를 깨우는가〉. 호세 카레라스의 청아한 음성이 바람처럼 그를 휩쌌다.

어째서 나를 깨우는가, 봄바람이여?
지금 내 얼굴에 미풍이 부드럽게 와 닿지만
언젠가는 슬픔의 시간이 태풍으로 휘몰아치겠지.
어째서 나를 깨우는가, 봄바람이여?
지난날 영화(榮華)의 추억은 온데간데없고
나를 기다리는 것은 오직 애수(哀愁)와 비참함뿐인데.
슬프다! 어째서 나를 깨우는가, 봄바람이여?

원치 않았던 삶의 변화를 앞두고 복잡한 감상이 밤하늘의 먹구름으로 변해 몰려들었다.
나에게 희망이 없는데, 내가 다른 사람에게 희망을 줄 수 있을까?

22

파장으로 끝난 첫 수업 다음날이었다. 기현이 천호동에서 명일동으로 가는 손님을 막 내려줬을 때 전화가 걸려왔다. 루미였다. 그녀는 어제 무슨 일이 있었는지 전혀 모르는 눈치였다.

"한 시간 뒤에 도착해요."

태연하게 레슨을 받으러 온다는 말이었다. 오지 말라고 하려다가, 무슨 생각으로 오는지가 궁금해졌다. 집으로 택시를 돌렸다.

기현이 도착하고 얼마 안 있다가 온 유리는 CD를 내밀었다. 원래 케이스 대신 공 CD 케이스에 알맹이만 넣어 온 CD는 예상과 달리 루치아 포프의 앨범이 아니었다. CD 표면에는 '한국인이 사랑하는 불멸의 아리아' 라는 흔한 타이틀이 적혀 있었다. 12곡의 유명한 아리아를 모아 놓은 컴필레이션 앨범이었다. 제일 마지막 트랙이 루치아 포프가 부른 밤의 여왕 아리아였다.

"이거 주러 왔어?"

"노래 가르쳐 주세요."

"왜?"

"노래를 부르고 싶어서요."

"왜 노래를 부르고 싶은데?"

"노래 밖에 할 수 있는 일이 없으니까요."

그 말에 기현은 말문이 막혔다. 유리는 햇살에 빛나는 눈을 깜박였다.

"앞이 안 보여서 유리한 점도 있어요. 전 공부도 할 필요 없고 외모에 신경 쓸 수도 없어요. 남자친구한테 시간을 쓸 일도 없죠. 가족들과 식사를 하러 갈 필요도 없어요. 전 오직 노래밖에 없어요."

"그렇게 노래를 배우고 싶다면 내가 시키는 일은 무조건 해야 해. 나는 이제부터 네 선생님이니까."

"네, 선생님."

"그러니까 대답하라고. 왜 그랬냐고. 왜 생방송 중에 그렇게 지랄을 했냐고!"

이번에도 유리는 입을 다물었다. 기현은 치밀어 오르는 화를 겨우 억눌렀다. 그런데 그녀의 얼굴이 공포에 물드는 모습이 보였다. 민주가 보여준 생방송 영상에서 유리의 몸이 굳어질 때 표정과도 비슷했다.

"그것만은 얘기해줄 수 없다?"

유리는 고개를 끄덕였다.

"좋아. 그럼 그 대답은 나중에 듣도록 하지. 하지만 명심해둬. 나도 고집이라면 너 못지않아."

그제야 유리의 표정이 조금 누그러졌다.

"혹시 이 CD 중에서 또 부를 줄 아는 노래가 있나?"

유리는 잠시 생각하더니 대뜸 노래를 시작했다. 기현은 목 뒤에서부터 등으로, 이어서 팔과 다리까지 돋는 소름을 막을 도리가 없었다.

순결한 여신이여,

당신은 신성한 나무들을 은빛으로 물들입니다.

우리에게 보여주십시오.

당신의 아름다운 모습, 베일도 쓰지 않은 모습을.

진정시켜 주소서 타오르는 마음을.

진정시켜주소서 도전적인 열정을.

뿌려주소서 땅 위에 평화를.

당신께서 하늘에서 그렇게 한 것처럼.

노래를 끝낸 유리는 담담한 얼굴로 서 있었다. 마치 노래방에서 간단한 발라드 한 곡쯤을 부른 뒤처럼. 기현은 어지러운 머리를 진정하느라 시간이 걸렸다.

그녀가 부른 노래는 벨리니의 오페라 〈노르마〉에 나오는 아리아 〈정결한 여신(Casta Diva)〉이었다. 〈밤의 여왕 아리아〉와는 또 다른 의미에서 아무나 부르기 어려운 곡이다.

"이상한가요?"

"이상한 게 한두 가지가 아니야."

"죄송합니다. 선생님."

"아니! 죄송한 게 아니라!"

무슨 말부터 해야 할지 몰라 화를 내버렸다. CD를 보니 첫 곡이 바로 〈정결한 여신〉이었다. 누가 불렀는지는 확인해보지 않아도 알 것 같았다.

"안젤라 게오르규라는 소프라노를 알아?"

"아니요."

맙소사.

"네가 듣고 따라한 사람이 안젤라 게오르규야. 넌 정말 그 여자처럼 노래를 불렀다고."

유리는 눈만 껌벅일 뿐이었다.

"정말 아무것도 모르는구나."

기현은 흥분해서 머리를 쥐어뜯었다. 이번 노래 역시 허점이 무척 많았으나 유리의 음감과 성량만큼은 천부적이었다. 더구나 악보도 보지 않고, 정규 교육을 받지 않고, 아무것도 모른 채 오직 듣고 따라 부른 노래가 이 정도라면 천재라는 표현을 쓰지 않을 수 없었다.

"일단 벨리니의 오페라 〈노르마〉가 어떤 작품인지부터 얘기해줄게. 아니, 그보다 더 먼저. 네가 부르는 노래들이 오페라 아리아라는 건 알지?"

"네. 오페라에 나오는 노래들이잖아요. 오페라를 본 적은 없지만."

기현은 흥분을 겨우 가라앉히며 설명을 시작했다.

"벨리니는 이탈리아의 작곡가야. 이탈리아에는 유명한 오페라 작곡가들이 많지. 나중에 얘기해주겠지만, 베르디, 푸치니, 비발디, 도니제티… 들어봤니?"

"몇 명은요. 이름만."

"우리나라에서는 이런 작곡가들이 더 유명하지만 이탈리아에서는 벨리니 역시 최고의 작곡가로 손꼽혀. 이탈리아에서 유로화를 쓰기 전에 우리나라의 원처럼 리라라는 돈을 사용했는데 리라 지폐에 그려진 유일한 음악가가 벨리니였어. 5천 리라짜리 지폐에. 뒷면에는 바로 오페라 〈노르마〉가 그려져 있었고. 그 정도로 대단한 작품이야."

"무슨 내용인데요?"

"간단해. 오래전 노르마라는 이름의 여사제가 살았어. 사원의 계율에 따르면 여사제는 순결을 지켜야 했고 따라서 남자를 가까이하면 안 됐지. 그런데 노르마에게는 사랑하는 사람이 있었어. 그 남자의 이름은 폴리오네야. 그런데 폴리오네가 다른 여자와 사랑에 빠진 사실을 노르마가 알게 되었지. 그것도 노르마 밑에서 신을 모시는 젊은 여사제 아달지사와! 분노한 노르마는 자신의 권력을 이용해 폴리오네를 잡아오지. 노르마는 여전히 폴리오네를 열렬히 사랑했어. 그녀는 폴리오네에게 아달지사를 포기하면 목숨은 살려주겠노라고 제안을 하지. 그런데 폴리오네는 제안을 거부해. 이에 노르마는 청중이 지켜보는 가운데 말하지. 우리 중에 계율을 어긴 여사제가 있으니 처단하고자 한다! 그녀의 이름은… 노르마!"

"네? 어떻게 된 거죠?"

"노르마가 자기의 비밀을 고백하고 스스로 화형대의 화염 속으로 뛰어든 거지."

"그 남자를 너무 사랑해서였나요?"

"아마도. 오페라 〈노르마〉는 음악적인 면에서도 훌륭하지만 마리아 칼라스를 떼놓고 생각할 수 없는 오페라야."

"마리아 칼라스… 라디오에서 이름은 들어봤어요."

"인류 역사상 가장 유명한 소프라노지. 벨리니의 〈노르마〉가 초연된 해가 1831년인데 기교적으로 너무 어려워서 그 뒤로 100년이 넘도록 거의 무대에 올리지 못했어. 그러다가 1950년이 넘어서 마리아 칼라스가 노르마 역을 완벽하게 해석하고 노래해 냄으로써 〈노르마〉는 부활하게 돼. 노르마는 마리아 칼라스의 대표 배역으로 자리 잡고. 이 노래 〈정결한 여신〉은 칼라스의 대표 레퍼토리로 사랑받지. 칼라스 이후 수많은 후배 소프라노들이 노르마 역에 도전했지만 칼라스만큼 완벽하게 소화해내는 사람은 없는 것 같아. 네가 따라 불렀던 안젤라 게오르규 정도는 나쁘지 않은 편이야."

"멋져요." 세 글자를 발음하는 유리의 목소리가 떨렸다.

"뭐가?"

"이런 이야기들이요."

유리는 보지 못하는 눈을 반짝이며 기현의 이야기에 몰입했다. 기현도 이야기를 하면서 흥분했다. 그 역시 유리 또래일 때 오페라에 빠져 살았다. 아리아를 들으면서, 오페라보다 더 오페라 같은 작곡가와 가수들의 실제 이야기를 알아가면서 가슴이 뛰었다.

"칼라스는 실제로도 노르마와 비슷한 삶을 살았어. 세계 최고의 소프라노 자리에 오른 후 그녀는 미국의 선박왕이라는 오나시스라는 사람하고 사랑에 빠져. 엄청 돈이 많은 사람이었지. 칼라스가 오나시스를 얼마나 좋아했냐하면 결혼을 하기 위해 음악도 뒷전으로 미루고 국적까지 바꿀 정도였지. 그런데 오나시스는 칼라스하고 한참 뜨거운 사랑을 하다가 그녀를 버리고 다른 여자와 결혼을 해. 바로 케네디 대통령의 미망인 재클린 케네디야. 칼라스는 실연의 아픔을 이기지 못했어. 눈물을 흘리면서 정결한 여신을 부른 뒤 무대를 떠나지. 그 후로 모습을 드러내지 않다가 젊은 나이에 세상을 떠났어."

유리의 입에서 탄식이 흘러나왔다.

"노르마하고 비슷하네요."

"그래서 사람들이 더더욱 칼라스와 노르마를 동일시하는지도 모르지."

기현은 유리가 따라 불렀다는 CD를 확인했다. 마리아 칼라스가 부른 노래는 없었다.

"한 번 들어볼래?"

마리아 칼라스가 부른 노래 두 곡을 들려주었다. 푸치니의 오페라 〈토스카〉 중에서 〈노래에 살고 사랑에 살고〉, 그리고 유리가 막 부른 〈정결한 여신〉. 유리는 홀린 표정으로 음악을 들었다.

"어때?"

"열정이 넘쳐흐르는 목소리에요. 이런 목소리는 들어 본 적이 없어요."

"바로 그거야. 사실 칼라스의 격정적인 음성을 싫어하는 사람들도 있어. 고음에서도 지나치게 생소리로 지른다는 거지. 하지만 대부분 오페라의 여주인공들은 비극적인 운명에 처해. 극 중 역할을 생각하면 예쁜 척하지 않고 격정적인 소리로 내지르는 것이 당연해."

"왜 오페라의 여주인공들은 비극적인 운명을 맞죠?"

"나중에 얘기해줄게. 오늘 배울 부분은 아니야."

"저는 해피엔딩이 좋아요. 선생님은요?"

기현은 말을 돌렸다.

"오늘은 마리아 칼라스에 대해 안 것만 해도 충분히 수업은 한 셈인데. 그래도 호흡법은 배우고 가자."

"토스카 이야기도 해주세요."

"음. 토스카 역시 이야기나 음악 면에서 최고의 완성도를 가진 오페라 중 하나지. 게다가 극 중에서 토스카의 직업이 가수야. 말 그대로 극 중 인물과 한 몸으로 동화할 수 있는 기회지. 아까 들었던 아리아 〈노래에 살고 사랑에 살고〉를 부를 때면 마치 자신의 운명을 노래하는 것처럼 몰입하면서 눈물을 흘리는 소프라노들도 있어."

기현은 토스카의 줄거리를 이야기해주었다.

"토스카는 24시간 동안 벌어지는 이야기야. 화가였던 카바라도시는 오페라 가수 토스카와 연인 사이야. 예술과 사랑에 흠뻑 젖어 행복하게 살던 어느 날 카바라도시에게 옛 친구가 찾아와. 그는 국가로부터 쫓기고 있는 신세였고 카바라도시는 친구를 숨겨주지. 그런데 죄수를 쫓던 경시총감 스카르피아가 카바라도시가 죄수를 숨겨준 것을 알아차려. 스카르피아는 카바라도시를 잡아와서 고문을 하며 죄수를 숨긴 곳을 말하라고 하지. 그래도 카바라도시가 입을 열지 않자 연인인 토스카까지 붙잡아 와. 옆방에서 카바라도시를 고문하는 소리를 들려주며 토스카를 협박해. 카바라도시를 죽이겠다고. 그를 살리고 싶으면 자신에게 몸을 바치라고."

"너무 나빠요!" 유리가 소리쳤다.

"맞아. 스카르피아는 나쁜 놈이지. 그는 토스카가 몸을 주면 그 대가로 총살을 하는 척만 하고 나중에 토스카와 함께 국외로 탈출할 수 있게 해주겠다고 해. 토스카는 사랑하는 이를 살리고 함께 떠나기 위해 희생을 각오하지. 스카르피아는 여행증까지 써주면서 토스카를 향해서 접근하지. 토스카는 물러서려다 식탁 위의 칼이 잡히자 겁탈하려는 스카르피아를 찔러 죽여. 그리고 그의 손에서 여행증을 빼앗고 십자가를 가슴에 놓아주고 나와. 총살을 기다리고 있는 연인 카바라도시에게 가서 가짜 총살형이 진행될 예정이니 총소리가 들리면 죽은 척을 하라고 알려줘. 카바라도시가 말하지. '그럴게. 토스카 당신이 오페라 무대에서 하듯이 그럴게!' 그런데 형식에 그칠 줄 알았던 사형집행은 진짜였어. 카바라도시는 총탄에 맞아 죽고 말지. 스카르피아는 마지막까지 토스카를 속였던 거야. 결국 토스카가 스카르피아를 죽인 사실도 알려지고 토스카는 성벽 위에 뛰어 올라가지. 이미 떠난 연인 카바라도시를 따라 성벽 아래로 몸을 던지면서 끝."

유리의 눈에 눈물이 맺혔다.

보지 못하는 눈도 눈물은 흘려요. 그녀의 눈은 그렇게 말했다.

"원래 잘 우니?"

"아니요. 몇 년간 울어본 적이 없는데요."

유리는 손등으로 눈물을 쓱 닦았다.

"저 그 노래로 연습하고 싶어요. 〈노래에 살고 사랑에 살고〉."

"안 돼."

"왜요?"

"네가 좋은 목소리와 탁월한 음감을 타고났다는 건 알겠어. 그런데 그런 건 다듬지 않으면 아무짝에도 쓸모없어. 그런 노래들은 최소한의 기본기를 익힌 다음에 가르쳐줄게."

"네, 선생님."

"이제부터 내가 부르라고 하는 노래만 불러. 절대로 다른 노래를 따라 부르면 안 돼. 알겠지? 완전히 처음부터 다시 시작한다고 생각해."

"네, 선생님."

"첫 연습곡은 이태리 가곡이야. 까로 미오 벤(Caro mio ben)."

"무슨 뜻이에요?"

"나의 다정한 연인. 이 노래를 통해 발성의 기본을 배울 거야. 그러니까 음 하나하나, 호흡 하나하나를 신경 쓰면서 들어봐. 조수미 씨가 부른 버전이야."

기현은 노래를 틀어주었다. 유리는 스피커 앞에 앉아서 흡수하듯이 노래를 들었다.

내 사랑, 내 기쁨. 저의 말을 믿어 주세요.
그대 귀한 몸과 이별할 때 저는 참 쓸쓸해요.
한숨짓는 저를 그대 너무 멸시하지 마세요.

노래를 다 듣고 나서 가사를 설명해주었다. 유리는 미소 짓는 얼굴로 고개를 끄덕였다.

"뜻도 제목도 멜로디도 다정하네요."

기현은 한 번 더 노래를 들려주고 앞부분을 따라 하도록 시켰다. 유리의 노래를 잠시 듣다가 멈추었다.

"자. 잘 들어봐. 성악의 처음과 끝은 호흡이야. 호흡 위에서 공명, 발성 모든 것이 이루어져. 일단은 호흡을 길게 내도록 훈련하는 것이 중요하고 그다음은 같은 양의 호흡으로도 최대한 맑고 우렁찬 소리를 내는 것이 중요해. 호흡을 낭비하지 말라는 거지. 호흡이 딸리면 다른 에너지로 노래를 부르게 돼. 목이나 성대 주위에 힘을 주고 혀, 볼, 가슴까지 경직되지. 자. 먼저 목을 활짝 여는 것이 중요해. 아, 하고 크게 입을 벌려봐."

기현은 유리의 어깨와 등을 잡아주며 자세를 바로 세웠다.

"입만 크게 벌린다고 되는 일이 아니야. 턱을 열어야지. 먼저 위아래로. 그다음 좌우로. 하품 원리를 이용해. 그냥 턱을 열려고 하면 잘 안 돼. 하품한다고 생각하고 호흡을 안으로 넣으면서 턱을 열어봐. 그렇지. 훨씬 쉽지?"

한참 숨 쉬는 동작을 시키고는 다음으로 이어졌다.

"복식호흡이라는 말 들어봤지. 어떤 사람도 배로 숨을 쉴 수는 없어. 숨은 폐로 쉬는데 폐는 가슴에 있으니까. 그런데 왜 복식 호흡이라는 말을 쓰느냐. 우리 몸에는 횡격막이라는 것이 있어. 여기쯤."

기현은 유리의 가슴과 배 사이를 손으로 가볍게 눌렀다. 유리가 흠칫 놀라며 몸을 떨었다. 기현이 설명을 이었다.

"폐와 심장 아래 횡격막이 있어. 숨을 마시면 횡격막이 내려가면서 공기를 폐 안으로 집어넣는 게 호흡의 원리야. 횡격막이 많이 내려갈수록 더 깊이 숨을 쉬겠지? 횡격막이 아래로 내려갈수록 배에 있는 장기가 밀려나 배가 불룩해지지. 그래서 마치 배로 숨을 쉬는 것 같다고 해서 복식호흡이라고 하는 거야. 한 번 해봐."

유리는 최대한 숨을 크게 들이쉬었다.

"아니. 넌 지금 가슴이 들리잖아. 가슴이 위로 올라간다는 건 횡격막이 덜 내려갔다는 뜻이야. 가슴은 그대로 유지하고 배를 팽창시킨다고 생각해. 그러려면 먼저 배에 힘을 빼야 해. 그렇지. 최대한, 더, 더. 그 상태로 멈춰! 그리고 머리로 3초를 세. 하나, 둘, 셋. 내뱉고. 잘했어."

"왜 3초를 참아요?"

"횡격막을 최대한 내린 상태에서 유지하는 연습이야."

기현은 몇 번을 더 반복시켰다.

"그다음 단계. 숨을 뱉을 때 쓰으, 하고 바람이 새는 소리를 내면서 내뱉어. 해봐."

유리는 시킨 대로 여러 번을 반복했다.

"자. 그게 1번이야. 2번은 내뱉을 때 후우, 소리가 살짝 난다는 느낌으로, 입술로 숨을 내보내. 해봐."

3번은 성대를 통해 숨을 내뱉도록 했다. 4번은 좀 달랐다.

"이번에는 천천히 숨을 들이마시지 말고 최대한 빨리 숨을 마셔. 턱과 목을 활짝 열고. 그다음 최대한 숨을 깊이 넣은 다음 머리로 열까지 세. 처음엔 힘들 거야. 그래도 참고 해. 그리고 편안하게 숨을 내보내. 해 봐."

유리는 눈을 감고 기현이 시키는 대로 연습했다. 힘이 드는지 얼굴이 벌게졌다.

"4번 연습을 충분히 해놓으면 노래할 때 편해. 최대한 빠른 시간에 숨을 충분히 확보하고 버틸 수 있으니까. 나중에 열이 아니라 스물까지 셀 정도가 되면 호흡은 아주 좋아지는 셈이지."

기현은 자세를 계속 잡아주면서 연습을 시켜주었다. 그런 식으로 네 가지의 호흡법을 반복했다.

"이제 1번부터 4번까지 확실히 알겠지?"

"네."

"아는 건 아무 의미가 없어. 습관으로 만들어야 해. 오늘부터 매일 자기 전에 30분, 일어나서 30분씩 연습해. 하루도 빼먹으면 안 돼."

"네, 선생님."

"그럼 이번에는 복식호흡을 하면서 카로미오벤을 불러봐."

기현은 한 번 더 노래를 들려주고 유리에게 노래를 시켰다. 그녀는 배운 호흡법을 최대한 유지하면서 노래했다.

"입 더 크게 벌리고! 턱을 열라고!"

기현은 몇 번이고 반복해서 노래를 부르도록 하면서 호흡을 바로잡아주었다. 유리의 적응 속도는 놀라웠다. 타고난 성량도 대단했다. 무엇보다 시키는 대로 열심히 따라왔다. 몇 시간 동안 한 노래로 호흡법만 배우는데도 군소리 없이 따라왔다. 가르치는 재미가 있었다. 그는 유리가 부르는 노래를 녹음해두었다. 나중에 발성을 완전히 익힌 뒤에 부르는 노래와 비교해주기 위해서였다.

어느새 오후가 훌쩍 지났다. 잠시 노래를 쉬는 중에 유리 배에서 꼬르륵 소리가 났다.

"배고프니?"

"네."

"오늘은 이 정도면 됐다. 노래 핸드폰에 담아줄 테니까 집에 가서 더 연습해. 하루에 한 시간씩 호흡만 따로 연습하는 것도 잊지 말고. 충분히 호흡법을 익힌 다음에도 최소한 1년은 호흡을 따로 연습해야 해."

"네 선생님."

기현은 핸드폰에 〈카로미오벤〉을 담아주었다. 혼자 연습할 수 있도록 반주 음악도 넣어주었다.

"선생님."

"왜?"

"아까 그 노래도 담아주시면 안 돼요? 토스카 〈노래에 살고 사랑에 살고〉요."

"따라 부르지 않겠다고 약속하면."

"약속할게요. 듣기만 할게요."

"좋아. 대신 마리아 칼라스 말고 안젤리나 게오르규가 부른 버전을 담아줄게."

"왜요?"

"혹시라도 따라 할까 봐."

"마리아 칼라스를 따라 하면 안 되나요?"

"목 다쳐. 나중에 네가 완벽한 발성을 익히게 되면 한 번 도전해 봐."

레슨이 끝나고 유리를 집까지 태워 주었다. 정릉 터널을 지나 삼양동으로 들어섰다. 조수석에 앉은 유리는 콧노래로 카로미오벤을 흥얼거렸다. 유난히 노을이 붉은 저녁이었다. 기현은 스르르 근육이 이완되는 기분을 느끼며 중얼거렸다.

"하늘이 참 예쁘네. 노을 본 적 있니?"

"네. 어릴 때요."

"오늘 참 노을이 짙다."

"신기해요."

"뭐가?"

"선생님이 노을이 짙다고 말만 한 것뿐인데 빨갛게 물든 하늘이 그려져요."

그녀의 배에서 또 꼬르륵 소리가 났다.

"집에 가면 엄마 계시니?"

"아니요. 늦게 오세요."

"그럼 저녁은?"

"제가 찾아서 먹어요."

"어떻게?"

"그냥 밥하고 밑반찬들하고."

"괜찮아?"

"습관이 되어서요. 그릇을 깨뜨리거나 그런 일은 거의 없어요."

"불을 만지지는 못할 거 아냐?"

"전자레인지 정도는 만져요."

앞이 안 보이는 아이가 혼자 집에서 차려 먹는 식사는 어떨까 생각하니 기현은 기분이 먹먹해졌다.

"짜장면 먹고 들어갈래?"

"대박! 완전 좋아요!"

유리는 자기도 모르게 소리를 질렀다.

기현은 차를 골목 안으로 천천히 몰면서 중국식당을 찾았다.

흔한 중국식당에 들어가서 짜장면을 시켜 비벼주었다. 그녀는 큰 소리로 잘 먹겠습니다, 인사를 하고는 고개도 들지 않고 먹었다.

"천천히 먹어라. 체할라."

그렇게 말해도 유리는 짜장을 묻힌 입으로 헤, 웃어 보이고는 다시 흡입했다. 기현도 참 오랜만에 저녁을 맛있게 먹었다. 생각해보니 십수 년 만에 먹는 짜장면이었다.

다 먹고 나서 기현은 냅킨에 물을 적셔 유리의 입가를 닦아주었다.

"아기네. 열여덟 살짜리 아기."

유리는 뭔가를 음미하는 사람처럼 기현이 입을 다 닦아줄 때까지 눈을 감고 가만히 있었다. 손님들 몇몇이 돌아보는 시선을 느꼈지만 기현은 신경 쓰지 않았다. 유리는 두근거리는 목소리로 고백했다.

"최고의 날이에요. 눈을 잃은 후 이렇게 행복했던 날은 없었어요."

생각해보니 기현도 사고 이후 가장 특별한 하루였다. 행복이라는 표현은 몰라도 특별했던 날은 맞다.

식사를 마치고 유리를 집 앞에 내려주었다. 그녀가 사는 동네는 금방이라도 철거할 것 같은 쇠락한 주택가였다. 차라리 기현이 사는 옥탑방이 나아 보일 정도로. 대문을 열어주려고 했지만 유리는 괜찮다며 손사래를 쳤다.

"그럼 조심해서 들어가. 연습 많이 하고."

문 앞에서 그녀는 꾸벅 인사했다.

"고맙습니다. 다정하게 가르쳐주셔서."

23

그날 밤 택시를 모는 내내 유리의 음성이 자꾸만 귀에 울렸다. 강변북로를 달리면서도, 길이 낯선 동네 골목을 헤매면서도, 만취한 손님의 코 고는 소리를 들으면서도, 남산 1호 터널을 지나면서도 그녀의 목소리를 떠올렸다. 지금껏 단 한 번도 들어본 적 없는 말이었다.

고맙습니다. 다정하게 가르쳐주셔서.

24

일주일 동안 호흡법과 발성에 집중했다. 카로미오벤과 함께 연습한 곡은 가곡 〈송어〉였다.

"정말 물속에서 고기가 뛰어노는 것 같아요."

밝은 노래가 마음에 들었는지 유리는 해맑은 표정을 잃지 않고 되풀이해서 노래를 따라 불렀다. 그녀는 그동안 하지 못했던 공부에 신이 나서 탐욕스러울 만치 연습했다. 지겨워하는 모습은 한 번도 보이지 않았다. 발성을 가르쳐주거나 오페라 이야기를 들려줄 때 그녀의 눈은 별처럼 반짝였다. 가곡 두 곡은 일주일 만에 아주 깔끔하게 완성을 했다.

"빨리 아리아를 부르고 싶어요."

"가곡도 좋잖아? 카로미오벤과 〈송어〉도 그렇게 좋아하면서."

"아리아에는 이야기가 있잖아요. 여주인공이 된 것처럼 노래를 부르고 싶어요."

원래 기현의 계획은 매일 오후에 두 시간 레슨을 하고 그 뒤로는 택시 영업을 할 생각이었으나 어쩌다 보니 세 시간, 네 시간 레슨이 길어졌다. 종종 저녁까지 같이 먹고 밤에만 택시를 몰게 되었다.

그에게도 변화가 많이 생겼다. 가장 큰 변화는 금주였다. 일부러

술을 먹지 않으려고 작정한 것은 아니었다. 레슨을 한 지 일주일 동안 한 번도 술을 입에 대지 않았다. 침묵이 흐르던 그의 택시 안에 음악이 흐르기 시작한 것도 큰 변화였다. 그는 예전에 듣던 오페라 아리아들을 차에서 틀고 다녔다. 손님이 타면 소리를 줄였는데 가끔 크게 들려달라는 손님도 있었다. 여전히 그를 기억하는 손님은 없었다.

레슨 열흘 째 되는 날이었다.

"오늘은 공명에 대해 공부한다. 공명. 소리를 울린다는 뜻이지. 이런 방안에서만 노래를 부를 거라면 공명은 중요하지 않아. 그러나 대부분 오페라는 큰 극장에서 공연을 해. 세종문화회관 같은 곳은 3천 석이 넘어. 그런 공간에서 마이크 없이 노래를 해서 2층 관객들에게까지 소리를 전하려면 공명이 없이는 불가능하지."

"생각만 해도 멋있어요."

"잘해야 멋있겠지. 못 하면 망신이야. 노래 좀 한다는 오페라 가수들 중에서도 공명이 잘 안 되는 사람들은 소리가 멀리 못 뻗어 나가. 자, 한 번 노래를 들어보자. 이번에는 소프라노가 아니라 테너의 목소리야. 얼마 전에 토스카 얘기를 해 준 적 있지? 토스카의 상대역 테너가 부르는 아리아야. 총살을 당하기 전날 밤, 사랑하는 토스카에게 편지를 쓰다 말고 부르는 애절한 사랑 노래지. 제목은 〈별은 빛나건만〉."

카라얀의 지휘를 받은 베를린 필하모니의 연주 위로 거룩한 음성이 울려 퍼졌다. 유리는 미동도 보이지 않고 노래를 감상했다.

별은 빛나고 대지는 향기로 가득하다. 정원 문이 삐걱거리며 열리면 모래 길을 밟아오는 발자국 소리 들린다. 향기로운 그녀가 들어서며 두 팔에 쓰러져 안기네. 오, 부드러운 입맞춤 달콤한 손길. 떨리는 손으로 그녀의 베일을 걷어 아름다운 얼굴을 드러낸다. 아, 이젠 영원히 사라진 사랑의 꿈이여. 그 시간은 가버리고 절망 속에 나는 죽어가네. 나는 죽어가네. 내가 이토록 살고 싶었던 적이 또 있었던가.

"호세 카레라스라는 테너의 목소리야. 어때?"
"남자가 부른 아리아를 제대로 들은 건 처음이에요."
"네가 수도 없이 들었던 그 CD에서도 소프라노 아리아가 여섯 곡, 테너 아리아가 여섯 곡이던데?"
"남자 노래는 제대로 안 듣고 그냥 넘겼거든요. 어차피 못 따라 부르니까. 그런데 정말 강력하네요. 마치 소리를 움켜쥐고 던지는 느낌이에요."
"대단한 테너지. 플라시도 도밍고, 루치아노 파바로티라는 이름도 들어본 적 있어?"

"파바로티라는 이름은 들어봤어요."

"지금 막 노래를 부른 호세 카레라스까지 세 사람을 묶어서 이 시대 최고의 테너 세 명으로 치지. 대단한 오페라 가수들이야. 이런 사람들의 소리는 극장 벽을 넘어서까지 들린다고. 그게 바로 공명의 힘이고. 자, 한 번 느껴봐."

기현은 손가락으로 유리의 코를 가볍게 잡았다.

"코를 기준으로 위쪽으로 소리를 보낸다고 생각해야 해. 왜냐하면 소리를 울리는 울림통이 코 위쪽에 있거든. 흔히 두성이라고 하지? 코 울림인 비강과 두성이 합쳐져서 공명이 얻어지는 거야. 자, 한 번 '도, 레. 미, 파, 솔, 라, 시, 도'로 연습해보자."

기현은 건반으로 리드하며 유리의 스케일을 이끌어냈다.

"아직 소리가 코에서만 돌아. 좀 더 올려봐!"

여러 번 반복했는데도 쉽지 않았다. 한 시간 넘게 소리를 찾았지만 만족스러운 결과를 얻지 못했다.

"이러다가 목 상하겠다. 오늘은 그만하고 내일 다시."

그렇게 며칠 동안 연습해서 겨우 소리를 위로 올리는 데 성공했다.

"이번에는 올린 소리를 모으는 연습을 해야 해. 잘 느껴봐."

기현은 유리의 머리를 손으로 만졌다. 먼저 이마. 그리고 뒤통수. 그리고 목 뒤.

"공명을 시킨 소리가 머물러야 할 곳은 이마야. 뒤통수 쪽으로 넘어가면 안 돼. 흔히 가수들의 표현에 따르면 소리를 먹는다고 하지. 목으로 내려가도 소리가 잠겨. 항상 이마에 소리를 모아야 해."

이번 단계의 연습도 며칠이 걸렸다. 잘 따라오던 유리도 곤혹스러워했다.

"소리가 자꾸 흩어져요."

"원래 이 파트가 어려워. 하지만 여기서 소홀하면 맥 빠진 소리밖에 못 낸다고. 정신 똑바로 차리고!"

기현은 유리가 음을 내는 동안 그녀의 이마를 꾹꾹 짚어주며 감각을 안내했다.

"잠깐만 쉴게요." 한참 연습을 하던 유리가 휴식을 요청했다. 벽에 등을 기대고 앉은 그녀는 눈 주변을 어루만졌다.

"눈이 아파?"

"약간요. 오래 뜨고 있으면 시려요."

"시려?"

"완전히 캄캄한 게 아니라 뿌옇고 어른거리는 상태거든요."

기현은 유리의 눈앞에서 손가락을 펴 보였다.

"혹시 이게 몇 갠지 보이니?"

"아니요."

"그럼 눈앞에 내 손이 와 있는 건 보여?"

"아니요."

기현은 거의 닿을 정도로 손을 가까이 댔다. 그러자 유리가 끄덕였다.

"뭔가 눈앞에 온 게 보여요."

사물의 존재만, 그것도 바로 코앞에 다가와야 인지하는 정도였다. 기현은 유리의 눈 상태가 정확히 어떤지 궁금해졌다.

25

며칠 동안 공명의 마법을 배우기 위해 허우적거렸다. 유리는 지칠 대로 지쳤으나 투지로 버티는 모습이 역력했다.

"하루 이틀 수업 쉬었다가 다시 하자. 이러다가 목 다쳐."

"아니요. 계속하고 싶어요."

그녀는 그로기 상태에서도 링에서 내려오지 않고 버티는 권투선

수 같았다.

"그럼 조금만 더 힘내자. 이제부터는 공명의 마지막 단계야. 이마에 모은 소리를 내보내는 비법. 눈과 눈 사이를 주목해."

기현은 유리의 눈썹 사이를 손으로 짚었다.

"여기에 구멍이 있다고 생각해봐."

"구멍이요?"

"소리를 발사하는 구멍. 너 어릴 때 돋보기로 불 피우는 실험 해본 적 있지?"

"네."

"빛을 좁은 구멍으로 모으면 엄청난 에너지로 바뀌잖아. 소리도 똑같아. 소리도 집중할수록 강해져. 눈과 눈 사이의 구멍으로 모은다는 생각으로 연습해봐. 다시 스케일."

기현은 '도, 레, 미, 파, 솔, 라, 시, 도'를 치면서 유리의 발성을 유했다.

"자꾸 흩어진다! 흩어진다고!"

수십 번을 되풀이해도 원하는 만큼 소리가 모이지 않았다. 공명 수업만 일주일째였다.

"선생님 너무 어려워요."

"앞으로 갈 길이 멀어. 대신 공명까지 숙달되면 아리아로 연습하게 해줄게."

그 말에 유리의 눈이 번쩍 뜨였다.

"내일 계속하자. 오늘 너무 오래 했다."

"조금 더 하고 싶어요."

"안 돼. 휴식도 연습이야. 요즘 완전 강행군하고 있다고. 잠깐 같이 가볼 데도 있고."

기현은 유리에게 패딩을 입혀주었다.

"어디요?"

"병원에. 예약해뒀어."

"괜찮아요. 어릴 때 이미 진단을 다 받았어요. 회복 불가능하다고요."

"마지막으로 병원에 간 게 언제야?"

"몇 년 됐어요. 그 사이에 달라질 게 없는데."

"마지막으로 한 번 더 확인해보자."

유리를 꼼꼼하게 검사한 의사가 결과를 전해주었다.

"잘 아시겠지만 원추각막증으로 인해 시력을 완전히 상실한 상태입니다. 이미 오래전에 진행은 다 되었고요. 회복할 방법은 없어 보입니다."

"각막이식이라던가 이런 방법은 안 되나요?" 기현이 물었다.

"가능성이 거의 없습니다."

"거의라면 조금은 있는 건가요?"

"전국에 시각장애인이 20만 명쯤 되는데 각막이식으로 시력을 찾는 사람은 1프로 밖에 안 됩니다. 게다가 유리양은 시력을 완전히 잃기 전에 각막 이식 수술을 한 차례 했다가 실패한 케이습니다."

"그래요?"

"순위가 마지막으로 밀리죠."

"인터넷으로 좀 알아봤는데 수입 각막도 있다고 하던데요."

"어차피 제대로 된 각막을 구하기 어려운 건 마찬가집니다. 수입 각막은 주로 미국이나 스리랑카, 호주에서 들여오는데 A등급 각막은 자국에서 쓰이고 우리나라에 수입되는 각막은 B등급 이하입니다. 각막의 세포 수가 현저히 적죠. 또, 화물로 분류가 되어서 공항에서 며칠씩 시간을 보내야 합니다. 각막은 신선도가 생명입니다. 수술 성공 확률이 국내 각막에 비해 현저히 떨어지죠. 유리처럼 한 번 실패한 경우에는 운 좋게 괜찮은 수입 각막을 받아서 수술한다고 해도 성공할 확률이 거의 없습니다. 또 실패하면⋯ 다신 수술을 할 수 없을 겁니다."

유리는 담담한 표정으로 앉아 있었다. 괜히 데리고 온 유리에게 미안했다.

"좋은 말씀을 못 드려서 죄송합니다."

의사의 형식적인 위로를 들으며 병원을 나섰다. 말없이 운전을 하던 기현이 물었다.

"실망했지?"

"기대도 안 한 걸요. 제가 그렇다고 했잖아요."

"직접 확인해보고 싶었어."

"왜요?"

진짜 오페라 가수에게는 눈이 꼭 필요하니까.

기현은 이유를 말해주지 않았다. 어차피 곧 알게 될 테니.

26

하루도 쉬지 않은 집중 레슨 20일째. 그녀는 한결 더 집중되고 울림이 좋은 소리를 내기 시작했다. 그녀가 부른 노래를 녹음해서 레슨 초반에 녹음해두었던 카로미오멘과 비교해서 들려주었다. 그녀도 확연한 발전을 느낀 듯 흡족해했다.

"좋아. 지금까지 한 호흡법과 공명법은 노래를 부를 때마다 적용

해야 해. 이제부터는 매번 노래를 부를 때마다 호흡과 공명을 연습한다고 생각해."

"네, 선생님."

"약속한 대로 오늘부터 아리아를 연습하도록 해줄게."

"토스카의 아리아를 부르고 싶어요. 〈노래에 살고 사랑에 살고〉."

"어려울 텐데. 쉬운 걸로 하지."

"아니요. 그게 좋아요."

기현은 마지못해 고개를 끄덕였다.

"한 번 불러보자."

반주 음악을 틀었다. 유리는 스피커와 대결이라도 하듯 마주 보고 서서 노래를 불렀다. 일순간에 사랑하는 남자를 빼앗기고 정절마저 위협받게 된 비련의 여주인공이 부르는 아리아.

노래로 살고 사랑으로 살았습니다.

남을 상처 준 일도 없고 불행한 사람을 보면 남모르게 도와주었습니다.

끊임없이 참된 신앙심을 갖고 거룩한 성상에 기도드려 왔습니다.

끊임없이 참된 신앙심을 갖고 제단마다 꽃을 바쳐 왔습니다.

그런데 주님은 왜 제게 이런 보답을 하십니까?

저의 노래를 하늘의 별에 바치기도 했습니다.
왜 주님은 내게 이런 보답을 하십니까?"

노래가 끝났다. 기현은 고개를 끄덕였다. 아직 완벽하고는 거리가 멀었지만 레슨을 받기 전에 엉망이었던 호흡과 발성이 많이 자리를 잡아 안정되게 소리가 났다.

"솔직하게 말해봐. 이 노래 자주 따라 불렀지?"

"아니요." 유리의 목소리가 기어들어갔다.

"딱 들어보면 아는데?"

"아니에요."

"솔직하게 말하면 용서해줄게."

"몇 번 정도요."

기현은 소리를 내어 웃었다. 유리도 웃었다. 그녀의 웃음소리가 강물에 헤엄치는 송어가 튕겨 올린 물방울 같다는 생각을 했다.

"자 그럼 이제 발성의 마지막 단계를 배워보자. 자, 방금 네가 부른 노래를 녹음해놨어. 한 번 비교해서 들어보자. 소프라노 중에 가장 발성이 완벽하다는 몽세라 카바예(Montserrat Caballe)의 노래를 들어보자고."

녹음해두었던 유리의 노래를 들려주고 이어서 카바예가 부르는 토스카의 아리아를 들었다. 유리는 한 소절 한 소절 소리 없이 따라 부르며 노래를 감상했다. 노래가 끝날 때쯤 유리의 표정이 다시 어두워졌다.

"하늘과 땅 차이네요."

"당연하지. 몽세라 카바예는 스페인의 국가대표급 소프라노야. 기교로만 치면 마리아 칼라스보다 한 수 위일 수도 있어. 너랑 가장 큰 차이가 뭐라고 생각하니?"

"하도 차이가 많아서."

"그중에서도. 소리에만 집중해서 비교해보자면?"

"뭐랄까 제소리는 좀 밋밋한데 카바예의 소리는 더 풍부한 것 같아요. 정확하게 표현하기는 어려운데."

그 말에 기현은 깔깔대고 웃었다.

"그래. 제대로 들었네. 풍부하지. 최고로 풍부한 목소리지."

"그런데 왜 그렇게 웃으세요?"

"네가 카바예의 사진을 본다면 좋을 텐데."

"무슨 뜻이에요."

"카바예의 성량을 따라갈 사람은 아무도 없어. 이 여자는 몸무게가 100킬로그램이 넘는다고. 사진을 보면 어마어마해."

"여자가요? 백 킬로요?" 유리의 입이 떡 벌어졌다.

"저도 몸집을 불리면 소리가 커지나요?"

"그렇다면, 몸을 불릴 거야?"

"네." 유리는 망설임 없이 대답했다. 당장 햄버거 다섯 개쯤을 억지로 먹어치울 것처럼.

"그럴 것까진 없어. 카바예의 경이로운 목소리는 타고난 몸보다는 완벽한 호흡과 발성 때문이야. 날씬하고 노래 잘하는 소프라노도 얼마든지 있다고. 일단 네가 부른 노래를 다시 들어보고 얘기하자."

아까 녹음해 놓은 유리의 노래를 재생시켜놓고 기현이 설명했다.

"자 앞에서 잔잔하게 들어가는 부분에서부터. 한 번 들어봐."

기현은 한 소절씩 카바예의 노래를 비교해서 들려주었다.

"카바예의 음성이 물결처럼 굽이치는 게 들리니?"

"네. 아름다워요."

"그에 비해 네 목소리는 그냥 쭉 흐르지. 성대의 진동이 부족하기 때문이야."

기현은 유리의 목에 가볍게 손을 댔다. 유리의 몸이 파르르 떨렸다. 마치 감전되듯 기현의 몸에도 전율이 일었다. 유리의 하얀 목덜미가 눈에 확 들어왔다. 목둘레가 헐거운 티셔츠 안으로 소녀의 가슴골이 엿보였다. 아득하고, 무서워졌다. 기현은 어질어질한 기분을 겨우 떨치고 설명을 시작했다.

"성대는 이쯤에 있는 한 쌍의 주름이야. 남자는 굵고 길고 여자는 가늘고 길지. 그 차이가 음색의 차이를 가져오는 거야. 성대가 잘 떨려야 카바예처럼 풍부하고 윤택한 소리를 얻을 수 있어. 성대 떨림 훈련을 할 때 제일 좋은 발음은 '이' 발음이야. 한 번 연습해보자고."

27

그렇게 또 며칠을 성대 떨림 훈련에 몰입했다. 그러나 문제가 생겼다. 초반부터 연습해 온 호흡과 공명 등등이 흐트러지기 시작한 것이다.

기현이 예상했던 문제였다. 그 역시 학창시절에 겪었던 난관이었다. 원래 호흡과 공명은 함께 이루기 어려운 과제다. 복식호흡을 하기 위해 연구개를 아래쪽으로 당기면 공명이 함께 떨어진다. 반대로 공명을 하기 위해 연구개를 올리면 횡격막과 후두가 올라가 버린다. 다른 방향으로 달리는 두 마리 토끼인 셈이었다.

"정신 똑바로 안 차려?"

흐트러질 때마다 기현이 소리쳐도 별 소용이 없었다.

호흡과 성대도 마찬가지로 충돌하기 쉬웠다. 성대를 잘 떨리게 하기 위해 소리의 포인트를 앞으로 보내면 횡격막과 후두가 올라간다. 반대로 복식호흡을 하기 위해 아래쪽으로 당기면 소리의 포인트가 뒤로 밀려가면서 성대의 떨림이 약화되기 일쑤였다.

유리는 배우면 배울수록 어려워지는 문제들 앞에서 곤혹스러워했다. 그러는 사이 별 소득 없이 일주일이라는 시간이 흘러갔다.

"이걸 극복 못하면 지금까지 배운 거 다 말짱 도루묵이야. 원래 우리 몸은 여러 가지 일을 동시에 해내도록 만들어져 있어. 영화를 보면서 팝콘도 먹고, 노래를 들으면서 공부도 한다고. 어렵겠지만 익히고 나면 소리가 훨씬 좋아질 거야. 카바예는 처음 음악을 배울 때 1년 동안 노래는 안 배우고 호흡만 배웠어. 넌 이제 겨우 한 달을 했을 뿐이야."

유리는 힘들어하면서도 기현이 오페라 이야기를 해줄 때면 눈을 반짝이곤 했다.

"몽세라 카바예는 지난번에 들었던 테너 호세 카레라스와 명콤비였어. 토스카뿐만 아니라 다른 오페라에서도 호흡을 많이 맞췄지. 훌륭한 오페라 가수들은 그런 파트너들이 꽤 있어. 루치아노 파바로티와 조안 서덜랜드도 평생 우정을 지켰고. 마리아 칼라스도 주세페 디 스테파노라는 명 테너와 짝을 이뤄서 전성기를 이뤄냈지."

"선생님한테도 그런 짝이 있었나요?"

"아니."

기현은 짧게 대답하고 말았다. 다시 연습하자는 말을 꺼내기 직전에 유리가 선수를 쳤다.

"선생님이 부른 노래도 들려주세요."

기현은 숨이 턱 막히는 기분이었다. 천천히 서쪽으로 기울던 해가 창문에 비치며 한 줄기 햇살이 유리의 얼굴에 드리웠다. 투명한 뺨에는 두근거리는 솜털이 고스란했다.

"없어."

"없다니요?"

"내가 부른 노래가 없다고. 사고 난 뒤에 CD나 DVD는 다 버렸어."

"왜요?"

유리는 고개를 갸우뚱했다. 이어지는 침묵의 의미를 알아차렸는지 그녀는 다시 연습에 들어갈 자세로 바로잡고 섰다. 기현은 피아노를 두드리며 연습을 시작했다.

28

호흡과 공명, 성대 떨림. 발성의 기본 세 가지를 숙달하는 데 꼬박

한 달이 걸렸다. 레슨 한 달 동안 유리는 하루도 빼놓지 않고 기현의 집을 찾았다. 몸이 자주 아팠던 기현이 오히려 쉬고 싶을 때가 있었다. 마침내 한 달 만에 기현이 유리의 손을 들어주었다.

"오케이. 이제 발성이 어느 정도 균형이 잡혔다. 더 이상 따로 발성 연습을 하지 않을 거야. 대신 매번 노래할 때마다 신경을 써. 알겠지?"

"네, 선생님!"

유리는 기현의 인정을 받으니 신이 나는 모습이었다.

"그럼 다시 한 번 불러봐. 〈노래에 살고 사랑에 살고〉."

유리는 천천히 심호흡을 하고 흐르는 반주에 맞춰 노래했다. 성대의 떨림 훈련을 받기 전보다 소리가 훨씬 더 윤택해졌다. 아직 간간히 호흡과 공명이 충돌하는 지점이 있었지만 한 달 동안 속성으로 발성을 배운 것치고는 제법인 실력이었다. 기현은 고개를 끄덕이며 흡족해했다.

"핸드폰에 담아줄게. 틈날 때마다 들어봐. 자기 노래도 자꾸 들어봐야 모자라는 부분을 알 수 있으니까."

"그래도 몽세라 카바예를 따라가려면 멀었어요. 평생 연습해도 못 쫓아갈 것 같아요."

"이렇게 생각하면 어떨까? 마리아 칼라스가 등장한 이후 수많은 소프라노가 그녀의 벽을 넘지 못해 절망했어. 그러나 그녀와는 전혀 다른 방식으로 자신만의 노래를 부른 소프라노들이 있어. 몽세라 카바예 또한 그 중 하나고. 너 역시 누군가를 넘어서려고 하면 안 돼. 너만의 노래를 불러야지. 하늘의 별들을 생각해봐. 어느 별이 어느 별보다 더 빛나지 않는다고 해서 존재의 의미가 없는 건 아니잖아. 오페라도 마찬가지야. 나만의 소리를 훈련하고. 나만의 노래를 부르고. 그것이 오페라 가수의 존재 의미야."

유리는 충분히 위안을 받은 사람만이 지을 수 있는 미소를 지었다.

"선생님이 이런 말을 할 때면 기분이 몽롱해져요."

정작 사람을 몽롱하게 만드는 것은 유리의 목소리였다. 발성이 자리를 잡으면서 목소리도 더 매력적으로 변했다. 그녀에게는 분명히 타고난 자질이 있었다. 사람을 끄는 힘이 있었다.

"저도 노래에 살고 사랑에 살고 싶어요. 그럴 수만 있다면 토스카처럼 비극적인 운명을 맞이한다 해도 좋아요."

"해피엔딩이 좋다면서?"

"이왕이면요."

"오늘은 여기까지. 저녁이나 먹으러 가자. 뜨끈한 수제비 어때?"

기현은 저녁을 맛있게 먹고도 아쉬워하는 유리를 태우고 수유리로 향했다.

"아, 집에 가기 싫다. 선생님 차 타고 좀 더 다니다가 들어가면 안 돼요? 커피 한 잔만 사 주세요."

수업할 때는 오페라에 미친 천재 같다가도 응석을 피울 때 보면 열여덟 살 소녀가 분명했다.

"야. 나도 돈 벌어야지. 이 차가 택시라는 거 잊었어? 너 나중에 유명한 소프라노 되면 차비 다 받아낼 거야. 하루에 2만 원씩 쳐서. 그럼 얼마냐?"

차 안에는 그가 MP3로 구운 클래식 음악이 이어졌다. 그가 좋아하는 음악이기도 했고 유리에게 들려주고 싶은 음악이기도 했다. 그런 의도를 읽었는지 유리는 흠뻑 빠져 듣다가 마음에 드는 음악이 있으면 종종 무슨 음악이냐고 묻곤 했다. 요요마의 첼로 연주가 끝나고 쇼팽의 전주곡 15번이 흘러나왔다. 그와 동시에 겨울비가 툭툭 떨어졌다.

"타이밍이 절묘하네."

"왜요?"

"비가 오잖아. 이 음악은 쇼팽의 전주곡 15번인데 〈빗방울〉이라는 부제가 붙어있거든."

유리는 고개를 끄덕이고는 눈을 감았다. 빗소리와 피아노 소리가 협주곡처럼 섞여들었다.

"아직 2월이지만 이 음악은 4월의 봄비처럼 들려요."

"그래? 듣는 사람마다 모두 다르겠지. 오페라 가수라고 오페라 음악만 들어서는 안 돼. 결국 음악도 사람의 감정을 담는 도구일 뿐이야. 가수에게 감정이 없다면 부르는 노래도 공허하겠지."

"명심할게요. 그런데 쇼팽은 몇 월의 비를 생각하고 작곡했을까요?"

"시월. 가을비에 한 표."

유리는 빙긋 웃었다.

"비만 오면 생각나겠네요. 이 순간이. 이 음악이."

차분하게 이어지던 음악은 약간의 격정을 표출했다가 가라앉았다. 차창으로 떨어지는 실제 빗줄기도 잠시 굵어졌다가 잦아들었다. 차는 유리의 집 앞에 도착했지만 유리는 피아노 연주가 다 끝날 때까지 기다렸다.

"내일은 하루 레슨 쉬고 모레 보자."

"왜요?"

"쉬는 것도 훈련의 일종이야. 한 달 동안 하루도 안 쉬고 노래 불렀잖아. 하루쯤 노래 생각하지 말고 그냥 놀아."

"놀 게 없는데요."

"친구 있잖아. 루미."

"걔랑 놀면 재미없는데."

"그럼 혼자 집에서 잠이라도 자. 나도 쉬어야지."

"쉴 때는 뭐하세요?"

"요즘 몸이 안 좋아서. 그냥 잠도 실컷 자고 쉬려고."

사실이었다. 레슨에 택시 운전을 겸하는 일이 무리였는지 사고 이후 워낙 허약해져 있던 몸은 물에 젖은 솜처럼 축축 늘어졌다. 유리와 함께 음악에 빠져 있을 때는 잊고 있다가도 운전을 마치고 늦은 밤에 집에 돌아오면 몸살을 앓듯 끙끙 앓았다.

"그럼 푹 쉬시고 모레 뵐게요."

유리는 꾸벅 인사를 하고 집으로 들어갔다.

기현은 다시 전주곡 15번을 플레이하고 차를 출발했다. 손님이 타고 내리고 또 타고 내리고. 강을 건넜다가 터널을 지나고 고개를 넘고 골목을 돌아서 다시 강을 넘고. 그러나 음악은 바뀌지 않았다.

그날 밤 기현의 택시에서는 그칠 듯 말 듯 내리는 비와 함께 내내 같은 음악이 되풀이되었다. 봄비인지 가을비인지 알 수 없는 비를 연주하는 피아노 소리가 흘렀다. 와이퍼가 메트로놈이 되어 쓱쓱 박자를 맞추었다.

29

　전날 밤 내린 비 때문인지 2월 중순의 아침 날씨는 한겨울 못지않게 얼어붙었다. 하늘은 파랗게 맑고 해도 말짱했다. 실내에서 보면 따뜻한 날씨로 착각하기 쉬운 날이었다.
　민주는 아침부터 편집 중이었다. 전날 충분히 잤는데도 점심시간이 가까워져 오자 졸음이 끈덕지게 맴돌았다. 전화가 걸려왔다. 유리였다. 반가운 마음에 졸음이 싹 달아났다.
　"유리야. 반갑다. 네가 전화를 다 주고. 요즘 레슨은 어때?"
　"고맙습니다. 선생님이 친절하게 잘 가르쳐주세요."
　그래? 친절하다는 말에 민주는 의아했다.
　"다름이 아니고요. 부탁드릴 게 있어서요."
　"그래. 뭐든지 해봐."
　"한기현 선생님의 앨범을 구할 수 있나요?"
　민주는 손 위에서 휙휙 돌리던 볼펜을 내려놓았다.
　"선생님 노래를 듣고 싶은데 안 들려주세요. 사고 이후에 다 버리고 안 갖고 계시다고. 혹시 피디님이 구해주실 수 있나요? 제가 오늘 하루 종일 집에 있어서 집으로 보내주시면 받을 수 있어요."
　"그래. 그러지 뭐. 어려운 일은 아니니까. 너 음성으로 문자 보낼 수 있지? 주소를 보내면 내가 퀵으로 CD를 보내줄게. 아, 아니다. 우리 팀에 너희 집 주소가 있겠구나. 내가 우리 막내 시켜서 CD 보내줄게."

"아, 네. 감사합니다. 피디님."

"준비 잘하고 있지? 두 달 뒤에 무대 서는 거야. 넌 나의 유일한 희망인 거 알지?"

"열심히 하겠습니다."

전화를 끊고 나서 민주는 잠시 생각에 잠겼다. 기현이 친절하게 가르쳐 준다는 말이 믿어지지 않았다. 열정적으로 가르쳐 줄 수는 있겠지. 그런데 친절? 그 단어만큼은 좀처럼 기현과 어울리지 않았다.

'잠깐. 그런데 왜 굳이 나한테까지 전화를 했을까? 루미한테 부탁하면 인터넷으로 들려주거나 MP3로 담아줄 텐데. 혹시 친구에게는 내비치기 싫은 감정이 있는 것은 아닐까?'

그런 생각에 이르자 괜히 마음이 불편해졌다. 복잡하게 생각하지 말자며 생각을 잘랐다. 막내 작가 미림에게 전화를 걸어 기현의 앨범 몇 장을 사서 퀵으로 보내주라고 시켰다.

"여러 장일 텐데 어떤 걸 보낼까요?"

"로맨틱 아리아라는 앨범이 있을 거야."

"그냥 인터넷으로 주문해서 택배로 보내면 안 돼요?"

"오늘 집에 하루 종일 있다니까 바로 퀵으로 보내줘."

"네, 피디님!"

다시 편집을 시작했다. 문득 기현의 얼굴이 떠올랐다.

'친절? 일그러진 얼굴만큼이나 무뚝뚝하고 괴팍한 사람이 한 달 사이에 변한 걸까?'

30

만나자는 전화를 하자 기현은 몸이 안 좋다며 핑계를 댔지만 민주는 고집을 피우다시피 해서 그를 불러냈다.

"삼천만 원이라는 거금을 투자한 투자자에요. 중간 점검 정도는 할 권리가 있잖아요?"

한 달 만에 본 기현은 놀랄 만큼 깔끔해져 있었다. 노숙자처럼 덥수룩하던 머리와 수염도 깨끗하게 정리를 했다. 긴 머리카락에 가려져 있던 화상 흉터가 드러났지만 아랑곳하지 않는 것 같았다. 퀴퀴한 홀아비 냄새 대신 옅은 화장수 냄새가 감돌았다. 다만 몹시 피곤하다는 핑계가 사실인 듯 안색은 별로 좋지 않았다.

"얼굴이 안 좋아 보이긴 하네요. 몸살이에요?"

"요즘 계속 그래."

"병원에 한 번 가 봐요."

"사고 이후 몸이 좋았던 적은 한 번도 없어. 사실 죽었어야 할 사람이 살아있는 거니까. 항상 반쯤 시체라는 기분이야. 안 낫는 몸살을 매일 달고 사는 기분이랄까."

"레슨은 잘 되어가요? 한 번 찾아가려고 했는데 방해가 될까 봐."

"아주 특별한 아이야."

기현은 그렇게 얘기하고 말았다.

"좀 자세히 얘기해 봐요."

"직접 들을 기회를 곧 마련할게. 가수는 노래로 말하니까."

"좀 시원하게 말해 봐요. 사람이 좀 친절하면 어디가 덧나요?"

"친절해 본 적이 없어서."

'당신을 친절하다고 칭찬하는 사람도 있던데?'

기현은 정말 나오기 싫은 술자리에 억지로 나온 사람처럼 술도 별로 마시지 않고 말도 거의 하지 않았다. 민주는 괜히 오기가 생겼다.

"그렇게 술 좋아하던 사람이 무슨 일로 잔을 그렇게 오래 쉬어요?"

"요즘 술이 별로 안 당기네."

"근데 기현씨는 저한테 궁금한 게 하나도 없어요?"

그 말에 기현은 어깨를 으쓱하고 말았다.

"그럼 제가 물어볼게요. 여자 친구 사귀고 싶은 생각은 없어요?"

기현은 고개를 내저었다.

"사고 이후 한 번도 여자를 만난 적 없죠?"

이번에는 아예 무반응.

"그래도 아직 한창나이의 남잔데, 여자 생각이 날 때도 있잖아요?"

기현은 일그러진 왼쪽 얼굴을 일부러 민주 쪽으로 들이밀었다.

"이런 얘기 하려고 불러냈어? 그럼 난 이쯤에서 가는 편이 좋겠어."

"아니 이 사람은 툭하면 일어나. 좀 있어 봐요."

"남의 연애사 신경 쓰지 말고 자기나 챙겨. 그쪽이야말로 나이 서른이면 여유 부릴 때가 아닐 텐데. 하긴. 프로그램밖에 모르는 여자를 어떤 남자가 좋아하겠어?"

"저 좋다는 남자 많거든요? 우리 쇼부터 살려놓고, 내년부터는 아주 미친년처럼 연애하려고요."

"세월은 안 기다려줘."

"사랑을 많이 해 본 사람처럼 말하네요."

"못 해봤으니까 알지. 안 기다려주더라고."

"좋아하는 사람이라도 있었어요?"

"없었어."

"주변에 여자는 많았을 텐데?"

"많았지. 그런 것들이 궁금해? 내가 한창때 몇 명의 여자와 잤을까, 이런?"

"그 정도로 유치하진 않아요. 사랑했던 사람은 있었나, 정도는 궁금해요."

"없어. 그런 사람이 생기기도 전에 난 끝장났으니까."

"레니 크라비츠의 노래 중에 이런 노래가 있죠. 〈It Ain't over till It's Over〉. 정말 끝나기 전엔 끝난 것이 아니다."

기현은 그 말에 잔을 들어 민주와 건배했다. 민주는 잔을 비우고 핸드백에서 CD 몇 장을 꺼냈다. 그녀가 어릴 때 사두었던 기현의 앨범들이었다.

"이렇게 앨범까지 전부 사는, 돈 되는 팬이었다고요! 사인해줘요. 좀 늦었지만."

네임펜과 함께 내민 CD들을 받아드는 기현의 손이 떨렸다. 민주는 관찰하는 시선으로 기현의 반응을 지켜보았다. 그는 잃어버린 자식을 만난 부모처럼 자신의 앨범을 어루만졌다. 아리아 모음집 〈한기현의 로맨틱 아리아〉 Vol.1, 2. 오페라 공연 실황 앨범 둘, 가곡집이 하나. 뮤지컬 OST가 두 장. 모두 일곱 장이었다. 기현은 하나씩 북클릿을 펼쳐 사인을 남겼다. 사인을 받은 민주는 CD들을 다시 가방에 넣고 또 한 장의 CD를 꺼냈다. 아직 비닐을 뜯지 않은 〈한기현의 로맨틱 아리아〉 Vol.1 앨범이었다. 기현이 낸 앨범 중에서 가장 많이 팔린.

"선물이에요."

기현은 멍하니 민주를 쳐다보았다.

"십 년 넘게 미뤄놨던 사인이나 받아야겠다 싶어 CD를 챙겨오는데, 정작 주인도 CD가 없겠다 싶은 생각이 들어서. 맞죠? 다 버렸죠?"

기현은 고개를 끄덕였다.

"고맙다는 말쯤은 해줘야죠."

"고맙지 않아."

"이런 사람이 뭐가 친절하다는 거야."

민주가 중얼거렸으나 기현은 듣지 못한 것 같았다.

술집을 나와서 거리를 걸었다. 이렇게 오른쪽 옆에서 걸을 때면 화상을 입은 얼굴이 보이지 않는다. 세월과 방황의 풍파에 퇴색되긴 했어도 여전히 기현은 잘 생긴 얼굴이었다. 민주는 묘한 자부심에 휩싸였다. 한 때는 만인의 연인이었던 한 남자를 독점적으로 소유한 것 같은 기분에서였다.

어쨌든 지금은 오직 나만이 한기현이라는 남자의 얼굴을 똑바로 볼 수 있는 유일한 여자다.

문득 기현이 물었다.

"기억나? 작년에, 처음 만났을 때 말이야."

"제가 우연히 기현씨 택시를 탄 날이요?"

"아니. 그다음에 술집에서 만났을 때."

"아. 그날 왜요?"

"한참 동안 나를 물끄러미 보고 있길래 내가 물었잖아. 왜 그렇게 보냐고. 그때 네가 그랬어. 좀 더 친해지면 이유를 얘기해주겠다고."

기억났다. 아주 오래된 또 다른 사건과 이어지는 기억이었다.

"사고 나던 날 밤. 공연장에서 당신한테 망신을 당하고도 저는 당신의 공연을 관람했어요. 첫 곡으로 투란도트의 아리아를 부르는데 정말 압도적이었죠. 노래를 듣기 직전까지 당신의 오만함에 치를 떨고 있었음에도 당신의 노래를 듣는 순간 저는 용서할 수밖에 없었어요. 더 이상 공연을 보지 못하고 뛰쳐나왔어요. 별이 많던 겨울 하늘을 보면서 기도했어요. 당신을 위해서. 당신의 넘치는 재능이 당신을 삼키지 않기를."

그날 밤 꿈 많고 잘 웃던 소녀는 광화문 거리에 서서 진심으로 빌었다. 어떤 의미에서는 이별의 의식이기도 했다. 열렬히 숭배하던 대상을 놓아주는 순간이었다.

"신이 기도를 들어주지 않았네." 기현이 쓸쓸하게 말꼬리를 흐렸다.

"아직은 모르죠."

"뭘 몰라. 다 끝났는데."

"몇 번을 말해요. 정말 끝나기 전엔 끝난 게 아니라고요."

기현은 동의하지 않는 표정이었다. 잘 가라는 식으로 손을 슬쩍 들어 보이고는 등을 돌려 어디론가 걸어갔다.

짠하다는 표현이면 충분할까? 문득 달려가서 껴안아주고 싶은 충동을 느꼈다. 등을 쓰다듬고, 입을 맞추고, 힘을 내라고 위로해주고 싶었다.

민주는 짐작키 어려운 무게의 고독을 짊어진 등이 완전히 사라질 때까지 가만히 지켜보았다.

31

잊은 줄 알았던 시간이 생생히 떠올랐다. 국내 정상급 성악가들이 인정한 논현동의 녹음실 〈아마데우스〉였다. 녹음하는 내내 코끝에 감돌던 나직한 원목 냄새까지도 되살아났다.

앨범 타이틀은 〈한기현의 로맨틱 아리아〉. 클래식으로는 이례적으로 10만 장이 넘게 팔리면서 나중에 Vol.2까지 나온 앨범은 녹음할 때부터 흥행을 예고하듯 일사천리였다. 12곡의 아리아를 녹음하는데 3일밖에 걸리지 않았으니. 녹음이 끝나고도 체력이 멀쩡히 남아 있었을 정도로, 육체적으로도 최고의 컨디션일 때 진행했던 녹음이었다.

눈을 감고 회상에 잠겨 있던 기현이 눈을 떴다. 지금 그가 있는 곳은 논현동 녹음실이 아니라 부암동 옥탑방이었다. CD 트랙을 훑어보았다. 프로듀서와 상의해서 고른 12곡의 레퍼토리는 그가 제일 아끼고, 또 자신 있는 아리아들이었다. 한 앨범에서도 유난히 만족스러운 트랙이 있는 법. 로맨틱 아리아 1, 2편을 통해서 제일 만족스러운 노래는 도니제티의 오페라 〈사랑의 묘약〉 중에서 뽑은 아리아 〈남몰래 흘리는 눈물〉이었다. 마술에 걸린 것처럼 단 한 번의 녹음으로 끝내 버렸던, 그래서 첫 번째 트랙으로 실은 노래.

플레이 버튼을 누르기 전에 기현은 한참을 망설였다. 사고 이후 한 번도 듣지 않은 자신의 목소리였다. 그는 심호흡을 하고 노래를 재생시켰다. 서울 시립관현악단의 반주가 흘러나왔다. 하프와 오보에가 짝을 이룬 선율에 이어서 그의 목소리가 노래했다.

외로이 그대 뺨에 내리는 눈물, 어둠 속에 남몰래 흐르네.

아! 나에게만 무언가 말하네, 할 말이 아직 많이 남아있다고.
왜 그때 그대는 떠나지 않았나?
왜 그때 난 그렇게 슬퍼했던가?"

'불확실성의 안개를 뚫고 뻗어 나가는 등대의 불빛과도 같은 목소리.'

일본의 유명한 평론가가 이 노래를 듣고 남긴 찬사였다.

기현은 눈을 감고 입을 열었다. 12년 전 자신이 불렀던 노래를 따라 불렀다. 사고 이후 처음으로 부르는 노래였다. 그러나 채 한 마디를 부르지 못하고 목이 막혔다. 눈물이 쏟아졌다. 걷잡을 수 없는 통곡이었다. 그는 무릎을 꿇었다. 스피커를 통해 쩌렁쩌렁 울리는 자신의 노래에 파묻혀버렸다.

32

같은 시각, 같은 서울 하늘 아래, 같은 노래에 묻혀 있는 사람이 또 있었다.

유리는 퀵으로 받은 CD를 하루 종일 되풀이해서 들었다. 선생님의 목소리는 때로는 자신만만했고 때로는 슬픔에 젖었다. 환희에 차서 하늘 높이 솟구치다가 절망의 늪으로 침전하기도 했다. 한 달 동안 공부하면서 들은 수많은 명가수들의 목소리 중에서 선생님보다 더 멋진 목소리는 없었다. 선생님의 목소리는 소리에 그치지 않았다. 빛이었다. 온통 암흑인 그녀의 세상을 내리쬐는 유일한 빛.

노래를 부르는 선생님의 모습이 그려졌다. 손끝으로 더듬어 기억해놓은 그의 얼굴에는 큰 상처가 있었다. 얼굴의 절반을 덮은 거친 흉터였다. 상관없었다. 한 번만이라도 선생님의 얼굴을 볼 수 있다면 좋으련만.

유리는 침대에 누워서 잠을 청하면서도 이어폰을 빼지 않았다. 아무리 반복해서 들어도 들을 때마다 절절한 감정이 가슴을 쳤다.

외로이 그대 뺨에 흐르는 눈물은 떠나지 말라고 말하네.
외로이 그대 뺨에 흐르는 눈물이 작별 키스로 남았네.
아! 나에게만 무언가 말하네. 할 말이 아직 많이 남아있다고.
아! 가지 마오. 내 사랑 가지 마오.
떠나지 마오, 그대 떠나가지 마오!
사랑을 주오, 살아남을 기회를 주오.

눈물이 났다. 뺨을 타고 흘러 베개를 적실 정도로 많이.

그녀는 지금까지 한 번도 느껴본 적 없는 강렬한 감정에 몸부림쳤다. 사춘기도 제대로 겪지 못한 그녀가 아는 언어로는 뜨거운 마음을 도저히 설명할 수 없었다.

33

기현은 유리가 건네준 초콜릿 상자를 한참 동안 들여다보았다. 오늘이 밸런타인데이란다.

"루미하고 같이 샀어요."

유리는 눈을 제외한 모든 감각으로 기현의 반응을 살피는 마냥 잔뜩 긴장하고 있었다.

십 년 만에 받아보는 밸런타인데이 초콜릿이었다. 한참 인기가 좋던 시절, 매년 밸런타인데이에는 가게를 차려도 될 만큼 많은 양의 초콜릿을 팬들이 보내왔다. 일본과 중국에서 오는 선물도 적지 않았다.

"한 번 먹어볼까?"

기현은 핑크색 리본을 풀고 초콜릿 상자를 꺼냈다. 몇 번 먹어본 적이 있는 고디바 초콜릿이었다. 손가락 마디만한 초콜릿 12개가 각기 다른 모양으로 담겨 있었다. 마치 노래 12곡이 담긴 컴필레이션 앨범 같다는 생각을 했다.

"자, 뭘 먼저 먹어볼까."

중얼거리다가 소라 모양의 초콜릿을 집었다. 그는 유리의 입술에 초콜릿을 가져갔다.

"너도 먹어봐."

그녀의 입에 초콜릿을 넣어주었다. 그녀는 멍한 얼굴로 초콜릿을 빨아 먹었다. 기현도 하나 집어먹었다. 오랜만에 먹어보는 달콤한 맛이 기분을 상승시켰다. 전날 밤, 십 년 만에 노래를 부르려다가 무너진 고통을 조금이나마 위로해주는 달콤함이었다.

"흠. 맛있는 초콜릿을 먹고 나니 뭔가 즐거운 노래를 부르고 싶지 않니?"

"초콜릿을 노래한 아리아도 있나요?"

"내가 아는 한, 그런 아리아는 없어. 하지만 초콜릿처럼 달콤하고 즐거운 아리아가 한 곡 있지." 기현은 컴퓨터의 파일을 뒤지며 말을 이었다.

"한 달 동안 발성 연습하느라 고생했어. 오늘부터는 1주일에 한 곡씩, 모두 4곡의 아리아를 배울 거야. 그리고 그중에 한 곡을 골라서 집중적으로 연습한 후에 〈어메이징 쇼〉에 나간다."

유리는 초콜릿 같은 미소를 머금고 고개를 끄덕였다.

"오늘 기분도 좋고 하니까 첫 곡은 달콤하고 즐거운 아리아로 골라볼까? 이 노래가 나오는 오페라는 〈파우스트〉야. 괴테의 〈파우스트〉는 알지?"

유리는 부끄러운 얼굴로 가만히 있었다.

"모를 수도 있지. 〈파우스트〉를 모른다고 부끄러울 건 없어. 독일의 대문호 괴테가 지은 〈파우스트〉라는 작품을 구노라는 프랑스 작곡가가 오페라로 만들었어. 내용은 간단해. 평생 학문에 열중하던 학자 파우스트가 노인이 되자 그동안 배운 학문이 헛된 것임을 깨닫지. 허무감에 빠져 스스로 목숨을 끊으려고 할 때 악마가 나타나서 제안을 하지. 어차피 죽을 목숨이라면 영혼을 팔라고. 그 대가로 책 만 권으로도 살 수 없는 청순한 처녀와의 사랑을 경험하게 해주겠다고."

"어떻게요?"

"악마는 파우스트에게 잠시 동안 젊음을 선물해줘. 청년이 된 파우스트는 시골 처녀 마르게리트를 유혹하는 데 성공하지. 이 아리아는 파우스트와 사랑에 빠지기 직전에 마르게리트가 악마가 슬쩍 갖다놓은 보석함을 발견하고 부르는 노래야. 실을 찾다가 보석함을 열어 본 그녀는 눈부신 보석에 넋을 잃지. 광장에서 만났던 잘생긴 청년 파우스트를 떠올리며 거울에 자신의 모습을 비춰봐. 화려한 보석을 걸친 자기 모습에 황홀해하면서 부르는 기쁨의 노래! 초콜릿만큼 달콤하겠지?"

기현은 노래를 재생시켰다. 조수미의 발랄한 목소리가 방 안을 지저귀며 날아다녔다.

저게 뭘까? 어디서 온 보석상자일까?
만지기 두려워. 그런데 열쇠가 있네.
손이 떨린다. 그래도 열어보자.
아, 이렇게 수많은 보석이 있다니!
귀걸이 하나만 꺼내어 걸어보았으면.
아! 상자에는 마침 거울까지 있구나.
아! 보라 거울 속의 고운 네 얼굴.
이것이 너니 마르게리트?
아니야. 이 얼굴은 공주의 얼굴이야.
모두가 절하는 공주의 얼굴이야.

박자에 맞춰 살랑거리는 유리의 얼굴이 산들바람에 흔들리는 들꽃 같았다. 노래가 끝나자 그녀는 기분 좋은 미소를 지었다.

"처음 들어보는 노래에요. 그런데 꼭 제 마음속에 이 멜로디가 숨어 있던 것처럼 익숙해요."

"그래. 나도 그런 묘한 기분 알아. 처음 듣는 노래인데도 귀에 쏙 들어와서 박히는. 지금 들은 노래는 우리나라 소프라노 조수미가 불렀어. 느낌이 어때?"

"한 마디로 화려해요. 목소리가 날아다녀요. 보석의 노래라서 그런가요?"

"소프라노도 목소리의 성질에 따라 몇 가지로 나누곤 해. 먼저 아주 가볍고 경쾌한 목소리를 가진 소프라노들을 레지에로 소프라노라고 불러. 지금 들은 〈파우스트〉의 마르게리트도 그렇고, 〈피가로의 결혼〉의 수잔나, 〈리골레토〉의 질다 등등이 대표적이지. 조수미 씨는 대표적인 레지에로 소프라노야. 조안 서덜랜드나 나탈리 드세이 같은 소프라노도 레지에로 소프라노라고 할 수 있겠다."

"또 다른 소프라노는요?"

"리리코 소프라노. 앞의 레지에로 소프라노에 비하면 좀 더 무게감이 있고 부드럽고 편안하게 들리는 목소리야. 기교보다는 정서에 호소한달까? 서정적이고 청순가련한 역할이 많지. 〈라보엠〉의 미미가 대표적인 예야. 마지막으로 드라마티코 소프라노가 있어. 무겁고 강렬한 음색이야. 네가 잘 알고 있는 아이다, 노르마, 토스카 같은 격정적인 역할이 드라마티코 소프라노에 해당되지."

"그럼 마리아 칼라스는요?"

그렇게 묻는 유리의 눈이 열망으로 반짝였다.

"소프라노 아솔루타."

"소프라노 아솔루타?"

"절대적인 소프라노라는 뜻이야. 사실 마리아 칼라스의 음색은 드라마티코에 가까웠는데 그녀는 맡은 배역을 워낙 완벽하게 소화해서 다 잘 불렀거든. 레지에로, 리리코, 드라마티코는 어디까지나 편의에 따라 음색을 분류한 것뿐이야. 레지에로의 음색을 많이 가진 소프라노라고 해도 충분한 연습과 뛰어난 연기력이 있다면 리리코 소프라노의 역할도 잘해낼 수 있겠지."

유리는 고개를 끄덕였다. 오페라 이야기를 할 때마다 떠오르는 꿈꾸는 표정을 지은 채로.

"〈마술피리 밤의 여왕〉은 어떤 소프라노에 해당하나요?"

"좋은 질문이야. 고음을 많이 내는 레지에르 소프라노 중에서도 가장 화려한 고음에 고난도의 가창을 기술적으로 구사하는 소프라노를 콜로라투라 소프라노라고 불러. 경쾌한 움직임과 음색을 지녀야 하고 특히 최고음역이 정확해야 하지. 마치 악기를 연주하듯이 꾸밈음이나 트릴과 같은 화려한 악구를 자유자재로 구사해야 하고.

그런 소프라노를 콜로라투라 소프라노라고 불러. 네가 따라 불렀던 루치아 포프가 대표적인 콜로라투라 소프라노야."

루치아 포프라는 이름이 나오자 유리는 가볍게 몸을 떨었다. 기현은 컴퓨터 음악 파일을 뒤지면서 설명을 이었다.

"루치아 포프가 얼마나 위대한 콜로라투라였는지는 이 노래를 들어보면 알 수 있지. 마리아 칼라스뿐 아니라 어떤 소프라노도 콜로라투라적인 기교면에서만큼은 전성기 루치아 포프의 초절기교를 넘어서지 못해. 직접 들어봐. 1965년, 그러니까 루치아 포프가 스물여섯 살 때 부른 노래야."

기현이 오래된 동영상 하나를 플레이시켰다. 그녀가 젊었을 때 찍은 영화 속 한 장면이었다. 익숙한 선율이 나오자 유리가 소리를 질렀다.

"어! 저 이 노래 알아요!"

"그렇지. 모를 리가 없지. 요한 스트라우스가 작곡한 봄의 소리 왈츠. 우리나라에서는 관현악곡으로 익숙하지만 원래 소프라노 독창곡으로 작곡한 노래야."

경쾌한 왈츠 리듬에 맞춰서 루치아 포프의 음성이 춤을 췄다. 사람의 음성이라기보다는 새의 지저귐이었다. 사람의 목소리가 얼마나 높이 올라갈 수 있는지, 얼마나 빠르게 음을 낼 수 있는지, 현악

기와 경쟁을 하듯 노래를 불렀다. 노래를 듣는 유리의 입이 딱 벌어졌다. 기현 역시 처음 이 노래를 들었을 때 그랬다. 기가 막혔다.

루치아 포프는 바이올린과 음을 주고받으며 믿기지 않도록 아름다운 고음을 뽑아냈다. 마침내 그녀의 승리로 노래를 끝맺었다. 영화 속의 사람들과 함께 유리도 박수를 쳤다.

"소름이 돋아요."

"그럴 수밖에. 이때 루치아 포프는 천사에 많이 비유되곤 했지. 사람의 목소리가 아니라고. 루치아 포프는 그리 많지 않은 나이로 세상을 떴는데 그때 평론가들이 이런 말을 했지. 그녀의 이른 죽음을 이해할 수 있는 유일한 이유는 천국이 천사들의 노래만으로는 충분하지 않다는 신의 결심 때문이다."

"멋져요. 루치아 포프는 목소리가 높이 올라가서 유명한가요?"

"얼마나 높은 음을 내느냐가 소프라노의 최고 덕목은 아니야. 소프라노는 달리기 선수와는 달라. 달리기 선수는 뭐가 어떻게 되었든 간에 가장 빨리 달리는 사람이 최고잖아. 하지만 소프라노는 가장 높이 올라가는 소프라노가 최고의 소프라노는 아니지. 그럼에도 불구하고, 소프라노는 역시 고음을 잘 소화해야 해. 요즘 최고의 고음을 내는 소프라노로 뜨고 있는 디아나 담라우 같은 가수가 물리적으로는 더 높은 음을 낼지는 모르지. 그러나 아름다운 고음이라는 조건을 단다면, 나는 루치아 포프처럼 아름답게 고음을 부르는 소프라노는 들어본 적이 없어. 〈밤의 여왕〉 아리아를 비롯해 루치아 포프의 몇몇 곡이 시그니처 송으로 사랑받고 있지만, 그녀의 고음을 충분히 즐기려면 이 노래 〈봄의 소리 왈츠〉가 제격이지. 안타깝게도 정식 레코딩으로는 구하기가 힘들어. 사실 지금 들은 노래는 루치아 포프가 등장한 영화의 일부분이야."

"예쁜가요?"

"눈부시지. 빛나는 금발 머리를 위로 틀어 올리고 얄밉게 미소 짓는 모습은 목소리만큼이나 매력적이야."

'보고 싶어요.' 라고 그녀의 눈이 간절하게 말했다. 루치아 포프의 외모를 조금 더 자세하게 설명해줄까 망설이는데 유리가 물었다.

"제 목소리는 어디에 해당하나요?"

"넌 아직 아무것도 아니야."

유리는 당혹감을 감추지 못했다.

"반대로 말하면 무엇이든 될 수 있다는 뜻이지. 넌 아직 백지장 같으니까. 이제 본격적으로 노래를 연습해보면 네 목소리의 색깔을 알 수 있겠지."

말은 그렇게 했지만 유리의 목소리는 전형적인 레지에로 소프라노였다. 그녀의 목소리는 정말 루치아 포프의 음성을 많이 닮았다.

크리스털에 종종 비유되던 청아함을 지녔다. 유리도 본능적으로 눈치채고 그렇게 루치아 포프를 흉내 냈던 것일까? 아직 그녀의 최고음을 시험해보지는 못했다. 연습을 충분히 한다면 콜로라투라 소프라노도 가능하리라.

기현은 유리의 핸드폰에 연습곡 외에도 다양한 오페라 아리아들과 클래식 음악을 넣어주었다. 그녀는 하루 종일 이어폰을 꽂고 음악에 빠져 살았다.

34

며칠 동안 〈보석의 노래〉 연습이 이어졌다. 유리의 대단한 음감은 이번에도 빛을 발했다. 기교음 마저도 정확하게 포착해 따라 불렀다. 〈보석의 노래〉는 프랑스어 가사였는데 이태리어와 마찬가지로 거부감 없이 통째로 외워 불러버렸다. 그런데 그녀의 노래에는 중요한 부분이 결여되어 있었다. 기현은 유리의 노래와 조수미의 노래를 반복해서 들려주며 차이를 느끼도록 했다.

"뭐가 문제일까?"

"잘 모르겠어요. 분명히 모자라는데. 어떤 부분이 모자라는지 모르겠어요."

"네가 부른 노래는 말이야, 식당 앞에 전시해놓은 플라스틱 모형 음식 같아. 모양은 비슷한데 먹을 수가 없지. 즉, 음과 속도, 호흡은 정확하게 해내는데 그 안에 감정이 담겨있지 않아. 내가 뭐라고 했지? 음악은 노래 부르는 사람의 감정을 담는 도구일 뿐이라고 했잖아. 너의 노래에는 감정이 안 담겨 있어. 반면에 조수미의 노래를 들어봐. 정말 보석 상자를 발견하고 기뻐하는 처녀처럼 노래를 부르잖아."

그 말에 유리는 한숨을 길게 내쉬었다.

"왜?"

"모르겠어요. 그게 어떤 감정인지."

"우리는 많은 감정을 느끼며 살지. 슬픔, 분노, 그리움, 환희, 절망, 안도… 이 노래에 필요한 감정은 뭘까? 기쁨이야, 기쁨. 기쁨 중에서도 너무나도 갖고 싶었던 것을 가졌을 때의 기쁨. 모르겠어?"

"모르겠어요."

"뭘 몰라?"

"갖고 싶었던 것을 가진다는 게 어떤 느낌인지 모르겠어요."

가슴이 철렁했다. 이 아이는 정말로 그런 감정을 느껴 본 적이 없는 것이다. 갑자기 화가 났다.

"너 그동안 정말 해보고 싶었던 일 한 가지만 말해봐."

유리는 기현의 의도가 뭔지 궁금한 표정이었다.

"기쁨이 뭔지 모르고 어떻게 기쁨의 노래를 부르겠니? 얘기해봐. 어떤 일이 생기면 기쁘겠어? 갖고 싶었던 거, 해 보고 싶었던 거. 없어?"

"많아요. 너무 많아요."

그녀의 목소리가 너무 절실해 기현은 움찔했다. 그녀는 아랫입술을 깨물고 생각에 잠겼다. 너무 많았던 소망 중에 기현이 들어줄 만한 한 가지를 고르는 듯했다.

"아 맞다." 그녀는 결정을 내리고서도 한참을 망설이다가 입을 열었다.

"바다에 가보고 싶어요. 파도 소리를 듣고 싶어요. 물결도 만져보고 싶어요. 모래사장도 밟아보고 싶어요."

한 시간 뒤. 기현의 택시는 동해로 향하는 고속도로를 달리고 있었다. 둘이 나란히 앉은 차 안에서는 클래식이 아니라 하드록 음악이 쿵쾅거렸다.

"이건 뭐예요?"

"뭐긴 뭐야 음악이지."

"이것도 음악이에요?"

"굉장한 음악이지! 로큰롤이라고. 제트(Jet)라는 그룹의 〈아 유 고나 비 마이 걸(Are You Gonna Be My Girl)〉. 어때? 신나지? 겨울 바다를 보러 가는 차 안에서까지 클래식을 들으면 너무 따분하잖아."

유리는 빙긋이 웃었다. 가느다란 손가락으로 허벅지를 두드리며 박자를 맞췄다. 불량스러운 보컬과 자극적인 기타 리프가 춤추기 좋은 드럼 위에서 신나게 놀았다.

"이런 음악도 들으시는지 몰랐어요."

"10년 만에 듣는 노래야. 옛날엔 이런 노래도 가끔 듣곤 했어. 그땐 나도 젊었으니까."

"멋있었을 거 같아요."

"멋있었지. 끝내줬지."

"보고 싶어요."

"지금 하곤 많이 달랐지."

"아니요. 지금이요. 지금 선생님을 보고 싶어요."

가끔 유리가 던지는 솔직한 말이 가슴을 먹먹하게 만들 때가 있었다.

"설명해주세요. 선생님은 오늘 어떤 옷을 입었는지. 창밖의 풍경은 어떤지."

기현은 괜히 잠기는 목을 헛기침을 해서 깨웠다.

"나는 지금 청바지에 하얀색 후드티를 입었어. 검은색 비닐 패딩

점퍼는 뒷자리에 벗어놨지. 지금 우리는 고속도로를 달리고 있어. 하늘은 맑아. 안에서 보면 겨울 하늘인지 여름 하늘인지 구별하기 어려워. 구름이 많은데 그 모양이 어딘가 신비롭기도 해. 머리에 뿔이 달린 유니콘이 구름을 뚫고 나타날 것만 같아. 길은 시원하게 뚫려 있어. 오늘처럼 흔한 목요일에 겨울 바다를 보러 가는 사람들은 많지 않으니까 말이야."

"저는 선생님의 표현이 너무 좋아요. 오늘처럼 흔한 목요일에 겨울 바다를 보러 가는 사람들은 많지 않다. 뭐 이런 식의."

"사실이니까."

유리는 눈을 감고 길게 숨을 들이쉬었다.

"어떡하죠? 벌써 기쁨을 느꼈어요."

"원래 여행은 떠날 때가 제일 좋은 법이야."

"여행을 가 본 적이 한 번도 없어요."

"한 번도?"

유리는 고개를 끄덕였다.

"그렇다면 더 신나게 가야겠는 걸?"

기현은 카스테레오 볼륨을 더 높였다. 잔뜩 흥분한 로큰롤 비트가 심장을 더 빠르게 뛰게 했다. 유리는 어느새 멜로디를 흥얼거리며 고개를 까딱까딱 리듬을 탔다.

35

 강릉에 도착하기까지는 오래 걸리지 않았다. 차를 경포대 해변 주차장에 세우고 나왔다. 초봄의 느낌이 물씬 나는 얌전한 바람이 마중을 나왔다.

 "소리가 들려요! 파도 소리가!" 유리는 들뜬 감정을 숨기지 않았다.

 "그래. 우리가 바다에 왔다."

 기현은 유리의 팔짱을 끼고 천천히 해변으로 나갔다. 모래사장에 유리의 발이 빠져 넘어지지 않도록 조심조심. 파도가 밀려오는 경계까지 나갔다. 유리는 끊임없이 밀려드는 파도 앞에 섰다. 영겁의 세월을 느끼는 경건한 표정이었다. 말을 붙이기 망설여질 정도로.

 해변에는 사람이 아무도 없었다. 흔한 목요일 오후에 경포대 겨울 바다를 보러 온 사람은 둘 뿐이었다. 갑자기 서글퍼졌다. 앞 못 보는 소녀와 얼굴 절반이 사라진 남자. 우리 둘 중 누가 더 가련한 운명일까? 그래도 파도는 누구에게나 공평하게 밀려오고 떠밀려간다. 햇살은 공평하게 내리쬔다.

 문득 고개를 돌려보니 유리의 눈에 눈물이 맺혀있었다. 기현은 못 본 척 가만히 있었다.

"이제 알겠어요. 원하던 것이 이루어졌을 때의 기쁨을. 지금 제 둘레에는 온통 기쁨이에요."

기현은 쓸쓸하게 웃으며 생각했다. 내가 더 불쌍한 존재구나. 두 눈이 멀쩡한데도, 주변을 온통 둘러싸고 있는 기쁨조차 제대로 느끼지 못하고 있으니.

유리는 노래를 부르기 시작했다. 파도 소리를 배경으로 울려 퍼지는 〈보석의 노래〉는 분명 아까와는 달랐다. 욕망과 희열이 담겨 있었다. 그녀는 밀려드는 물결에 맞서 자신만의 무대를 펼쳤다. 일종의 스펙터클이었다. 노래가 끝나자 기현은 박수를 쳐주었다.

"잘했어. 바로 그런 느낌이야. 여기까지 온 보람이 있네."

"고맙습니다."

그녀의 목소리가 떨렸다. 말에 담긴 진심이 과할 때 생기는 떨림이었다. 기현은 뭐라고 할 말을 찾지 못했다. 그녀는 눈물이 그렁그렁한 눈을 훔치며 사과했다.

"자꾸 울어서 죄송합니다."

"죄송한 줄 알면 울지 마. 분위기 축축해지잖아. 여기까지 신나게 와놓고. 노래도 잘 불러놓고선!"

유리는 눈으로 울면서 입으로는 웃었다. 기현은 심호흡을 했다. 바닷가의 공기를 느긋하게 음미했다. 갈매기 몇 마리가 한가롭게 넘실거렸다. 수평선 가까운 배들은 정물화처럼 보였다. 오랜만에 보는 바다였다. 돌이켜보니 그 역시 장님이나 마찬가지였다. 좁은 방과 택시 밖으로 나가지를 않았으니. 유리가 그의 팔을 잡고 말했다.

"선생님. 배고파요."

유리창 하나를 사이에 두고 바닷가에 면한 횟집에는 손님이 아무도 없었다. 살집 좋은 몸에 두꺼운 화장을 한 여자 주인은 기현의 얼굴을 보고 놀라는 표정이 역력했다. 함께 들어온 유리가 장님임을 알아차리고는 얼굴이 더 찡그려졌다.

그녀가 보내는 예의도 적의도 없는 시선을 기현은 충분히 이해했다. 그것은 혐오다. 혐오는 충분한 관용을 배우지 못한 이들에게는 재채기처럼 자연발생적인 감정이다. 시골에서 횟집을 하는 50대 아주머니가 화상 환자와 장애인에 대한 관용을 갖추고 있기를 바라서는 안 된다. 기현은 본능적인 호기심을 넘어 부당한 의혹까지 담긴 시선을 애써 무시하며 자리를 잡았다.

파도 소리가 고스란히 들리는 창가 자리에 앉아 회를 주문했다. 기현은 바다 쪽을 등지고 유리는 기현과 마주 보고 앉았다. 서서히 노을로 물드는 하늘이 근사한 배경이 되어 그녀를 담았다. 기현은 그림 같은 그녀의 모습을, 그녀 앞에서 파도치고 있는 씩씩한 바다를 묘사해 주려다가 말았다.

"회 먹어본 적 있니?"

"제가 기억하는 한은 없어요."

기현은 회가 나오자 유리에게 먹여주었다. 먼저 초장에 찍어서 먹여보고, 그다음은 고추냉이를 살짝 바르고 간장을 찍어서. 깻잎에 마늘과 쌈장을 올린 뒤 지느러미살을 넉넉히 얹어 쌈을 쌌다.

"입을 크게 벌려봐. 쌈은 한꺼번에 쏙 먹어야 맛있어."

유리는 아빠 앞에 앉은 일곱 살 꼬마처럼 입을 딱 벌렸다. 잔뜩 기다리고 있는 발간 혀 위에 쌈을 얹어주었다. 쌈을 먹어본 그녀는 엄지손가락을 치켜들며 좋아했다. 적당히 회를 먹고 시킨 매운탕에도 열광적인 반응을 보였다. 그렇게 저녁을 다 먹을 때까지 식당에 손님은 둘 외에 없었다. 주인아주머니는 여전히 미심쩍은 시선으로 힐금거렸다.

"선생님. 저 또 하고 싶은 일이 생각났어요."

"말해봐."

"술 마시고 싶어요."

"안 돼. 아직 미성년자잖아."

"제 또래 다른 친구들 다들 마셔요."

"중 3학생들이 다 술을 마신다고?"

"제 나이는 고 2에요."

"어쨌든 미성년자는 미성년자잖아. 안 돼."

"딱 한 잔 만요. 저 루미하고 여러 번 마셔봤어요."

"내가 자신이 없어서 안 돼. 여기서 취하면 서울까지는 어떻게 갈 거야?"

"선생님은 안 마시면 되잖아요."

"그게 마음대로 되면 술이냐?"

유리는 시무룩한 얼굴로 고개를 떨구었다. 사실 기현도 술 생각이 간절했다. 그러나 강릉에서 서울까지 대리운전을 할 수도 없고, 취한 뒤의 일을 감당할 수 없다.

"가자."

기현은 더 이상 흔들리기 전에 일어났다. 유리는 힘없이 그의 뒤를 따랐다.

차 문을 열어주었는데도 유리는 들어가지 않고 서 있었다. 먼 수평선으로 해가 떨어지고, 하고 싶은 말이 많은 달이 뜨고, 그 주변에는 이른 별이 하나둘씩 존재를 드러냈다. 늦었다. 지금 바로 출발해도 서울에 도착하면 밤이다. 그는 급한 마음을 숨기고 최대한 나긋하게 말했다.

"들어가. 이제 가야지."

유리는 대답도 움직임도 없었다. 한 달 넘도록 고된 레슨을 하면서 한 번도 이런 고집을 부린 적이 없는 그녀였다. 아니, 딱 한 번 있다. 생방송 때 노래를 거부하고 괴성을 질렀던 일에 대해 물어봤을 때 끝내 설명을 하지 않고 고집을 부렸지.

"왜 그래?"

"안 갈래요."

"안 가면? 어떡하려고?"

"오늘 밤 여기서 잘래요."

"여기서? 여기가 어딘 줄 알고."

"바다잖아요. 오늘 밤은 바다에 있을래요. 너무 좋아서, 못 떠나겠어요."

"바다는 또 오면 되잖아."

"언제요?"

짧은 되물음에 많은 원망이 담겨 있었다.

"이렇게 하자. 레슨이 끝나면, 기념으로 바다에 한 번 더 오자. 약속할게."

"하지 마세요."

"뭘?"

"그런 말. 레슨이 끝나면, 이라는 말."

유리의 입술이 바들바들 떨렸다. 기현은 두려워졌다. 겨울 밤하늘에 번질 낭만적인 기분과 비밀스러운 냄새가.

"마음대로 해보라고 하셨잖아요. 제가 원하는 대로 해주신다고 했잖아요? 저는 오늘 바다에 머물고 싶어요. 오늘 하루만큼은 제가 원하는 대로 해보고 싶어요. 저는 돈도 없고 눈도 없어요. 도와주세요. 선생님. 오늘 하루만요. 더 열심히 배울게요."

"넌 아직 미성년자야. 게다가 여자고. 이렇게 즉흥적으로 외박할 순 없어."

"보호자가 있잖아요. 선생님이 제 보호자 아닌가요?"

그 말에 기현은 대답을 하지 못했다.

"제가 하루, 아니 며칠이라도 여기서 지낸다고 문제 될 건 아무것도 없어요. 왜냐면 아무도 저를 원하지 않으니까요."

"어머니는?"

"신경도 안 쓰겠지만, 제가 통화해서 허락 맡을게요."

"루미는?"

"걔하고도 통화할게요."

유리가 기현의 손을 덥석 잡았다. 아플 정도로 세게 힘을 줘서 기현은 슬며시 손을 빼냈다.

"선생님. 제발요."

졌다. 기현은 하루 더 있다가 서울에 돌아가기로 했다. 유리는 전화로 엄마와 루미와 통화를 하고는 기분이 좋아서 팔짝팔짝 뛰었다.

"뭐라고 말했는데? 바다에 와보니까 너무 좋아서 하루 더 있다 간다고?"

"전지훈련을 왔다고 했어요. 득음을 하기 위해서."

"어디서 들은 건 있어가지고. 그래서 이제 어떡할래? 모래사장에서 모닥불 피워놓고 밤이라도 샐까?"

"이제 술 마셔도 되죠?"

유리가 씩 웃었다. 기현은 맥이 풀리는 기분이었다.

"술 마시려고 이런 거야?"

"아니요. 이 기회를 놓치기 싫어서요. 겨울 바다에 오기도 어렵지만 겨울 바다에서 술 마시기는 더 어렵겠죠. 그리고 겨울 바다에서 선생님하고 술을 마시는 건 오늘이 마지막일 지도 모르잖아요?"

왜 그렇게 생각하지? 물어보려다가 말았다.

좋다. 오늘은 이 아이가 원하는 대로 다 해주자. 기현은 잠시 생각을 정리했다. 식당이나 술집에서는 곤란하다. 시선을 끄는 조합인데다가 화장도 안 하고 온 유리의 얼굴은 누가 봐도 미성년자니까. 망신만 당하고 쫓겨날 확률이 크다. 신고를 당할 수도 있다.

36

하루 종일 졸고 있을 것처럼 생긴 할아버지가 지키는 상점에서 소주와 맥주, 간단한 안주를 샀다. 최대한 허름한 모텔을 찾았다. 불안한 걸음을 옮기다가 〈동해 모텔〉이라는 무성의한 이름의 모텔로 정했다. 혹시라도 카운터에서 둘의 관계를 문제 삼을지도 모른다는 생각이 스쳤다.

"고개 들지 말고 내 옆에 딱 붙어있어."

기현의 말을 잘 들은 유리는 무사히 카운터를 통과했다. 사실 모텔 카운터를 지키던 여자는 기현의 얼굴을 보고는 겁에 질려서 방 열쇠를 내줄 때까지 눈도 마주치지 않았다.

2층에 있는 방은 바다를 가까이 면하고 있었다. 그 점 외에는 모든 점이 평균적인 관광지 모텔에 미치지 못하는 허름한 방이었다. 낯선 방이었기에 유리는 이를 닦고 세수를 하는 데도 기현의 도움이 필요했다.

"침대에서 자. 나는 바닥에서 잘게."

씻고 나온 기현이 확인하듯 말했다. 유리는 반응을 보이지 않았다. 어색한 정적 속에 핸드폰이 밥을 달라는 울음소리를 뻑뻑 냈다. 카운터에 내려가서 충전을 부탁해볼까 하다가 어차피 연락 올 데도 없다는 생각에 폰을 그냥 놔뒀다.

"그럼 술이나 마시자."

비닐봉지에 담아 온 소주와 맥주를 꺼냈다. 종이컵과 과자를 풀고 나니 막막해졌다.

잘하는 짓인가 하는 생각이 들 여유조차 없을 만큼 두려웠다. 아무리 가르치는 아이라고는 하지만 완전히 성숙한 몸을 가진 여자와 한방에서 술을 마시고 잔다? 10년 동안 한 번도 여자와 살을 섞은 적이 없었다. 잃어버린 얼굴처럼 성욕마저 잃어버린 줄 알았다. 그러나 이미 몸 안에서 낯선 반응이 일어나고 있다. 위험한 에너지가 일으키는 불꽃을 부인할 수 없다.

"얼른 술 주세요."

유리는 과자를 달라고 조르는 아이 같았다. 기현은 종이컵에 맥주를 반쯤 담아 건네주었다.

"무슨 술이에요?"

"맥주. 술 마셔봤다고 했지? 조금이라도 취할 것 같으면 그만 마셔."

"네. 루미하고 마실 때도 취한 기분이 들면 많이 마시진 않았어요."

"그 친구는 참 뭐라고 해야 할지 모르겠다." 기현은 한숨을 쉬었다.

"착한 아이에요."

"도대체 착하다는 기준이 뭐냐. 걔는 학교도 안 다니면서 뭘 하니?"

"자기를 지켜내고 있대요."

"무슨 궤변이야?"

"직접 물어보세요."

기현은 자기 잔에는 소주와 맥주를 반반씩 섞었다. 가볍게 건배를 하고 잔을 비웠다. 파도 소리를 들으며 마시는 술이 제법 분위기가 있었다. 복잡하게 생각하지 않기로 했다. 딱 한 시간만 마시고 자자.

"자꾸 기록을 깨네요."

"기록?"

"레슨을 시작하면서 제일 행복한 날 기록이 자꾸 깨져요. 선생님이 짜장면을 사주신 날이 최고 행복한 날이었다가, 토스카의 아리아를 부른 날이 최고 행복한 날이었는데. 오늘이 최고 행복한 날로 등극했어요."

"세상에. 그런 걸 꼽으면서 살아?"

"예전에는 안 그랬어요. 행복한 날이 없었으니까. 당분간은 오늘보다 행복한 날은 없겠네요. 파도 소리도 처음 듣고, 바다 냄새도 맡고, 회도 먹고, 술도 마시고. 이렇게 좋은 날에는 어떤 노래가 어울릴까요?"

"라트라비아타 중에서 〈축배의 노래〉는 어떨까?"

기현은 배터리가 간당간당한 핸드폰으로 네이버 뮤직에 들어가 파바로티와 조안 서덜랜드가 함께 부른 축배의 노래를 플레이했다. 유리는 못 견디게 흐뭇한 미소를 지으며 고개까지 양쪽으로 흔들었다. 좋다. 그녀가 행복해하는 모습을 보면 기분이 좋다.

유리가 빈 잔을 내밀었다.

"소맥으로 주세요."

"소맥은 또 어떻게 알아?"

"루미한테 배웠어요. 소주하고 맥주하고 섞어 마시는 거."

"미치겠다. 이래서 친구를 잘 만나야 한다니까."

"루미는 최고의 친구에요. 제 손발이 되어 주잖아요. 루미는 확신한대요. 나중에 제가 훌륭한 가수가 될 거고 내가 자기를 배신하지 않을 거라고. 평생 내 매니저로 살겠대요."

"열여덟 살 때 한 약속이 지켜질 확률은 첫사랑하고 결혼할 확률과 비슷하지."

"선생님은 가끔 부정적이세요."

"잘못 봤네. 난 전반적으로 부정적인 사람이야. 아주 가끔 긍정적이지."

유리는 새침한 표정을 지으며 기현이 준 소맥을 마셨다. 기현도 잔을 비웠다. 파바로티와 서덜랜드의 축배의 노래를 들으며 마시는 소맥이라니. 그것도 열여덟 앞 못 보는 아이와 동해 바다에서.

노래가 끝나자 유리는 흥분해서 외쳤다.

"이 노래를 다음 레슨 곡으로 해요."

"안 돼."

"왜요?"

"들어보면 몰라? 이중창이잖아."

"선생님이 불러주시면 되잖아요."

"몇 번이나 얘기하니. 나는 노래 안 한다니까?"

이런저런 이야기를 안주 삼아 술을 마셨다. 어느새 소주 한 병과 맥주 캔 세 개를 마시고 두 병째 소주를 땄다. 기현은 유리가 궁금해하는 지난날 이야기를 들려주었다.

그는 어릴 때부터 노래에 소질이 있었고 노래를 좋아했다. 노래를 듣는 것도 부르는 것도 좋아했다. 피아노도 좋아했다. 선생님들은 그가 가진 특별한 재능을 인정해주었다. 가난했던 형편에도 아버지의 전폭적인 지지를 받아 레슨을 받았고 콩쿠르 성적도 좋았다.

"아버지는 항상 말씀하셨어. 나도 음치고 네 엄마도 음친데 어떻게 너는 이렇게 노래를 잘 부르니? 이건 하늘에서 물려받은 재능이라고밖에 설명할 수 없어. 너는 선택받은 아이다. 아버지는 나를 아들 이상으로 특별하게 대해주셨어."

그러나 아버지의 기대와는 달리 예고를 졸업하고 음대에 다닐 때까지만 해도 그는 평균보다 조금 뛰어난 학생 정도였다. 재능은 있었지만 더 좋은 선생을 만나지 못했고 유학을 갈 형편도 안 되었기 때문이었다. 아버지는 빚을 끌어 써서라도 유학을 보내려고 했지만 어머니가 몸이 안 좋아졌다. 간암이었다. 어머니는 치료를 거부하고 아들의 유학을 종용했지만 기현은 그 정도로 마음이 독하지는 못했다. 어머니의 암 투병이 계속되는 동안 얼마 안 되던 집안 살림이 거덜 났다. 기현은 유학 대신 공사판을 찾았다. 그러던 중 오디션 프로그램 〈어메이징 쇼〉의 광고를 봤다. 스타가 되고 싶은 생각은 없었다. 오직 상금이 목적이었다. 그는 〈어메이징 쇼〉의 1회 우승자가 되어 1억 원의 상금을 받았다.

"그 돈을 치료비에 써보기도 전에 엄마는 돌아가셨어. 그래도 내가 우승하는 모습을 보신 게 다행이랄까. 그 뒤로는 계속 좋은 일만 생겼어. 음악에 매진하면서 실력도 점점 늘어갔고 전설적인 성악가들하고 교류할 기회도 생겼지. 내 인생에서 가장 행복한 시절이었어. 원 없이 음악을 했으니까. 그때 나는 젊고 외모도 말끔했어. 그런 점들까지 합쳐져서 실력보다 더 득을 보기도 한 것 같아. 그 뒤로는 너도 아는 얘기고."

"선생님 이야기를 듣는데 왜 제가 이렇게 가슴이 두근거리죠?"

"술을 마셔서 그래. 네 얘기도 좀 해봐."

"전 정말 별거 없어요. 선생님처럼 멋진 이야기는 하나도 없어요."
"멋지긴 뭐가 멋져. 끝이 멋져야지."
"해피엔딩을 위하여!"

유리가 먼저 잔을 들었다. 기현이 종이컵을 부딪쳐주었다. 핸드폰에서 흘러나오는 아리아들이 파도 소리와 뒤섞였다. 마치 먼 바닷가에서 세계적인 가수들이 둘만을 위해 공연을 펼쳐주는 것 같았다. 술기운까지 올라오자 낭만적인 기분이 되어 아리아 선율을 콧노래로 따라 불렀다. 그러다가 핸드폰 전원이 툭 꺼졌다.

기분이 좋아서 싱글벙글하던 유리는 어딘가 우울함이 깃든 표정으로 고개를 숙이고 있었다. 많이 취했나 싶어서 말을 걸려고 할 때 그녀가 툭 내뱉었다.

"저는 어릴 때 아빠하고 둘이 살았어요."

기현은 긴장했다. 유리의 표정과 목소리가 이토록 차갑게 식은 적은 처음이었다. 그녀는 잠시 말을 끊었다가 다시 시작했다.

"두 분이 사이가 많이 안 좋으셨거든요. 아버지는 선생님처럼 노래를 부르셨어요. 제가 아주 아기였을 때까지만 해도 성악가로 활동하셨대요. 저는 기억이 나지 않지만. 그런데 선생님만큼 대단한 실력은 아니었나 봐요."

"무슨 파트셨는데? 테너? 바리톤?"

"그런 것까지는 모르겠어요."

"혹시 아버님 성함이?"

"서진성이요."

기현은 전혀 모르는 이름이었다. 유리가 열여덟 살이니까 대략 20년 전쯤 어느 정도 유명한 테너였다면 기현도 이름을 기억할 텐데.

"제가 어릴 때 기억하는 아빠는 외판원이었어요. 동네에 신문을 넣는 일도 하셨고, 방문 판매도 하셨고. 아빠에 대한 기억이 많지는 않아요. 주로 밖에서 일을 하셨고 저는 아주 어릴 때부터 집에 혼자 있었어요."

유리는 가만히 있었다. 마치 어린 시절의 외로움 속으로 다시 빠져든 것처럼.

"눈을 잃기 전부터 저는 익숙했어요. 혼자. 아무것도 하지 않고 가만히. 저는 대부분의 시간을 그렇게 보냈으니까요. 그러다가 눈이 점점 안 좋아졌어요. 아버지가 돌아가실 때쯤에는 눈이 완전히 멀었어요."

"그럼 어머니는 아버지가 돌아가신 뒤에 다시 만났구나?"

"아마 제 눈이 정상이었다면 엄마는 저를 맡지 않았을지도 모르죠. 불쌍하니까 데리고 있는 거겠죠."

"그런 나쁜 얘기는 하지 마. 어른들의 세계에는 네가 이해하지 못할 일들도 많아."

"저도 엄마를 미워하지 않으려고 애쓰고 있어요. 하지만 그렇다고 사실이 달라지진 않아요. 엄마는 우리를 버렸어요. 아빠는 엄마 때문에 죽었어요." 유리의 목소리가 떨렸다.

"엄마는 아직도 저를 미워하고 있어요. 어쩌면 제가 모든 불행의 씨앗일 지도 모르죠."

기현은 그녀의 손을 잡아주었다.

"나는 짐작조차 하지 못한다. 그동안 네가 얼마나 힘든 시간을 겪어왔는지. 그러니 함부로 위로하지는 않을게. 그래도 한 가지는 확실히 해두자. 지금까지 너에게 일어났던 불행 중 너의 잘못으로 일어난 일은 하나도 없어. 나와는 달라. 나는 스스로를 망쳤지만 너는 그렇지 않아. 자책하지 마."

"이미 많이 위로해주셨잖아요." 유리가 몸을 일으켰.

"창문으로 데려가 주세요. 파도 소리를 더 크게 듣고 싶어요."

기현은 그녀를 창가로 데리고 가서 창문을 열었다.

"밤바다는 어떤 모습이에요? 설명해주세요."

"생각보다 까맣지는 않아. 낮에는 하늘에 구름이 많았는데 지금은 하늘이 깨끗해서 달이 밝아. 달빛이 물결에 실려 출렁거리지. 춤을 추는 것 같기도 해. 멀리 오징어잡이 배의 불빛도 보여. 어디선가 읽은 적이 있는데, 동해안의 오징어잡이 배 불빛은 인공위성에서도 보인대. 그 정도로 밝아."

"고맙습니다."

그녀가 고맙다고 말할 때면 기현은 말문이 막혔다. 어쩌면 고맙다고 해야 할 사람은 그였다. 적어도 그녀를 만나기 전보다는 훨씬 더 사람다운 삶을 살고 있으니.

"말해줄 수 있어?"

유리는 질문을 이해한 듯했다. 그러나 침묵으로 거부의 의사를 전했다. 기현은 더 캐묻지 않았다.

"그럼 이제 자자. 찬바람 너무 맞으면 감기 걸려."

"아쉬워요."

"걱정 마. 내일 아침에도, 1년 뒤에도, 10년 뒤에도 동해 바다는 그대로일 테니."

기현은 창을 닫고 그녀를 침대로 안내했다.

"안 볼 테니까 겉옷 벗고 편하게 자."

"선생님."

기현은 대답하지 않았다. 창문을 넘어온 달빛이 안개처럼 스몄다. 마법의 알갱이들이 차오르고 있다.

"안아주세요."

유리는 기현의 팔을 잡고 몸을 기댔다. 그녀의 정수리에서 풍기는 살 냄새가 술기운에 뒤섞였다. 그녀의 체온이 성큼 찾아왔다. 둥.둥.둥. 심장 소리가 그를 불렀다. 기현은 천천히 그녀의 몸에 팔을 둘렀다. 살짝 힘주어 안아주었다. 그녀는 세 배쯤 더 힘을 주어 그를 안았다. 마음과 마음이 피 흘리며 싸웠다. 얼마나 시간이 지났을까. 기현은 팔을 풀었다.

"늦었어."

대체 무슨 뜻일까. 늦었다니. 기현은 스스로도 왜 그런 말을 했는지 몰랐다. 그는 유리를 침대에 앉히고, 눕혔다. 그리고 침대 아래 요를 깐 바닥에 누웠다. 유리가 청바지를 벗는 소리가 들렸다. 이어서 스웨터를 벗는 소리도 들렸다. 기현은 침대 반대쪽으로 고개를 돌렸다. 비껴 보이는 창을 통해 별들의 숨죽인 눈동자가 초롱초롱했다.

별들이여 엿보지 마라. 오늘 밤 이방에서는 아무 일도 일어나지 않을 테니.

그는 눈을 감고 머리를 비우려고 애썼다. 아무 생각도 하지 말자. 그냥 잠들자. 다행히 몸도 마음도 충분히 피곤했다. 그는 한 걸음씩 수면의 동굴로 걸어 들어갔다.

37

 꿈을 꾸었다. 그는 소녀를 안고 누워있었다. 소녀는 인간이 아니라 요정이었다. 그녀의 눈은 사람의 눈과 다른 세계를 보고 그녀의 목소리는 천상의 음을 노래했다. 살갗마저도 인간 여자와는 결이 달랐다. 봄날의 시냇물처럼 보드랍고 투명했다. 그러면서도 체온은 사람처럼 따뜻했다.

 그는 소녀의 머리칼을 쓰다듬었다. 두근거리는 등을 쓸어내렸다. 가슴께에 닿아있는 그녀의 입에서 가벼운 숨이 뿜어져 나왔다. 육체의 흥분을 넘어선 영혼의 충만이 이루어지는 기분이었다. 다른 여자를 안을 때는 느껴본 적 없는 숭고함이 있었다.

 눈을 떴다. 그러나 꿈은 깨지 않았다. 요정 소녀는 여전히 그의 품에 안겨있었다. 화들짝 놀란 그가 몸을 움찔하자 유리는 그를 더 힘주어 안았다.

 "선생님 제발." 그녀의 목소리는 절실했다.

 "그냥 이렇게 있어 주세요."

 몇 시나 되었을까. 언제부터 이렇게 안겨 있었을까?

 기현은 고개를 돌려 창을 보았다. 웃는 눈 같기도 하고 우는 눈 같기도 한 초승달이 어찌할 줄 모르는 남녀의 포옹을 엿보고 있었다.

소리 없는 노래가 들렸다. 하프 연주와 함께 달의 여신이 부른다. 그 순간, 그는 다음 레슨곡을 정했다.

조금씩 마음이 평온을 찾았다. 이리저리 요동치던 감정 중에서 가장 힘이 센 녀석이 드러났다. 행복하다. 그 마음을 부정할 수는 없었다. 그의 눈가에 맺힌 눈물은 넘쳐흐르는 기쁨의 증거였다.

동시에 동물적인 욕망이 치밀어 올랐다. 품에 안긴 그녀의 몸은 구석구석 감각을 자극했다. 성숙한 젖가슴은 그의 명치 근처에 분명히 머물렀다. 그녀의 다리는 가녀리면서도 소녀 특유의 팽팽함으로 그의 다리 사이에 존재했다. 약간의 땀 냄새까지 섞인 살 냄새는 중력을 교란시켜 그를 어지럽게 만들었다.

유혹이라는 표현으로는 감히 설명하기 어려운 강렬한 힘이었다. 그의 몸은 이미 굴복하고 변화를 보였다. 오직 위태로운 이성만이 이런저런 구차한 논리를 내세우며 저항하는 중이었다. 그는 다시 눈을 감았다. 1초, 1분, 10분… 시간은 느린 발자국을 남기며 지나갔다.

가쁘게 오르내리며 그를 압박하던 그녀의 가슴이 느슨해졌다. 여린 숨소리가 파도처럼 규칙적으로 밀려왔다 사라진다. 그녀는 품에서 잠든 것일까? 다행이라는 생각과 본능적인 아쉬움이 뫼비우스의 띠 모양으로 교차했다. 그는 천 가지의 복잡한 생각을 누르며 다시 잠을 청했다.

38

아침에 눈을 떴을 때 그는 절망했다. 밤새 그녀를 안고 말았다. 그녀의 옷을 벗기고 뽀얀 몸을 오래도록 어루만졌다. 잔뜩 부푼 가슴과 아직 여물지 않은 유두를 입에 머금고 빨았다. 최고의 고음을 노래하는 신음소리를 들었다. 하얀 다리를 벌리고 처녀의 문을 열고 들어갔다. 그는 환희의 절정을 맛보며 사정하고 말았다. 그는, 그녀는, 그 순간 뭐라고 외쳤던가?

그녀는 품에 안긴 채 아직 잠에서 깨지 않았다. 창밖엔 햇살이 가득하다. 몇 시나 되었을까?

팬티 속에 끈끈하게 엉겨 붙은 정액이 밤새 있었던 사건의 전모를 알려주었다. 그제야 알았다. 그는 꿈에서 그녀를 안고 현실에서 사정했다. 안도의 한숨이 새어나왔다.

유리도 잠에서 깼다.

"저 때문에 잘 못 잤지요. 선생님?"

"아냐. 잘 잤어."

몽정을 들킨 것만 같아 부끄러웠다. 티 없이 맑은 소녀의 얼굴을 보자 죄책감이 몰려왔다. 몸은 성숙한 여자일지라도 정신적으로는 아직 아이다. 앞도 못 보는, 그래서 다른 아이들보다 미성숙한 소녀다. 학교생활도 이제 중학교 2학년이 아닌가. 내가 없으면 움직이지도 못하는 장애를 가진 아이인데.

"고맙습니다." 유리는 기현의 품에 또 고개를 묻었다.

"뭐가?"

"이렇게 안아주셔서요. 이렇게 저를 따뜻하게 안아준 사람은 선생님이 처음이에요. 어릴 때 부모님이 절 안아준 기억도 없어요. 제가 기억하는 가장 오래된 순간부터 저는 혼자였거든요."

기현은 아무 말도 하지 못했다.

"좋으면서 동시에 슬프기도 해요."

"왜 슬퍼?"

"불안하다고 할까요? 원하는 바람이 이루어진 기쁨 뒤에는 그것을 잃어버릴지도 모른다는 불안이 따라오나 봐요. 이렇게 따뜻한 품은 어쩌면 마지막일지도 모르잖아요."

"그렇지 않아. 너도 어른이 되면 사랑하는 사람이 생길 거야. 그 사람은 나보다 훨씬 더 따뜻하게 너를 안아줄 거다."

유리는 품속에서 고개를 저었다. 우는 것 같았다. 그는 달래지 않고 가만히 있었다. 그녀가 물었다.

"솔직하게 대답해주실 수 있어요?"

기현은 무서웠다.

"저 어떻게 생겼어요?"

"예쁘게 생겼어." 대충 넘어가려고 했지만,

"자세히 말해줘요. 정말 궁금해서 그래요."

기현은 그녀의 얼굴을 보면서 묘사했다.

"이마는 반듯해. 눈은 그렇게 큰 편은 아니고. 쌍꺼풀은 없네. 콧날은 그렇게 높진 않으면서 오뚝해. 피부는 하얘. 아직 뺨 아래쪽엔 복숭아 털 같이 솜털도 남아있어."

"입술은요?"

"얇은 편이야. 그래도 입술 윤곽은 분명해. 웃을 때면 보조개도 살짝 들어가고. 이는 썩 고르진 못해. 나중에 여유가 생기면 교정을 받아봐. 더 예뻐지겠는데? 여기까지. 이렇게 누구 얼굴 자세하게 본 건 처음이다."

"눈이 안 좋아지면서 거울로 보는 제 얼굴도 흔들리고 겹쳐 보였어요. 마치 얼굴이 정말로 점점 사라지는 것 같았어요. 제가 기억하는 얼굴은 너무 어릴 때라서."

"그때는 어땠는데?"

"그냥 평범한 아이였죠."

"평범한 아이가 예쁘게 컸네."

"정말 예뻐요?" 그녀의 얼굴에 밝은 미소가 피었다.

"그래. 예뻐."

기현은 더 이상 누워있을 수가 없었다.

"자, 이제 일어나자. 씻고 간단하게 뭐 좀 먹고 서울 올라가야지."

그는 갈아입을 팬티가 없다는 사실에 절망하며 몸을 일으켰다.

39

서울로 돌아오는 내내 기현의 택시 안에서는 로큰롤 음악이 쿵쾅거렸다. 유리가 틀어달라고 주문을 했다. 그녀는 특히 제트의 노래를 좋아했다. 반복해서 듣더니 서울에 도착할 때쯤에는 노래를 따라 흥얼거렸다.

"이 노래가 그렇게 좋아?"

"네!" 유리는 손으로 허벅지를 쳐서 박자를 맞추며 대답했다.

"어떤 점이 좋은데?"

"제가 처음 들은 로큰롤이잖아요. 뭐든지 처음은 특별하잖아요."

"그래. 맞는 말이야."

이태리어나 프랑스어 노래 가사도 여러 번 들으면 외워버리는 그녀는 노래 가사까지 통째로 외워서 따라 불렀다. 절대음감과는 또 다른 재능이었다.

고속도로는 막히지 않았다. 해가 지기 전에 서울에 도착했다. 기현은 유리의 집으로 가려다가 생각을 바꿨다. 그는 명동의 백화점에 차를 대고 유리를 데리고 나왔다.

언젠가부터 그는 사람들의 시선이 두렵지 않았다. 그를 마주치는 사람들은 여전히 놀람과 본능적인 혐오를 시선에 담았지만 상관없었다. 정신의 족쇄가 풀려버린 기분이었다.

"지금부터 우리는 명동 산책을 할 거야. 소리를 들어봐. 굳이 의미를 두려고 하지 말고. 들리는 소리를 그냥 들어."

그는 유리와 팔짱을 끼고 백화점을 돌았다. 쇼핑객들로 붐비는 매장을 들렀다. 옷을 만져보게 하고 향수 냄새를 맡아보게 했다. 어떤 물건인지, 어떤 모양인지, 어떤 색인지 설명을 해주었다. 에스컬레이터를 타고 층을 움직이면서 다양한 매장을 경험했다. 처음에는 어리둥절하던 유리는 기현의 설명에 고개를 끄덕이며 신기해했다.

"이제 백화점은 대충 봤고 거리로 나가자. 명동 거리는 우리나라에서 제일 사람들이 많은 곳이야. 사람들이 너의 어깨를 치고 발을 밟을 수도 있어. 그래도 괜찮겠어?"

"좋아요. 가요."

금요일 저녁 명동 거리는 두 눈 멀쩡한 사람도 타인과 부딪히지

앉고는 다닐 수 없을 정도로 붐볐다. 호객꾼들의 목청 높인 목소리와 옷가게, 화장품 가게 앞에 틀어놓은 음악 소리가 정신없이 뒤섞였다. 기현은 주변의 상황을 차근차근 묘사해주었다. 유리는 겁이 나는지 기현의 팔에 바짝 매달리면서도 재미있다며 탄성을 질렀다.

"자. 이것도 한 번 먹어볼까?"

기현은 떡볶이 리어카 앞에 섰다. 떡볶이와 김말이를 주문해서 하나씩 찍어 유리에게 먹여주었다. 주인은 물론 다른 손님들이 신기한 시선으로 둘을 쳐다보았다. 기현은 아랑곳하지 않았다.

"맛있어?"

"끝내줘요. 안 그래도 배고팠는데."

"지금 다른 사람들이 다들 우리를 보고 있다는 사실도 알아둬."

"왜요?"

"나는 괴물이고 너는 장님이니까." 기현이 유리의 귀에 속삭였다.

유리는 소리를 내어 웃었다. 기현도 기분이 솟구쳐서 활짝 웃었다.

"잘 어울리는데요."

"안 보고 어떻게 알아?"

"저는 안 봐도 아는 것들이 많아요."

분식을 먹고 한참을 더 명동 거리를 쏘다녔다.

"이게 바로 세상이 돌아가는 소리야. 웃고, 울고, 일하고, 놀고, 사랑하고, 헤어지고, 사람들이 사는 소리지. 로큰롤이든 아리아든 사람이 사는 소리를 담아야 해. 이 느낌을 가슴에 담고 노래를 불러야 한다고."

"명심할게요. 선생님."

어두워진 다음에야 다시 차로 돌아왔다.

"이제 집에 가자. 피곤하지?"

"아니요. 하나도 안 피곤해요."

"내가 피곤해. 쓰러지겠다."

농담이 아니었다. 해일처럼 피로가 몰려들었다. 좋았던 기분마저 슬슬 불편해질 정도로 피곤했다.

집에 가는 길 내내 유리는 기분이 좋은지 콧노래를 불렀다.

"선생님 그거 알아요? 오늘 또 기록을 세웠어요. 오늘이 제 인생에서 가장 행복한 날이에요."

"좋겠다."

"선생님은요?"

"나도 좋았다." 기현은 행복이라는 단어가 목에 걸려 나오지 않았다. 유리는 기현의 대답이 조금 미흡했는지 고개를 갸웃했다.

유리의 집 앞에 차를 멈췄다. 유리는 차 문을 열고 물었다.

"내일 새로 배울 곡은 뭔가요?"

"내일 알려줄게. 오늘은 피곤할 텐데 쉬어."

그때 유리의 비명 소리가 들렸다. 기현은 깜짝 놀라 차에서 내렸다. 어둠 속에서 누군가 유리의 팔을 틀어잡고 있었다.

"내가 우습니? 이제는 엄마가 우스워?"

유리의 엄마였다. 기현은 황급하게 내려서 인사했다.

"안녕하십니까? 제가 유리 성악 선생님 한기현입니다."

그녀는 유리의 팔을 놓고 기현에게 다가왔다. 어렴풋한 가로등 불빛에도 얼굴 흉터가 보이겠다 싶었다. 그녀는 이글거리는 눈으로 기현을 노려보다가 유리의 팔을 잡고 집으로 들어갔다. 기현은 자기도 모르게 집으로 따라 들어갔다.

"어머니! 잠깐만요!"

얼떨결에 안으로 들어간 기현은 깜짝 놀랐다. 몇 년은 청소를 안 한 것처럼 집이 엉망이었다. 두 명이 살기에도 좁아 보이는 집은 언제 치웠는지 짐작이 안 갈 정도로 어질러져 있었다. 바닥은 아예 닦은 적이 없는지 양말을 신었는데도 찝찝한 바닥의 느낌이 전해졌다. 음식 썩은 냄새도 진동했다. 거실까지 들어온 기현은 홱 돌아보는 유리 엄마의 시선에 놀라 뒤로 넘어질 뻔했다.

"여기가 어디라고 따라와!"

그녀는 돌연 기현의 멱살을 잡고 밀쳐버렸다.

"뭐 선생? 어린 애 꼬셔 외박이나 시키는 놈이 선생?"

그녀는 무방비 상태로 쓰러진 기현 위에 올라탔다. 악다구니를 쓰며 기현을 때리는 그녀를 떼어낸 사람은 유리였다.

"엄마 하지 마세요! 선생님은 아무 잘못도 없어요. 이러지 마세요!"

기현의 얼굴에 날아들던 그녀의 손이 유리의 뺨에 날아들었다. 유리도 바닥에 쓰러졌다.

"못된 것들! 안 되겠다. 너희 둘 다 경찰서 가자. 내가 신고할 거야."

그녀는 유리의 손목을 낚아채더니 다시 집에서 나갔다. 둘 다 맨발이었다. 기현도 맨발로 쫓아나갔다.

사태를 파악할 수 있었다. 어제 저녁 엄마에게 허락을 맡았다는 유리의 말은 거짓말이었나 보다. 유리는 엄마에게 무방비로 맞고 있었다. 머리채를 뜯기고 손톱에 얼굴이 긁혔다. 그러다가 유리가 엄마를 밀쳐버렸다. 잠시 부르르 떨던 그녀는 차렷 자세로 몸을 곧추세웠다. 그 모습은 흡사 보호 기제를 작동하는 동물과도 같았다. 그녀의 턱이 아래로 툭 떨어졌다. 그리고 괴성이 쏟아졌다.

생방송 중에 터져 나온 바로 그 비명소리였다. 몸의 털을 곤두서

게 만드는 섬뜩함. 전혀 다른 시공간의 끔찍한 비밀을 전이시키는 소리. 평화로운 저녁의 골목을 박쥐 떼가 휩쓸고 다니는 환영이 눈앞에 펼쳐졌다. 유리의 엄마마저도 얼이 빠진 표정으로 딸을 쳐다볼 뿐이었다. 한참을 이어진 비명이 멈췄다.

유리가 쓰러졌다.

40

택시에 유리를 태우고 병원으로 달려온 기현은 복도에서 기다렸다. 유리는 쇼크 상태를 진단받고 입원했다. 한 시간을 넘게 기다리자 병실에서 엄마가 나왔다. 그녀는 여전히 화가 풀리지 않은 얼굴로 기현을 노려보았다.

"죄송합니다. 어머님."

"애 눈이 안 보인다고, 없이 사는 집이라고 우습게 보여요?"

"아이한테 바다를 보여주려고 했습니다. 강릉까지 갔다가 너무 늦어서 이렇게 됐습니다."

"바다엔 왜 애를 데려가요?"

"유리가 바다를 보고 싶다고 해서요. 한 번도 바다를 본 적이 없다고 하길래 무리를 했습니다."

"아니 당신이 뭔데 주제넘은 짓을 하고 지랄이야? 부모 허락도 없이?"

"노래를 하는데 가수의 정서는 무척 중요합니다. 정서라는 것이 경험에서 나오는데 유리는 장애 때문에 절대적인 경험이 부족하지요. 바다에 데려간 것도…"

"그 잘난 노래 내가 당장 그만두게 할 테니까 그렇게 알라고."

"어머님. 유리는 대단한 재능이 있습니다. 절대음감뿐만 아니라 놀랄 만큼의 기억력을 갖고 있어요. 몇 번만 반복해서 연습하면 처음 듣는 외국 노래가사를 정확하게 외워버려요."

"노래를 배우면, 걔 인생이 달라집니까?"

"그럼 노래를 안 배우면 유리는 뭘 배웁니까?"

"당신하고 더 이상 얘기하고 싶지 않으니까 가요. 다신 애 근처에 얼씬도 하지 말고."

"어머님! 유리는 하늘이 내린 재능을 받은 아이입니다."

"나는 그런 재능 싫다고!"

"그럼 유리가 어떻게 살기를 바라십니까?"

"그놈의 노래를 하는 것보다는 낫겠지. 뭘 해도. 아니, 아무것도 안 해도."

"제가 유리를 너무 멀리까지 데리고 간 일, 미리 얘기도 안 하고 외박을 한 일은 진심으로 사과드립니다. 그러나 유리가 노래하는 일을 무작정 반대한다면 저도 이대로 물러설 수 없습니다."

"무작정? 당신이 뭘 안다고 지껄여?"

"왜 그렇게 음악을 반대하시는지 이유라도 얘기해주십시오."

"내 인생이 왜 이 꼴인 줄 알아? 전부 그놈의 노래 때문이야. 그놈의 오페라인지 뭔지 때문이라고."

"아버님 이야기는 들었습니다."

"내 앞에서 그 인간 얘기 꺼내지 마!"

그녀는 또 기현을 밀쳤다. 이번에는 넘어지지 않았다.

"어머님. 진정하세요. 지금이 유리의 인생에서 가장 중요한 순간입니다. 유리는 두 달 뒤에 유명한 TV 프로그램 쇼에 나갈 예정입니다. 유리가 프로그램을 통해 충분히 재능을 보여준다면 후원자를 찾을 가능성도 있어요. 저 또한 그랬으니까요."

"무슨 소리 하는지 모르겠고. 난 하여튼 당신 같은 인간에게 우리 딸 맡길 생각이 요만큼도 없어요. 돌아가라니까요! 경찰 불러요? 미성년자 성폭행범으로 조사받을래요?"

"맹세코 어머님이 우려하시는 일은 없었습니다."

"그걸 내가 어떻게 알아?"

기현은 무릎을 꿇었다. 복도를 지나던 간호사들이 힐금거렸다. 유리 엄마도 놀라 한 걸음 물러섰다. 기현은 고개를 쳐들고 시선을 마주했다.

"오래전 이야기이지만, 저는 잘 나가던 테너였습니다. 사고가 나서 얼굴이 이렇게 변하기 전까지는요. 제 얼굴을 보십시오. 사람들 앞에 나서기가 두려워 노래도 그만두고 숨어 살던 저였습니다. 처음부터 유리를 가르칠 생각은 없었습니다. 제 마음이 왜 바뀐 줄 아십니까?"

기현은 북받쳐 오른 감정을 진정하기 위해 잠시 말을 쉬었다가 계속했다.

"진심입니다. 유리의 진심. 따님은 진심으로 노래를 부르고 싶어 합니다. 한 달 동안 하루도 빠지지 않고 네 시간, 다섯 시간씩 레슨을 받았습니다. 아마 어머님이 일을 나간 빈집에서 종일 노래 연습을 했을 겁니다. 평생 그녀를 풀어주지 않을 어둠과 싸우면서요."

기현은 목이 메었다. 그는 진심으로 애원하고 있었다.

"따님은 어머님을 미워하지 않으려고 노력한다고 했습니다. 어머님도 마음을 열어주십시오. 이 아이의 재능을 노여움으로 가린다면 큰 죄를 저지르는 셈입니다."

"무슨 죄요? 도대체 무슨 죄?"

"따님의 노래를 듣고 기뻐하고 슬퍼하고 웃고 눈물 흘릴 사람들을 배반하는 죄입니다. 최선을 다해 가르치겠습니다. 두 달만 시간을 주십시오."

기현은 손을 내밀었다. 그러나 그녀는 손을 잡지 않고 병실로 들어가 버렸다.

41

집으로 돌아올 수밖에 없었다. 몸이 녹아버리는 착각이 들 정도로 피곤했다. 아무 데나 택시를 처박지 않은 게 다행이었다. 금방이라도 쓰러질 것 같은 몸을 겨우 추스르고 샤워를 했다. 매트리스에 몸을 눕히고 핸드폰을 충전기에 연결했다. 전원이 들어오자마자 핸드폰은 부재중 전화와 메시지를 토해냈다. 오 피디와 루미였다.

루미와 통화했다는 유리의 말도 거짓말이었다. 유리의 엄마는 늦게까지 유리가 들어오지 않자 루미에게 연락했고 루미는 기현에게 전화를 건 모양이었다. 그때 이미 기현의 전화는 전원이 나간 뒤였고. 루미와 유리 엄마 양쪽으로부터 연락을 받은 오 피디는 무슨 일이 생긴 줄 알고 전화를 하고 문자를 남기고 난리가 났다. 불과 한 시간 전에도 문자가 와 있었다.

―이런 식으로 애를 데리고 사라지면 어쩌려고요? 제정신이에요? 애 납치범으로 신고 당하기 싫으면 당장 연락해요.

기현은 문자로 설명을 하려다가 그만두었다. 핸드폰의 전원이 나가듯 몸에 힘이 하나도 남아 있지 않았다. 그는 전화를 꺼버리고 잠이 들었다.

밤새 끔찍한 몸살이 찾아왔다. 아침 해가 뜬 뒤에도 기현은 꼼짝도 하지 못했다. 목 졸리는 기분이 들 만큼 목이 붓고 관절 마디마디가 쑤셨다. 열이 펄펄 끓어 잠이 든 상태인지 깨어있는지 구별이 가지 않고 몽롱했다. 식은땀이 쉴 새 없이 배어 나왔다. 환각상태 속에서 유리야, 유리야 중얼거렸다.

42

꿈을 꾸었다.

그는 무대에 서 있었다. 수많은 관객들이 숨죽이며 그를 지켜보았다. 턱시도를 입은 그는 힘차게 〈축배의 노래〉를 불렀다. 그의 파트가 끝나자 곁에 선 소프라노가 노래를 이어받았다. 화려한 드레스를 입은 유리였다. 그녀는 외계의 행성에서 캐 온 보석 같은 눈을 반짝이며 노래했다. 노래가 끝나자 거대한 극장이 흔들릴 정도로 큰 박수가 쏟아졌다. 그런데 갑자기 무대에서 이상한 소리가 들렸다.

"정신이 들어요?"

아직 공연이 끝나지 않았는데. 이 소리는 뭐지?

"정신 좀 차려 봐요."

누군가 그의 몸을 흔들었다. 환상의 무대가 사라지고 현실 속 얼굴이 희미하게 보였다. 조금씩 선명해지는 얼굴의 주인공은 민주였다. 그녀는 안도의 한숨을 내쉬며 기현의 손을 잡았다.

"못 일어나는 줄 알았잖아요. 이틀을 꼬박 누워 있었어요. 당신 나한테 목숨을 빚졌어요."

그녀는 루미로부터 기현과 유리가 돌아왔다는 소식을 듣고도 기현이 연락이 되지 않자 기현의 집으로 찾아왔고 실신 상태의 기현을 발견했다. 구급차를 불러 그를 병원으로 옮긴 것이었다.

"의사가 그러는데 당신 몸 상태가 너무 엉망이래요."

"몸살 기운은 많이 가신 것 같아."

"한약이라도 달여 먹어요. 몸 안 챙긴 지 오래죠?"

"됐어."

기현은 몸을 일으켜보았다. 겨우 살만한 기분이었다.

"잠깐 좀 나갔다 올게."

"어딜요?"

"전화 한 통만 하면 돼. 혹시 내 핸드폰 챙겼어?"

"참 나. 내가 당신 마누라라도 돼요?" 그러면서 민주는 기현의 핸드폰을 쓱 내밀었다.

"유리한테 하려는 거죠? 안 그래도 전화 왔었어요. 당신 아프다니까 울려고 하더만. 병원 어디냐고 묻길래 안 가르쳐줬어요. 고생해서 올까 봐."

기현은 복도로 나와서 전화를 걸었다. 유리는 바로 전화를 받았다. 그녀의 걱정 섞인 질문에는 대답하지 않고 냉정하게 말했다.

"왜 거짓말을 했니? 넌 엄마와 친구, 그리고 나까지 바보로 만들었어."

"죄송합니다. 선생님. 제가 너무 애같이 굴었어요. 병원이 어디에요? 많이 아프세요? 제가 갈게요." 그녀는 흐느끼고 있었다.

"올 필요 없어. 이제 수업도 올 필요 없어."

"선생님!"

"난 거짓말쟁이를 가르치고 싶지 않다."

"잘못했습니다. 정말 잘못했습니다."

"진정으로 반성하고 다시 노래 공부를 하겠다면 조건이 있어."

"뭔데요? 뭐든 시키는 대로 할게요."

"엄마 허락을 받아와. 어머니가 허락하면 다시 레슨을 시작하지."

"선생님 그건 안 돼요. 우리 엄마는 절대로 허락 안 해줘요."

"넌 미성년자야. 어머니는 너의 보호자고. 네 멋대로 그런 당연한 사실을 무시하지 마."

"선생님 제발요."

"어머니 허락 맡을 때까지는 전화도 안 받을 테니까 그렇게 알아. 거짓말을 한 벌이야. 끊는다."

기현이 병실로 돌아오자 민주는 유리와 있었던 일에 대해 설명을 듣기를 원했다. 기현은 겨울 바다 여행에 대해 간략하게 전해주었다. 유리의 엄마가 몹시 분노했고 유리가 또 정신을 잃은 이야기까지. 민주는 심각한 표정으로 한숨을 쉬었다.

"안 되는데. 방송이 두 달도 안 남았는데. 내가 어떻게 해서든 엄마를 설득해볼게요. 돈 때문일 지도 모르겠네."

그녀의 말에 기현은 마음 한구석이 쿡 찔렸다.

"방송. 그놈의 방송. 지금도 당신은 방송 생각뿐이지?"

"그게 결국 유리를 위하는 길이잖아요."

"아니. 아마 당신은 지금 당장이라도 유리가 아닌 누가 유리의 역할을 해줘도 상관없겠지."

"무슨 말을 그렇게 해요? 당신한테 돈을 들인 게 누군데?"

"제작비로 받았다면서?"

"천만 원은 제작비로 받았죠. 나머지는 제 돈이었어요."

"그래? 그럼 당신 돈은 갚을게."

"오호. 갑자기 이제 와서 위대한 교육자라도 된 척하는 건가요?" 그녀의 목소리에는 날이 서 있었다.

"프로그램밖에 모르는 인간. 구역질 나."

"구역질? 귀신처럼 숨어 살던 사람 설득해서 여기까지 오게 한 장본인이 누군데요?"

"그래서. 고마워하라고? 나 역시 그 잘난 프로그램을 살리기 위한 방편 아니었나? 여기까지 날 데리고 와서 치료해 준 것도 프로그램을 위해서였겠지. 내가 쓸모가 없었다면 거들떠도 안 봤겠지."

"무슨 말을 그렇게 해요? 당신이라는 인간, 이렇게 형편없는 사람이에요? 정말 구역질나는 건 당신이야!" 민주는 소리를 꽥 질렀. 기현은 더 화가 났다.

"맞아. 난 형편없이 삐뚤어진 사람이야. 그러니 나한테는 어떻게 대해도 좋아. 그러나 유리는 달라. 그 아이를 이용하지는 말아줘. 진정으로 그 아이를 위한다면 기다려줘. 아무리 마음이 급해도 기다려줘. 누가 뭐래도 엄마는 유리에게 하나뿐인 가족이야. 엄마와의 관계를 해결하지 못하면, 아직은 뭔지 정체도 모르는 과거로부터 탈출하지 못하면, 유리는 평생 불안한 영혼으로 살아야 해. 지난번 방송에서처럼, 며칠 전 골목에서처럼, 정신이 나가버리는 꼴 또 보고 싶어?"

민주는 입술을 파르르 떨면서 기현을 지켜보았다. 기현은 더 이상 할 말이 없었다. 민주의 입에서 중얼거리는 목소리가 흘러나왔다.

"그 아이를 좋아해요?"

기현은 대답을 주지 않았다. 민주의 집요한 시선도 피하지 않고 마주 보았다.

"좋아하는군요. 특별한 감정이 생긴 거죠?"

"쓸데없는 오해는 하지 마. 의심할 만한 어떤 행동도 안 했으니까."

"꼭 입을 맞추고 섹스를 해야 남녀 관계가 이루어지는 건 아니에요. 손도 잡지 않은 남자와 여자도 평생 그리워할 수 있어요. 어쩌면 그게 더 애틋할 수도 있죠."

"분명히 말하는데, 그렇지 않아. 나는 그 아이를 어떻게 하려는 생각 눈곱만큼도 없어."

"그래요. 당신이 그 아이를 해칠 것 같지는 않아요. 그 반대일 것 같네요."

긴 침묵이 흘렀다. 기현은 침대에서 내려왔다. 두 발로 일어서 걸을 만했다.

"퇴원할래."

"하루만 더 쉬어요. 안 괴롭힐 테니까."

"집에 갈래."

"아무도 없는 옥탑방에 가서 뭘 하겠다고 그래요?"

기현은 이유를 말해주지 않고 고집을 부렸다. 결국 민주와 함께 퇴원수속을 마쳤다.

"대신 조건이 있어요. 영양 보충하고 들어가요. 둘 중에 하나 골라봐요. 보신탕, 아님 삼계탕. 둘 다 끝내주게 잘하는 집을 아니까."

"생긴 건 꼭 동물애호가처럼 생겨서는."

"동물애호가가 어떻게 생겼는데요?"

"너처럼."

민주의 장담처럼 끝내주게 거창한 삼계탕을 먹고 옥탑방으로 돌아왔다. 민주는 걱정이 된다며 옥탑방 계단까지 따라 올라왔다. 발아래로 펼쳐진 저녁 하늘을 보며 그녀가 심호흡을 했다.

"야경은 끝내주네. 여기서 삼겹살에 소주 마시면 끝내주겠다."

"당신하고 똑같이 말하는 사람이 있었는데."

"누구요?"

"유리 매니저."

"루미요?"

"수준이 잘 맞나 보네."

"누가 봐도 그럴 만한 경치잖아요. 로맨틱하네. 아주. 이런 경치를 보면서 노래 연습도 하고 그랬어요? 분위기 좋았겠는데?"

"유리에겐 이 불빛들이 보이지 않아."

"당신은 보이잖아요. 분위기는 전이되기 마련이에요."

"한 번만 더 그런 식으로 엮으면 진짜 화낸다."

"정말 아니에요?"

"아니야."

"그럼 나 고백해도 되겠네?"

민주는 갑자기 기현을 안고 입술에 입을 맞췄다. 느닷없는 키스에 기현은 몸을 움직이지도 못했다. 십 년 만에 느끼는 여자의 입술이었다. 바로 앞에서 번개가 치는 것처럼 정신이 번쩍 들었다.

"고백이 너무 늦은 감이 있지만. 당신은 내 첫사랑이었어요. 그때 당신은 아무리 손을 뻗어도 닿지 못할 존재였죠. 사랑의 대상이라기보다는 우상이었죠. 십 년이 흐르고 당신을 다시 만났잖아요. 당신은 더 이상 우상이 아니었어요. 현실 세계로 내려온 존재였죠. 심지어 나의 도움이 절실히 필요한. 나는 우리의 운명이 특별하다는 걸 깨달았어요. 연인으로 이루어지지 못한다 해도 당신을 좋아하는 마음은 알려주고 싶었어요. 당신을 응원하는 마음도."

기현은 가만히 서 있었다.

"뭐라고 말 좀 해봐요. 여자가 이 정도로 말했으면 남자도 한마디는 해야지."

"너무 갑작스러워서."

"그래요. 일단 남은 두 달은 레슨에 집중하기로 해요. 우리 관계는 그다음에 생각해봐요. 이 키스조차 프로그램을 위해서라고 생각하진 않겠죠?"

그녀는 옥탑방을 떠났다. 기현은 한참 동안 방에 들어가지 못하고 난간 아래로 펼쳐진 서울의 저녁을 내려다보았다. 하나둘씩 별들이 모습을 드러냈다. 더불어 그리운 얼굴 하나가 달처럼 떠올랐다.

43

결혼 전 그녀는 평범한 직장인이었다. 우연히 술자리에서 만난 남자에게 한눈에 반했다. 남자는 어릴 때부터 음악을 공부한 성악가였다. 집안이 어려워지면서 겨우 음대를 졸업했지만 전망도 불투명하고 벌이는 시원찮은 상황이었다. 안정된 월급이 있던 그녀는 남자에게 좋은 여자친구였다. 1년간의 열애 끝에 결혼을 했다.

현실은 짐작과는 달랐다. 계획에 없던 아이가 생기자 그녀는 직장을 그만두어야 했다. 남편은 음악을 접고 생업에 나섰다. 사회 경험이 전혀 없었던 남편은 제대로 일을 배우기도 전에 쫓겨나기가 일쑤였다. 그는 이런저런 영업일을 전전하면서 점점 더 깊은 절망의 나락으로 빠져 들어갔다. 그러나 남편의 가슴 깊은 곳에서는 여전히 음악에 대한 사랑이 절절했다.

"당신 때문이야." 남편은 혼자 감당하기 어려운 분노에 휩싸일 때면 그녀를 비난했다. 없는 수입으로 살림을 하고 아기를 키우던 그녀 역시 분노가 일상이긴 마찬가지였다. 그녀는 남편을 증오했다. 정확히 말하면 남편이 갈망하는 음악을 증오했다. 그녀에게 음악은 남편을 잡고 놔주지 않는 악귀 같았다.

어느 날 심하게 싸운 끝에 그녀는 해서는 안 될 말을 했다.

"당신은 음악적 재능이라고는 없는 사람이야. 당신의 노래는 공짜로 듣기에도 끔찍해."

그날 밤 이후로 남편은 그녀와 대화를 끊었다. 눈도 마주치려고 하지 않았다. 얼마 안 있어 우울증이라는 악마의 입김이 그녀를 삼

컸다. 남편은 물론이고 자식마저 지긋지긋했다. 그녀는 제 발로 집을 나갔다.

친정 오빠 집에서 짐짝처럼 얹혀살다가 겨우 우울증에서 헤어 나올 무렵 그녀에게 전해진 소식이 남편의 죽음이었다. 그리고 장님이 된 채로 시설에서 생활하던 딸을 데리고 왔다. 혼자 살아남기도 어려운 상황에 앞 못 보는 딸까지 얹혀졌다.

그녀는 인터파크 홈스토리 서비스에 등록된 가사 도우미로 일을 시작했다. 주말도 없이 매일 아침부터 저녁까지 남의 집 청소를 해주며 서울 곳곳을 떠돌아야 했다. 큼직한 배낭에 든 청소도구들이 그녀의 밥줄이었다. 솜씨 좋은 그녀가 청소한 집은 모델하우스처럼 윤이 났다. 세탁에 바닥 청소, 변기에 묻은 똥오줌은 물론이고 침구류, 부엌의 찌든 때, 에어컨 필터까지 청소했다. 일이 끝나면 쓰레기를 버리고 진공청소기까지 말끔하게 비워놓았다. 30평대 아파트 기준으로 세 시간이나 네 시간 청소를 하면 4만 원을 받았다. 가끔 마음씨 좋거나 씀씀이가 넉넉한 안주인을 만나면 5만 원짜리 지폐를 줄 때도 있었다.

그러나 막상 그녀의 집은 한 번도 윤이 난 적이 없었다. 웃음이 없는 집이었다. 일을 마치고 저녁에 들어오면 딸은 방에서 좀처럼 나오지 않았다. 고된 일에 녹초가 된 그녀 역시 딸의 방에 들어가 보려고 하지 않았다. 딸은 저녁을 알아서 챙겨 먹었고 그녀는 청소를 맡은 집에서 남은 반찬과 냉장고를 정리하면서 나오는 것들을 먹고 오는 것으로 저녁값을 아꼈다.

지금까지 오직 살아남는 것만 생각했다. 행복, 웃음, 사랑, 희망, 대화 같은 말들은 사치였다. 그런데 이제 와서 딸이 노래를 하겠다고 한다. 그것도 얼굴 반쪽이 날아간 괴물 같은 놈에게 배우겠단다. 그녀는 남편을 잡아먹은 음악이 딸마저 삼키려고 한다는 사실을 알아차렸다.

집 앞 골목에서 사달이 나고 응급실까지 실려 갔다 온 뒤에도 딸은 며칠째 고집을 피우고 있다. 오늘도 이른 아침부터 흑석동과 중계동 두 군데서 청소를 하고 집에 돌아온 그녀를 잡고 놔주지를 않는다. 둘이 앉으면 꽉 차는 방에서 대화가 아닌 말씨름이 이어졌다.

"엄마 피곤해. 씻고 자야 한다니까 얘가 왜 이래."

"내일부터 다시 레슨받게 해주세요."

"절대 안 돼. 그 피디인가 뭔가 하는 여자가 하도 귀찮게 하길래 마음대로 하라고 놔뒀더니 네가 어떻게 했어? 그 흉측한 인간하고 여행을 다녀와? 새파랗게 어린년이 못된 짓만 배워갖고. 이젠 안 돼."

"몇 번을 얘기해요? 제가 선생님한테 엄마 허락을 받았다고 거짓말을 했어요."

"지금 그놈 편드는 거냐? 이 년이 정말."

"어떻게 해야 허락해주시겠어요?"

유리의 목이 울음에 잠겼다. 냉담한 모습만 보이던 딸이 이렇게까지 감정을 드러내 보이는 일은 최근에 와서였다. 만년설이 녹는 것과 같은 변화였다.

"그만해."

그녀는 끝내 딸을 뿌리치고 화장실로 들어갔다. 다리에 힘이 풀려 변기에 주저앉았다. 머리가 복잡했다. 아무 생각도 하기 싫다며 속으로 외치고 샤워를 했다. 비누로 몸을 씻고 또 씻었다. 보통 한번 씻으면 30분은 걸렸다. 청소 일을 한 지 몇 년이 지나자 아무리 씻어도 구질구질한 냄새가 지워지지 않는 착각이 들어서였다.

씻고 나왔더니 딸은 보이지 않았다. 방에 들어간 모양이다. 그녀도 방에 들어가 잠을 청했다. 전에는 한 번도 본 적 없는 딸의 눈물이 자꾸 마음에 걸렸다.

불 꺼진 방에 누워 뒤척이며 자신의 마음을 들여다보았다. 미움과 증오조차도 사치인 삶이다. 생계를 잇는 것 외에 다른 일을 생각할 여유가 없다. 남편에 대한 증오도 형태만 어렴풋하다. 이미 다 지난 일이다.

여전히 남편을 이해할 수는 없었다. 더 미웠던 것은 남편의 경제적 무능이 아니라 음악에 대한 구애였다. 우울증이 심했을 때는 음악이 남편의 정부처럼 느껴지기도 했다. 그것도 남편 혼자서 짝사랑하는 정부. 그토록 음악이 좋았을까?

피는 못 속인다는 말이 떠올랐다. 떨어져 살던 동안 아빠에게 노래를 배운 걸까? 알 수 없다. 그 정도 이야기도 하지 않고 지낸 모녀지간이 한심하기도 했다.

언제나처럼 몸은 천근만근 피곤했다. 그러나 도통 잠이 오지 않았다. 우울증을 극복한 이후 이런 적은 처음이었다. 뻑뻑한 눈을 뜨지 않으려고 애쓰다가 늦은 새벽에야 겨우 잠이 들었다.

다음날 무거운 몸을 일으켜 방에서 나갔을 때 그녀는 살갗에 와 닿는 불길한 기운을 느꼈다.

유리의 방문을 열었다. 아무도 없었다.

44

기하학적인 모양의 구름이 하늘에 낮게 드리웠다. 금방이라도 소나기를 퍼부을 모양으로 넓게 깔린 구름 위에 피라미드처럼 아래에서 위로 좁은 형태의 구름이 얹혀있었다. 조금은 특별한 하늘을 배경으로 유리와 루미는 가만히 서 있다. 사진 촬영이라도 하려고 선 모델들 같다.

아침부터 찾아온 아이들의 용건은 간단했다. 유리는 끝내 엄마의 허락을 얻지 못하고 가출을 했단다. 언니하고 둘이 산다는 루미의 집에 일단 얹혀 지내겠다고. 마냥 레슨을 쉴 수는 없으니 일단 다시 시작하자는 얘기였다.

"돌아가."

기현은 굳은 얼굴로 거절했다.

"왜 안 되는지 말이라도 해달라고요."

루미는 진짜 매니저의 말투로 유리의 입장을 대신했다.

"노래만 배운다고 가수가 되는 건 아니야. 가수 역시 하나의 인격체야. 유리는 아직도 과거의 덫에서 못 빠져나오고 있어. 과거를 극복하지 못하면 성장할 수 없어. 그런데 그 일은 내가 해줄 수 없어. 유리가 직접 풀어야 할 숙제야."

"노력은 한다니까요. 시간이 걸리니까 일단 레슨을 시작하고 계속 엄마하고 화해를 해보겠다잖아요."

"화해를 할 사람이 가출을 해?"

"같이 있으면 계속 싸우기만 하니까 그렇죠. 가출도 아니에요. 제가 아까 유리 엄마랑 통화했어요."

"뭐라고 하셔?"

"그거야 뭐. 음악 계속할 거면 집에 들어오지 말라고."

"거 봐. 아무것도 해결한 게 없잖아."

"아 진짜, 이 아저씨 말 안 통하네."

"야 서유리." 기현은 한 번도 불러본 적 없는 차가운 말투로 유리를 불렀다. 유리는 불안한 표정을 숨기지 못했다.

"너도 알지? 넌 아무한테도 말 못하는 과거의 사건에 발목을 잡혀 있어. 가족과 관련된 일 맞지? 이런 식으로는 더 이상 한 발자국도 나갈 수 없어. 집으로 돌아가. 한 달이 걸리건 두 달이 걸리든 엄마하고 관계를 풀어."

"선생님. 노래하고 싶어요." 유리는 두 손을 꼭 모았다.

넓게 깔려있던 구름에서 비가 떨어지기 시작했다. 얼굴에 느껴지는 빗방울의 무게로 짐작건대 꽤 퍼부을 모양이었다.

"난 더 이상 할 말 없다."

기현은 아이들을 남겨두고 방 안으로 들어왔다.

"아저씨! 저기요! 그렇게 들어가면 어떡해요? 아니 이 사람이 에스키모야? 왜 그렇게 쌀쌀맞아요?" 루미의 투덜거림은 등으로 튕겨냈다.

"가자 유리야. 꼰대들은 어쩔 수 없다니까. 노래는 네이버 지식인한테 물어보면서 내가 가르쳐줄게. 성악이 별거냐."

기현은 방에 들어와 문을 잠갔다. 한숨이 절로 나왔다.

오후 내내 방에 있었다. TV를 켜놓았지만 온통 유리 생각뿐이었다. 안타까운 마음도 컸지만 물러서고 싶지 않았다. 이번 기회를 놓치면 언제 또다시 고꾸라질지 모른다. 극복 없이는 발전도 없다.

빗소리가 요란했다. 창을 통해 보이는 하늘은 여전히 먹구름이 가득했다. 밤이 되어야 비가 그칠 모양이다. 밑반찬으로 간단하게 아침을 때우고 점심을 걸렀더니 오후가 되자 배가 고팠다. 밥을 찾아 먹기가 귀찮아서 라면을 끓일까 하다가 최근 들어 부쩍 자주 몸살이 도진다는 사실을 기억해냈다. 잘 먹어야 한다. 그래도 이 비를 뚫고 식당에 가려니 내키지가 않는다. 마음만이라도 홀가분하면 당장 나가서 밥을 먹고 올 텐데. 최소한의 의욕이 없다. 그는 빗소리를 듣다가 잠이 들었다.

얼마나 잤을까? 일어남과 동시에 고통에 가까운 허기가 찾아왔다. 눈을 뜨고 벽시계를 확인했다. 저녁 여덟 시. 대충 차린 아침을 먹은 지 12시간이 지났다.

비는 아직도 내리고 있다. 곧 그치려는지 한풀 꺾인 기세다. 그는 지갑과 우산을 챙겨 밖으로 나갔다.

문을 열고 나간 그는 놀라서 멈출 수밖에 없었다. 귀신인 줄 알았다. 유리가 옥탑방 앞에 우두커니 서 있었다. 코트에 청바지를 입은 채로 비를 쫄딱 맞았다. 추위에 덜덜 떨리는 턱에서 물방울이 떨어졌다. 워낙 흰 그녀의 얼굴은 희미한 불빛 속에서 더 창백해 보였다.

"언제부터 여기 있었니?"

"아까부터요."

"내가 들어간 뒤부터?"

"네."

"루미는?"

"보냈어요." 파리한 입술에서 입김이 번졌다. 아직은 한기가 만만치 않은 2월이다. 기현은 자기 가슴을 주먹으로 때리고 싶은 마음을 겨우 참았다.

"왜 그렇게 미련해?"

유리는 대답하지 않았다. 그녀의 뺨에 빗물이 아닌 눈물이 흘렀다. 기현은 그녀를 안고 방으로 들어왔다.

"이러다 감기 들겠다."

좁은 화장실에 들어가 더운물을 틀어주었다. 그녀의 손을 잡고 더

운물과 차가운 물 레버의 위치를 알려주었다.

"샤워 끝나면 불러."

유리가 샤워하는 동안 기현은 유리 엄마에게 전화를 걸었다. 세 번이나 전화를 걸고서야 그녀는 전화를 받았다. 상황을 설명하는 기현에게 돌아오는 목소리는 2월의 빗줄기만큼이나 싸늘했다.

"난 음악 때문에 모든 걸 잃었어. 당신이 뭐라고 하든 그 사실은 변하지 않아. 마음대로 해."

그리고는 전화를 먼저 끊어버렸다. 기현은 핸드폰을 손에 든 채 멍하니 앉아 있었다. 화장실에서 선생님, 하고 그를 부르는 소리가 들릴 때까지.

당장 유리가 입을 옷이 필요했다. 트레이닝복을 꺼내 화장실 문틈으로 넣어주었다. 잠시 부스럭거리는 소리가 들리더니 한참 큰 옷을 입은 유리가 밖으로 나왔다. 팔다리 소매가 축 늘어질 정도로 옷이 컸다. 웃을 기분이 아니었는데도 기현은 소리 내어 웃고 말았다.

"왜요?"

"만약 봤다면 너도 웃었을 거야."

유리는 한숨을 쉬며 배를 감싸 쥐었다.

"배고파요. 오늘 하루 종일 못 먹었어요."

그런 옷차림으로 데리고 나가기도 뭐해서 가끔 배달 시켜먹는 식당에 배달을 시켰다. 메뉴는 돈가스와 순두부찌개.

"밥 먹고 집에 가자."

"그거 알아요? 선생님이 일을 망치고 있어요."

"내가 뭘?"

"전 엄마를 미워하지 않으려고 애쓰고 있어요. 그런데 선생님 때문에 엄마를 미워하게 되잖아요."

"왜 나 때문인데?"

"엄마는 음악을 허락해주지 않아요. 저는 노래를 포기 못 하고요. 그런데 선생님은 엄마 허락 없이는 노래를 안 가르쳐주겠다잖아요. 그럼 엄마를 미워할 수밖에 없죠. 이해가 가요?"

"허락하셨어."

그 말에 유리는 눈을 동그랗게 떴다.

"정확하게 말하면, 포기하셨어."

"그러면 내일부터 레슨 시작하나요?"

"응."

유리는 기현에게 버럭 안겼다. 금방 샤워를 마친 소녀의 체취에 잠시 어지러워졌다.

식사가 도착했다. 둘은 허겁지겁 밥을 먹었다. 돈가스 한 조각도 순두부찌개 한 숟가락도 남기지 않았다.

"선생님이랑 먹는 밥이 제일 맛있어요."

"고맙구나. 늦었다. 이제 가자."

"내일 레슨곡 폰에 담아주세요."

"내일 와서 들어."

"며칠 노래 못 했더니 근질근질하단 말이에요. 설마 생각도 안 해놓으신 건가요?" 기현은 컴퓨터 전원을 켰다. 동해 바다에서 길고 긴 밤을 보내면서 생각해놓은 노래였다.

"〈루살카〉"

"〈루살카〉? 처음 들어보는 오페라 제목이에요."

"그렇지? 〈신세계교향곡〉과 〈유모레스크〉로 유명한 드보르작이 체코어로 작곡한 오페라야. 지금까지 네가 알고 있는 오페라들은 전부 이탈리아, 독일, 프랑스 작품이었지. 그 외의 나라에서도 오페라가 만들어졌는데 그중에서는 자주 공연되는 편이지."

"아리아 제목은요?"

"〈달에게 부치는 노래〉"

"〈달에게 부치는 노래〉" 유리는 입안에서 제목을 읊조렸다. 기현은 노래를 들려주었다. 그를 시험하듯 엿보는 별들의 시선 속에서 숨 막혔던 바닷가의 하룻밤이 떠올랐다. 파도가 치고 바람이 불었다. 이 세상에 오직 둘 뿐이었다.

느린 템포 속에 절절한 목소리가 달빛처럼 넘실거렸다. 유리는 음률을 타고 보일 듯 말 듯 몸을 흔들었다. 노래가 끝나자 가벼운 탄식이 새어나왔다.

"아름다워요. 가슴이 저려요. 루치아 포프 맞나요?"

"맞아. 〈밤의 여왕의 아리아〉와 함께 그녀의 대표곡이지. 게다가 루치아 포프는 다른 소프라노에 비해 태생적으로 이 노래를 부르기에 유리해."

"왜요?"

"그녀의 고향이 슬로바키아거든. 요즘은 서로 다른 나라로 갈라졌지만 그 당시에는 체코와 슬로바키아가 한 나라였어. 그러니까 루치아 포프는 자기 나라말로 노래를 부르는 거지. 우리가 한국가곡을 부르는 것처럼. 오페라 내용도 체코 지방에서 전해지는 전설이래."

"무슨 내용인가요?"

"어릴 때 인어공주 이야기 들어본 적 있지? 만화로 봤거나. 큰 줄거리는 비슷해. 루살카라는 이름을 가진 물의 요정이 있어. 루살카는 때때로 호수에 수영하러 오는 왕자와 사랑에 빠져. 루살카는 달을 향해 왕자와의 사랑이 이루어지길 기도하는데 이때 부르는 아리아가 〈달에게 부치는 노래〉야. 왕자와 만나고 싶은 그녀는 인간이 되고 싶어서 마녀를 찾아가. 마녀는 두 가지 경고를 하지. 첫째, 인간이 되면 말을 못한다. 둘째, 왕자에게 배신당한다면 다시는 요정으로 돌아갈 수 없다. 그러나 왕자에게 눈이 먼 루살카는 경고를 묵살하고 결국 인간으로 변신해. 어느 날 호숫가에 사냥 나온 왕자는 루살카를 발견하고 반해버려. 그리고 루살카를 자신의 궁으로 데려오지. 그녀를 너무 사랑했던 왕자는 처음에는 결혼까지 하려고 해. 그런데 시간이 지날수록 왕자는 말을 하지 못하는 루살카에게 답답함을 느껴. 결국 왕자는 결혼 하객으로 온 외국공주의 유혹에 넘어가고 루살카는 버림받지."

그 대목에서 유리는 신음소리를 냈다.

"아직 안 끝났어. 루살카는 비통해하면서 숲으로 돌아와. 그런데 다시 요정으로 돌아갈 수 없어. 이때 마녀가 단검을 주면서 얘기하지. 왕자를 죽이면 다시 요정으로 살 수 있다고. 하지만 루살카는 단검을 던져버리고 죽음의 정령이 되어 호수 깊은 곳에서 살아가. 그런데 왕자 역시 루살카를 잊지 못해. 결국 그녀를 그리워하면서 다시 호수를 찾아. 왕자는 호숫가에서 루살카의 존재를 느끼고 루살카를 불러. 루살카는 왕자에게 원망을 털어놓지. 이에 왕자는 용서를 구하고 키스를 원해. 루살카는 자신이 죽음의 정령이 되어 버렸고 자신과 키스하는 것은 죽음을 의미한다고 말해. 그러나 왕자는 키스를 하지."

"그럼 왕자도 죽은 건가요?"

"그렇지."

"죽으면 어떻게 되나요?"

갑자기 던져진 철학적 질문에 기현은 대답을 못했다.

"루살카와 왕자는 죽은 뒤에 사랑을 이룬 것일까요?"

"안 죽어봐서 모르겠다."

"저는 죽고 싶었던 적이 많아요. 아니. 죽고 싶지 않았던 적이 별로 없어요. 선생님을 만나기 전에는요."

기현은 무슨 말이든 하고 싶었는데 혀가 움직여지지 않았다.

"죽음은 언제나 제 곁에 있었어요. 무섭지도 않았어요. 어차피 제 곁에는 아무도 없고 제 주위는 온통 암흑인걸요. 죽어도 똑같을 거라고 생각했어요. 몇 번이고 죽고 싶었는데 한 가지 이유 때문에 참았어요."

기현은 오래전 생을 포기하고 쓰러져 있을 때 아버지가 남긴 말이 떠올랐다. 혹시 아버지는 아들을 일으켜 세우기 위해 떠나셨을까? 아버지가 죽지 않았다면 택시 운전을 할 일도 없었겠지. 민주를 만날 기회도 없었을 테고. 유리와의 인연도 이어지지 않았겠지. 아버지가 말씀하신 신의 질서가 바로 이런 것인가? 그렇다면 신의 궁극적인 뜻은 무엇일까? 나를 어쩌려고 살려두셨나?

"죽음이 찾아오기 전까지는 삶에 대해 겸손해야 한다."

기현은 아버지의 말씀을 고스란히 옮겼다.

"최선을 다해서 살아야 한다는 말이야. 그래야 나중에 정말 죽음이 찾아왔을 때 미련이 덜 남을 테니까. 너는 아직 살아갈 날이 참 많이도 남았잖니."

"이제는 저도 그렇게 생각해요. 이제 전 죽기가 두려워요. 죽으면 노래도 못 부르고…" 그녀는 눈을 깜박이다가 말을 이었다.

"선생님하고도 못 만나잖아요."

창밖으로 달이 보였다. 기현이 입을 열었다.

"아버지가 이런 말씀을 하셨어. 사람은 누구나 다 존재의 이유가 있다고. 사람의 존재 자체가 기적인데, 신은 아무 이유 없이 기적을 일으키지 않는대. 나를 통해서, 너를 통해 또 다른 기적을 행하기 위해 우리를 살려놓으신 거야."

"멋진 말인데요?"

"더 멋진 말도 하셨어."

"뭔데요"

"그때 나는 많이 삐뚤어져 있었어. 비꼬면서 아버지한테 물었지. 기독교로 개종했냐고. 그랬더니 그러셨어."

갑자기 아버지의 얼굴이 떠올랐다. 아버지의 목소리가 들렸다.

"내 종교는 언제나 너였다."

기현은 그날의 기억이 고스란히 되살아났다. 처음이자 마지막으로 아버지와 갔던 포장마차. 밥 대신 술로 살아가던 아들에게 억지로 안주를 먹이던 아버지의 주름진 손. 쓰레기처럼 사는 아들에게 비난과 질책을 참고 위로를 건네던 바다 같은 눈빛. 신은 나에게 과분한 아버지를 주셨구나.

이번에는 유리가 말했다.

"우리 아빠는 별로 말이 없는 분이었어요. 제 눈이 나빠지면서 병원에 다닐 때 주고받는 대화가 거의 전부였어요. 제가 눈이 완전히 안 보이고 나서 아빠는 거의 집 밖에도 안 나가셨어요. 그러다가⋯ 아직도 생생해요. 그날 밤이."

유리의 몸이 빳빳하게 굳었다. 손끝이 미세하게 떨리더니 멈췄다. 애써 숨을 멈추었다 내쉬고 주먹을 쥐었다 폈다를 반복했다. 괜찮니, 물어보려는데 그녀가 말을 이었다.

"초여름 밤이었어요. 방에 있는데 이상한 냄새가 났어요. 한 번도 맡아본 적 없는 냄새였어요. 방에서 나가기가 무서웠어요. 왠지 그럴 것 같다는 생각이 들었거든요. 악취 속에서 하룻밤을 꼬박 지내고 방문을 열었어요. 어쩌면 저는 보지 않아도 다 보았던 것일까요?"

기현은 두려웠다. 그녀가 보지 않아도 보았던 장면을, 그는 듣지 않아도 들은 것만 같았다.

"넓지 않은 거실은 머리가 아플 정도로 심한 악취로 가득했어요. 그리고 웅웅거리는 벌레 소리가 났어요. 여기저기 날아다니는 벌레들이 저에게까지 부딪혔어요. 아빠는 바닥에 누워있었어요. 냄새도 벌레도 모두 아빠 때문이었어요. 저는 더 이상 따뜻하지 않은 아빠의 몸을 만졌어요. 아빠의 시체는 무섭지 않았어요. 아빠와 헤어지는 것이 무서웠어요. 제 곁에 있는 유일한 사람이었으니까요. 음악 소리가 들렸어요. 아빠 방에서요."

기현은 유리의 손을 잡아주었다. 그녀는 신들린 사람처럼 계속 중얼거렸다.

"저는 아빠 방에 들어갔어요. 몇 년 동안 들어가 본 적 없던 방이었어요. 저는 되풀이되어 나오는 음악을 들으면서 아빠의 방에서 며칠을 보냈어요. 저는 인정하고 싶지 않았어요. 점점 더 심해지는 냄새도. 집 안에 꽉 차 있는 것 같던 벌레들도. 노래만 따라 불렀어요. 내가 부르는 노래가 아리아인 줄도 모르면서."

유리는 말을 멈추었다. 하얀 얼굴에 또다시 공포의 그림자가 번졌다. 벌떡 일어나 차렷 자세를 취했다. 입을 벌리고 소리를 지르려던 순간, 기현이 그녀를 와락 안았다.

"괜찮아. 유리야. 다 끝났어."

그녀는 악령이 든 사람처럼 덜덜 떨렸다. 기현은 그녀의 등을 쓸어내렸다. 떨림을 멈추고 안정을 찾을 때까지. 소녀의 무의식을 짓누르던 공포와 슬픔이 그의 몸으로 흘러들어오는 기분이었다. 어떤 존재가 이처럼 가여웠던 적은 없었다. 그녀는 기현의 품에서 남은 이야기를 전해주었다.

그녀는 며칠 동안 먹지도 마시지도 않고 한 장의 CD만 무한 반복으로 듣고 따라 불렀다. 오직 그 행위만이 죽음으로 가득한 집 안에서 살아남을 방법이었다. 그러다 정신을 잃고 쓰러졌다. 악취를 수상히 여긴 이웃의 신고로 경찰이 오고서야 그녀는 구조되었다. 까딱했으면 그녀도 아빠의 뒤를 따를 뻔했다.

유리는 아빠가 앓고 있던 병이 갑상선 기능 항진증이라는 사실을 뒤늦게 알았다. 치료가 가능한 병인데 두문불출하면서 병을 키운 것이다. 유리는 시설에 맡겨졌고 시설 직원의 수소문 끝에 엄마를 만났다.

그러나 아빠의 시신과 함께 고립되었던 기억은 종종 그녀를 찾아왔다. 괴물처럼 나타나 그녀를 낚아챘다. 어둠의 지하 소굴로 그녀를 끌고 갔다.

"이렇게 생각하자. 그런 끔찍한 일들조차 다 목적이 있었다고. 그

일이 아니었다면 너는 오페라의 세계에 발을 들여놓을 기회가 없었겠지?"

"선생님을 만나지도 못했겠죠."

이야기가 다 끝난 후에도 기현은 한참 동안 그녀를 더 안아주었다.

"그날의 기억이 널 잡으러 올 때마다 기억해. 내가 곁에 있다는 걸."

기현은 더 힘주어 유리를 안았다. 유리는 품에서 고개를 끄덕였다.

45

많이 피곤했던 모양이었다. 그리고 많이 편안해졌나 보다. 집으로 가는 택시 안에서 유리는 고양이처럼 골골 소리를 내며 단잠이 들었다. 기현은 그런 유리를 시선으로 토닥이며 운전했다.

밤 열 시가 조금 넘어 유리의 집에 도착했다. 유리는 일어나지 못했다. 기현은 엄마를 불러냈다. 기현의 옷을 입고 택시 조수석에서 잠든 딸을 보면서 그녀는 지긋지긋한 표정을 지었다.

"따님이 그렇게 미우세요?" 기현이 물었다.

"쟤가 왜 당신 옷을 입고 있나요? 둘이서 도대체 무슨 짓을 하는 거야?" 그녀의 목소리는 분노로 흔들렸다.

"어머니가 유리를 미워하시는 마음도 이해가 갑니다. 어머니는 남편께서 어머니의 인생을 망쳤다고 생각하시겠죠. 유리도 같은 맥락에서 무거운 짐으로 느껴지시겠죠. 하지만 잘 생각해보세요. 지금의 고단한 삶이 전부 남편분과 유리의 탓일까요?"

"지금 나한테 훈계합니까? 당신이 내 선생이야?"

"정신을 차리라는 겁니다. 남 탓만 하면서 점점 더 불행해지지 말고. 어머님한테는 지켜줘야 할 딸이 있잖아요. 유리 입장에서 생각해보세요. 얼마나 힘들었겠어요? 혹시 아세요? 아버님이 어떻게 돌아가셨는지?"

그녀는 굳은 표정으로 고개를 내저었다. 기현은 유리가 들려준 끔찍한 이야기를 전해주었다.

"아버님 역시 어머님처럼 증오로 벽을 쌓고 세상과 등을 돌리셨을 겁니다. 어머님이 아버님을 미워하신 것과 같은 크기로 어머님을 미워하셨겠죠. 유리는 어땠을까요? 증오의 틈바구니에서 숨이나 제대로 쉴 수 있었을까요? 어쩌면 아무것도 보기 싫어서 눈이 멀어버린 건 아닐까요?"

"그만해요."

"아니요! 더 들으세요! 다른 아이라면 몇 번이고 생을 포기했을 수도 있을 겁니다. 그러나 신은 유리를 버리지 않았습니다. 왜일까요? 그 이유는 저도 모릅니다. 그러나 제가 아는 한 가지는 유리에게 귀중한 재능이 있다는 사실입니다. 신은 아무에게나 그런 재능을 주시지 않습니다. 분명히 저 아이를 선택한 겁니다! 그것만은 분명합니다."

그녀는 딸을 보던 시선을 떨어뜨렸다. 고개 숙인 그녀의 입에서 한숨이 새어나왔다.

"어머님도 힘겹게 버텨 오신 거 알고 있습니다. 유리는 어땠을까요? 저 아이는 얼마나 외롭고 무서웠을까요? 어머니가 얼마나 원망스러웠을까요? 그런데도 저 아이는 애쓰고 있어요. 어머니를 미워하지 않으려고요. 제발 어머님. 유리의 손을 잡아주세요. 유리를 안아주세요."

그 순간 기현은 온몸이 진심이었다. 간절한 진심이 만년설처럼 꽁꽁 얼어붙은 한 여인의 마음을 녹이기를 바랐다.

그는 깨달았다. 사람과 사람의 교감이 얼마나 힘든 것인지. 진심이란 때론 눈빛만으로 전해지기도 한다. 서로를 깊이 사랑하는 이들에게는 그렇다. 그러나 많은 경우 대화나 편지로도 진심을 온전히 전하기는 어렵다. 지금 내 진심은 얼마나 전해졌을까?

"그만 가세요." 그녀는 택시 문을 열고 유리를 깨웠다.

"선생님?" 잠에서 막 깬 유리가 물었지만 엄마는 대답하지 않았다. 그녀는 별 말없이 딸을 데리고 집으로 들어갔다.

'잘 자.' 기현은 속으로 인사했다.

46

다시 레슨이 시작되었다. 유리는 예전보다 더 열심히 노래했다. 기현은 쉽게 알아차렸다. 뭔가 달라졌다. 격렬했던 며칠 사이 그녀에게 다채로운 감정이 생긴 것이었다. 타고난 음감을 이용해 기계적으로 부르던 노래가 아닌, 감정을 담아 부르는 노래가 그녀의 입에서 흘러나왔다.

〈보석의 노래〉에 이어서 두 번째 곡 〈달에게 바치는 노래〉도 일주일 동안 집중 레슨이 끝났다. 세 번째 노래는 〈노래에 살고 사랑에 살고〉로 정했다.

"선생님. 이 노래는 예전에 발성 연습할 때 불렀잖아요."

"또 불러. 그때는 제대로 부른 게 아니야."

"다른 노래로 하면 안 돼요?"

"이 노래가 싫어?"

"아니요. 한 곡이라도 더 많이 배우고 싶어서요."

"욕심내지 말고 한 곡이라도 더 제대로 부를 생각을 해야지."

유리는 고집부리지 않고 기현의 말을 따랐다. 레슨이 거듭될수록 기현의 신념은 확고해졌다. 이 아이는 특별하다. 목소리와 재능뿐 아니라 영혼까지도 특별하다.

그는 하염없이 유리의 모습을 지켜볼 때가 많았다. 발성이 좋아진 그녀는 점점 더 자연스럽게 노래했다. 새의 지저귐 같다가 퍼붓는 빗줄기 같기도 하고 강렬한 키스처럼 뜨겁고 황홀하게 노래했다. 가끔은 그녀가 부르는 노랫소리도 들리지 않았다. 그저 노래하는 그녀의 모습에 모든 감각을 점령당하고 마는 것이었다.

47

3월에 접어들면서 변화가 생겼다. 유리는 고등학교에 입학했다. 학교가 끝나는 오후 시간에 맞춰 루미가 유리를 데려왔다. 특수학교가 아니라 일반 여자고등학교였다. 각종 장애를 가진 아이들을 모아서 수업을 하는 도움반이 따로 있었다. 도움반에는 유리 말고도 시각장애인 아이들이 두 명 더 있다고 했다. 유리는 평일에는 교복을 입고 레슨에 왔다. 나이로는 이미 고 3학생인데다 묘하게 성숙한 느낌이 있는 그녀는 교복 코스프레를 한 성인 여자 같기도 했다.

마지막 레슨 곡을 시작했다. 기현이 고심 끝에 고른 곡이었다. 마리아 칼라스가 부활시켰다 해도 과언이 아닌 오페라 〈노르마〉 중에서 〈정결한 여신이여〉. 예전부터 종종 따라 불러서 유리가 알던 노래였다. 그녀가 통째로 외워버린 CD에는 안젤리나 게오르규가 부른 버전으로 실려 있었다.

"네가 지금까지 불렀던 노래는 안젤리나 게오르규의 창법을 비슷하게 따라한 버전이야. 하지만 적어도 이 노래만큼은 마리아 칼라스의 노래가 최고야. 기교가 완벽하다는 뜻이 아니라 노래를 부를 때 배어 나오는 감정이. 그녀는 정말 비운의 여사제 노르마가 된 것처럼 노래한다고. 다만 명심해. 지금까지 연습한 아리아들하고는 조금 다른 과제를 내주겠어. 쉽지 않을 거야. 이 노래를 너의 것으로 만드는 것이 이번 레슨의 목표야."

"무슨 뜻인가요?"

"지금까지 너는 〈보석의 노래〉는 조수미처럼, 〈달에게 부치는 노래〉는 루치아 포프처럼, 〈노래에 살고 사랑에 살고〉는 안젤리나 게오르규처럼 불렀어. 정확히 말하자면 그들을 따라 부른 거지. 이번에는 누구와도 비슷하지 않은, 오직 너만의 노래를 불러야 해. 이 노래와 관련해서는 이런 말이 있어. 칼라스의 〈노르마〉냐, 〈노르마〉의 칼라스냐."

"무슨 뜻이에요?"

"마리아 칼라스가 이 노래를 너무 완벽하게 자기 것으로 만들어서 여주인공 노르마와 혼연일체가 되었다는 뜻이지. 오페라 〈람메르무어의 루치아〉에 나오는 〈광란의 아리아〉와 함께 이 아리아는 칼라스가 봉인을 해놓았다고 해도 과언이 아니야. 솔직히 나는 마리아 칼라스의 노래를 썩 좋아하지는 않아. 그러나 이 두 곡을 듣다 보면 그녀의 독보적인 카리스마를 인정하지 않을 수 없지. 그 벽을 넘겠다는 각오로 연습해. 마리아 칼라스만큼은 불가능하겠지만 너만의 감정을 넣어서, 너만의 스타일로 노래하도록 해보자."

기현은 일단 여러 소프라노가 부른 〈카스타 디바(Casta Diva, 정결한 여신)〉를 들려주었다. 마리아 칼라스, 안젤리나 게오르규, 몽세라 카바예, 조앤 서덜랜드까지. 유리는 눈을 감고 노래를 음미했다.

"차이를 알겠어?"

"조금씩은요."

"그럼 너는 이 노래를 어떻게 불러야 할까? 노래를 부르기 전에 머리로 한 번 떠올려봐. 오페라 〈노르마〉의 스토리와 아리아의 가사도 떠올려보고."

48

기현의 경고대로 지금까지의 레슨 중에서 가장 어려운 과정이 이어졌다. 유리가 습관처럼 다른 소프라노를 흉내 내려고 할 때마다 기현은 노래를 멈추었다.

"언제까지 이것저것 짜깁기하는 식으로 노래 부를 셈이야? 왜 이렇게 자신이 없어?"

"다른 사람들은 악보를 보고 노래하지만 전 귀에 들리는 대로 할 수밖에 없잖아요."

"이유와 변명의 차이를 아니? 차이가 없어. 느긋한 상황에서는 이유라고 넘어가고 그렇지 못할 때는 변명으로 들리는 거야. 너는 지금 상황이 느긋하니?"

유리는 고개를 숙이고 대답이 없었다. 그 모습이 안쓰러웠지만 기현은 날을 더 세웠다.

"네가 아무리 재능이 있다고 해도 몽세라 카바예나 안젤리나 게오르규만큼은 아니야. 턱도 없지. 그 사람들은 전 세계에서 당대의 소프라노를 대표하는 가수들이야. 그 사람들은 전설이지. 그들처럼 전설로 남고 싶어 하는 수많은 일류 소프라노들이 있고. 일류 소프라노의 수준에 오르기 위해 노력하는 수많은 소프라노들이 있고, 소프라노로 데뷔하고 싶어 하는 학생들도 많지. 넌 아직 소프라노가 되고 싶어 하는 지망생 중 한 명일뿐이야."

"저도 최선을 다하고 있어요." 유리의 목소리가 기어들어갔다.

"최선? 잘 들어. 너에게 그냥 취미로 노래를 가르쳐 줄 거였으면 난 이렇게까지 하지 않아. 노래는 너에게 유일한 희망이잖아. 냉정하게 말해볼까? 다른 아이들은 노래를 하다가 잘 안 되면 공부로 돌릴 수 있지. 나중에 학생들을 가르치면서 먹고 살아도 되고. 노래를 그만두고 시집을 가거나, 집이 여유가 있으면 집의 원조를 받으면서 계속 노래하는 사람들도 있어. 너는 다르잖아. 넌 반드시 노래만으로 성공해야 해. 다른 선택이 없잖아. 탑클래스가 되어야만 살아남는다고. 너에겐 생존의 문제야."

"더 열심히 하겠습니다."

"그냥 소프라노와 탑클래스 소프라노의 차이는 단순한 기량 차이가 아니야. 자기만의 노래를 불러야 해. 루치아 포프가 부르는 〈밤의 여왕 아리아〉처럼, 마리아 칼라스가 부르는 〈카스타 디바〉처럼. 넌 아직 너의 노래를 부르지 못하고 있어. 앞으로는 오직 그 생각만 해. 서유리의 노래를 부르자."

49

 결국 목에 무리가 와서 레슨을 쉬는 사태까지 벌어졌다. 기현은 바짝 당긴 고삐를 놓지 않았다. 쉬는 동안에도 그녀에게 귀로 연습을 하도록 시켰다. 여러 소프라노가 부른 〈카스타 디바〉와 유리가 부른 노래를 녹음한 음원을 일일이 비교해서 들려주었다.

 "너의 머리에 완벽하게 이미지가 그려져야 해. 완벽하게 감정이 잡혀야 해. 집중해. 네가 노르마라고 생각하란 말이야. 네가 금지된 사랑에 눈을 뜬 여사제라고 생각해봐. 극 중의 상황에 너를 완전히 던져버려."

 목이 낫자마자 다시 맹연습이 이어졌다. 갈피를 못 잡던 유리의 노래는 열흘쯤 지나자 차츰 그녀만의 분위기를 이루어갔다. 특유의 투명한 음색과 집중력 있는 고음이 빛을 발하기 시작했다. 낮은음에서는 보호본능을 일으킬 정도로 처연한 음색을 유지하다가 톤이 올라갈 때면 사랑에 물불 가리지 않는 열정이 불타올랐다. 그리스의 여사제가 부르는 것처럼 들리지는 않았지만 현실에 존재하지 않는 제국의 어린 여사제가 부르는 것처럼 들렸다.

 마침내 노래를 다 부른 유리의 눈에 눈물이 맺혔을 때 기현은 처음으로 고개를 끄덕였다.

"지금 이 감정을 잊지 마. 마리아 칼라스는 이 노래를 무려 84번이나 오페라 무대에서 불렀어. 그때마다 그녀는 그녀만의 노래를 불렀어. 너도 그래야 해."

세 달 간의 레슨이 끝났다. 〈어메이징 쇼〉에 출연하기로 한 날까지는 일주일도 채 남지 않았다. 어떤 노래를 골라야 할지 기현의 고민이 시작되었다.

어느 날, 택시 운전을 마치고 돌아와 한결 따뜻해진 3월 밤공기가 머무는 옥상에 섰다. 반짝이는 도심의 불빛이 야외공연장에서 터지는 카메라 플래시 같았다. 좋은 생각이 떠올랐다.

50

저녁노을이 드리우는 옥상에 바비큐 그릴과 야외용 식탁이 자리를 잡았다. 숯불 위 불판에 고기가 기름 타는 소리를 내며 구워졌다. 싱싱한 쌈도 넉넉하다.

기현은 초대한 손님들을 서로 인사시켜주었다. 한 자리 모일 일이 전혀 없을, 일상의 공통점이라고는 찾기 힘든 사람들이었다. 남극

펭귄과 삽살개, 코알라와 아프리카 개코원숭이가 한 데 모인 자리와 다르지 않았다. 사람들은 처음에는 어색하게 인사를 나누더니 조금씩 대화를 나누기 시작했다.

동생 우현은 형의 부탁에 식구를 다 데리고 왔다. 기현은 오랜만에 보는 제수씨와 조카 하나를 진심으로 반가워했다.

"아주버님의 이렇게 밝은 모습은 처음 봐요."

우현의 아내는 얼떨떨한 표정으로 남편에게 속삭였다.

"나도 처음이야. 사고가 나기 전에도 저렇게 밝진 않았어."

기현은 이제 갓 네 살이 된 조카를 공주님, 공주님 부르면서 놀아주고 있었다. 조카가 그의 얼굴 흉터를 만져도 아랑곳하지 않았다. 처음에는 낯설어하던 아이도 금방 기현과 친해졌다.

얼떨떨하기는 민주도 마찬가지였다. 그녀뿐 아니라 〈어메이징 쇼〉의 조연출과 작가들까지 초대를 받았다. 그가 알던 기현이 이런 자리를 주최했다는 것이 믿어지지 않았다.

가장 스스럼없이 파티를 즐기는 사람은 루미였다. 그녀는 얼마 만에 먹어보는 고기냐며 삼겹살, 목살이 구워지는 족족 입에 집어넣었다.

"내가 뭐랬어요? 여기서 야경 보면서 고기 구워먹으면 죽여 줄 거라고 했지!"

어른들을 위해 마련해놓은 소주와 맥주를 슬쩍 집어 소맥을 만들어 먹는 루미를 말리는 사람은 없었다.

유리는 마치 안주인이라도 된 것처럼 흐뭇한 표정으로 앉아있었다. 각기 다른 주제로 이뤄지는 대화를 하나도 빼놓지 않으려는 듯 귀를 열고. 그런 유리 옆에서 기현은 막 구워낸 고기를 적당히 식혔다가 입에 넣어주곤 했다. 또 유리의 손으로 조카 아이를 만져보게 했다. 신기해하는 쪽은 조카 아이였다.

"언니는 왜 눈이 안 보여?"

"언니도 처음에는 하나처럼 잘 보였어. 그런데 나쁜 병에 걸려서 눈이 안 보이게 된 거야."

유리는 빙긋 웃으며 대답했다. 옆에 있던 기현이 하나의 손을 잡아주며 말했다.

"대신 유리 언니는 다른 사람들보다 훨씬 아름다운 목소리를 가졌어. 언니 노래를 들으면 하나도 깜짝 놀랄걸?"

"듣고 싶어."

"그럼 한 번 들어볼까?"

기현은 자리에서 일어나 숟가락으로 소주병을 통통 두들겼다. 가벼운 잡담을 나누던 사람들이 그를 주목했다.

"먼저 이렇게 누추한 집을 찾아주신 여러분들께 감사드립니다. 처음 제 전화를 받으셨을 때는 황당하셨지요? 난데없이 고기를 먹으러 오라니요. 어쨌든 맛있는 고기는 충분히 드셨지요? 집은 허름하지만 야경은 정말 멋지지 않습니까?"

그러면서 기현은 저녁에서 밤으로 서서히 변해가는 주위를 손으로 가리켰다. 짙푸른 하늘, 막 터지기 직전의 꽃망울 같은 별들, 아련하게 자취를 남기고 사라지는 노을, 그 아래 하나둘씩 불을 켜는 도시인의 거처들.

"이제 이곳은 야외 공연장으로 변신합니다. 십 분만 기다려주시겠습니까?"

기현은 유리를 데리고 옥탑방으로 들어갔다. 잠시 뒤 방에서 나온 그의 왼손에는 휴대용 스피커가, 오른손에는 옅은 핑크색 드레스를 입은 레이디가 있었다. 사람들은 완전히 달라 보이는 유리의 모습에 탄성을 흘렸다. 기현은 그녀의 손을 잡고 옥상 난간 앞에 섰다. 유리가 자리를 잡자 기현은 가볍게 손등을 두드려주고 손을 놓았다. 유리가 입을 열었다.

"지금부터 네 곡의 오페라 아리아를 부르겠습니다. 이 중에서 한 곡을 골라 다음 주에 있을 〈어메이징 쇼〉에서 부를 생각입니다. 네 곡을 듣고 난 다음 어떤 노래가 제일 좋을지 말씀해주시면 가장 인기가 좋은 노래를 고르도록 하겠습니다."

사람들이 술렁거렸다. 기현은 또박또박 말하는 유리를 보며 흐뭇하게 미소 지었다.

"먼저 불러드릴 곡은 오페라 루살카에서 〈달에게 부치는 노래〉입니다."

기현이 반주를 틀었다. 유리는 호흡을 가다듬고 노래를 시작했다. 태양이 소임을 다하고 사라진 순간, 솟아오르는 보름달이 노래의 배경이 되어주었다. 유리는 실제로 달이 보이는 사람처럼 두 손을 가슴에 모으고 애절하게 노래했다. 기현은 소름이 돋았다. 그의 피부를 술렁이게 한 감정은 존경심이었다. 기구한 운명을 거스르고 어린 소녀가 이뤄낸 결과를 보면서 생기는 존경심.

그녀의 노래를 듣는 열 명의 관객 모두 숨소리도 죽인 채 그녀에게 경배를 올리는 표정들이었다. 넘실거리는 달빛과도 같은 그녀의 목소리를 듣고 막내 작가 미림이는 벌써부터 눈물이 맺혔다.

노래가 끝나자 박수가 쏟아졌다. 유리는 환한 미소와 함께 허리를 꾸벅 굽혀 인사했다. 그 바람에 가슴골이 훤하게 드러나 보였다. 기현은 아차 싶었다. 드레스를 입고 인사할 때는 손으로 가슴을 가리라는 에티켓을 가르쳐주지 못한 자신을 탓했다.

"고맙습니다!" 유리의 목소리는 흥분이 묻어났다. 품위와 에티켓은 없었지만 오직 그녀만이 가진 솔직함이 있었다. 야성과 수줍음이 공존하는 특유의 분위기 역시 거부하기 어려운 매력이었다.

"어떻게 저렇게 변했죠?" 민주가 기현에게 귀엣말을 건넸다. 기현은 씩 웃고 말았다.

다음 곡은 분위기를 바꾸어 〈보석의 노래〉였다. 〈달에게 부치는 노래〉에서 기도하는 목소리였다면 이번에는 춤추는 목소리였다. 발랄하기 짝이 없는 음성은 한껏 치솟았다가 상상하지 못한 곳까지 가서 폴싹 내려앉았다. 금방 다시 가볍게 날갯짓을 하며 날아가 버렸다. 잡고 싶어도 잡히지 않는 파랑새를 연상케 했다.

이번에도 열 명의 관객은 진심에서 우러나오는 박수를 보냈다. 유리는 바로 다음 곡을 설명했다.

"이 노래는 선생님이 처음으로 가르쳐주신 아리아에요. 오페라 〈토스카〉 중에서 토스카가 부르는 〈노래에 살고 사랑에 살고〉를 들려드리겠습니다."

유리는 지그시 눈을 감고 노래했다. 사랑을 위협하는 운명 앞에서 원망을 토해내는 여인의 심정이 절절히 울려 퍼졌다. 기현은 문득 착각에 빠졌다. 그녀의 목소리가 하늘에까지 닿지 않을까? 쓸쓸히 죽어간 아버지에게도 들리지 않을까?

유리의 집중력은 마지막 곡인 〈정결의 여신〉에서 극에 달했다. 하늘을 향해 두 팔을 뻗는 그녀의 모습은 초라한 옥탑방 마당을 미지의 사원으로 변신시켰다. 칼라스의 두툼한 무게감 대신 연민을 불러일으키는, 지독하게도 가련한 목소리가 듣는 이들의 감정을 흔들었다.

기현의 눈에 눈물이 맺혔다. 안타까움의 눈물이었다. 그녀가 앞을 볼 수 있다면 최고의 오페라 가수가 될 텐데. 신은 공평한 것이 아니라 야속하도다.

노래가 끝났다. 쏟아지는 박수 속에서 유리는 너무 좋아서 어쩔 줄 모르는 표정으로 서 있었다.

"노래 잘 들으셨나요? 잠시 뒤에 반응을 여쭤보겠습니다."

기현은 귀에 익숙한 클래식 음악 모음 폴더를 재생 목록에 올려놓았다. 야외 파티장으로 변신한 옥상에 잔잔한 음악이 깔렸다. 기현은 유리를 옥탑방으로 데리고 들어갔다. 드레스를 벗고 다시 평상복으로 갈아입는 유리를 도와주었다.

아까 드레스를 입을 때는 고개를 돌리고 일부러 보지 않았던 기현은 이번에는 고스란히 유리의 나신을 지켜보았다. 속옷 차림의 유리는 탐스럽다는 표현이 가장 잘 어울리는 몸매였다. 그만큼 기현은 죄스러웠다. 그러나 아름다운 것을 흉하다고 여길 수는 없었다. 욕망 그 자체를 부정할 수는 없었다.

"저 어땠어요? 선생님?" 옷을 갈아입은 유리가 기현의 손을 잡고 물었다. 두근거리는 눈동자가 마치 그를 보고 있는 듯했다.

"잘했어. 방송에서도 이만큼만 하면 돼." 기현은 유리를 가볍게 안아주었다.

다시 밖으로 나갔다. 별과 달, 도시의 불빛이 어우러진 공간에 차이코프스키의 피아노 협주곡 1번이 흐르고 있었다. 기현은 문득 이 음악을 처음 들었던 때를 기억했다. 사춘기의 예민함이 극에 달했던 소년은 음악을 들으면서 넓은 협곡을 떠올렸다. 인간의 때가 묻지 않은 강이 골짜기 아래로 흐르고 소년은 날개 달린 말을 타고 그 위를 날았다. 협곡의 끝에 배가 기다리고 있었다. 그곳에 소년을 기다리는 사랑이 있었다.

기현은 맥주잔을 들고 사람들 앞에 섰다. "오늘 멋진 무대를 보여준 소프라노 서유리 양을 위해 건배합시다!"

기현이 맥주잔을 들자 다들 잔을 높이 들고 유리를 위해 건배했다. 사람들은 유리에게 다가와 잘했다며 칭찬을 하고 어떻게 노래를 그렇게 잘 부르냐며 감탄했다.

"잠깐 얘기 좀 해요." 민주가 기현을 슬쩍 불러냈다. 그녀는 사람들이 없는 쪽으로 그를 데려가 따지듯 물었다.

"〈밤의 여왕 아리아〉는요?"

"왜? 그 노래를 꼭 해야 하나?"

"지난번에 그 노래를 하다가 실패했잖아요. 그 노래를 불러야 뭔가 극복을 한 느낌이 들죠!"

"노래를 배우는 사람에게 추천하고 싶지 않은 곡이야. 고음이 너무 많아서 목이 상할 수도 있다고."

"그래도 극적인 느낌을 위해서는 그 노래를 불러야죠!"

"안 돼."

"말 좀 들어요!"

"다른 노래로도 충분히 유리의 실력을 보여줄 수 있어."

"안 돼요. 여전히 오페라 아리아는 너무 어려워서 다가가기 힘들어요. 아주 유명한 노래를 하지 않으면 일반 시청자들은 채널이 돌아간단 말이에요."

"오늘 부른 노래들은 많이들 아는 노래들이잖아."

"그렇지 않아요. 시청자들 수준을 너무 높게 생각하지 마세요. 평생 오페라 한 번 안 보는 사람이 태반이에요. 〈노예들의 합창〉과 〈대장간의 합창〉을 구별하는 사람이 몇이나 되겠어요?"

"굳이 그런 사람들을 위해 노래해야 하나?"

"네. 방송이니까요." 민주는 완강했다.

"시간이 없어. 방송 일까지는 고작 나흘 남았잖아."

"도박을 걸어볼래요."

"정 위험을 감수하겠다면 그렇게 하지."

"이상하네요."

"뭐가?"

"이렇게 쉽게 고집을 꺾다니."

"고집부릴 일이 아니잖아. 방송은 당신이 전문가니까."

"당신, 많이 달라진 거 알죠?"

"좋은 쪽으로?"

"아마도요."

"그럼 됐어."

"아까는 눈물이 맺히셨던데. 너무 좋아서 울었어요?"

"반대야."

"반대라니, 왜요?"

"안타깝잖아. 유리의 운명이."

"앞이 안 보이고 가정형편이 어려운 건 딱하지만 그래도 노래를 이만큼 부를 수 있어 다행 아닌가요? 오페라 가수로 성공할 가능성이 열렸잖아요."

"유리는 오페라 가수가 될 수 없어."

"갑자기 무슨 얘기에요?"

"다리를 못 쓰는 수영 선수 생각해봤어? 아니면 벙어리 영화배우는 어떨까? 오페라는 어디까지나 극이야. 연기를 해야 한다고. 유리가 아무리 노래를 잘 불러도 무대 위에서 연기를 할 순 없잖아. 훌륭한 소프라노로 클 수는 있어도 오페라 가수가 될 순 없다고. 저렇게 훌륭한 노래 실력과 감성을 가진 아이가 무대에 설 수 없다는 게 너무 안타깝잖아."

민주가 기현의 손을 잡아주었다.

"당신 정말 많이 변했네요. 몇 달 전만 해도 당신은 타인에 대한 관심이 전혀 없는 사람이었어요. 심지어 자기 자신에게조차 관심이 없었죠. 그런데 봐요. 유리를 생각하는 당신의 눈에는 애정이 가득해요. 그건 그렇고, 생각 좀 해봤어요?"

"뭘?"

"방송 끝나고 만나보자는 제 말, 기억 안 나요? 바로 저기서 했던 키스도 잊었어요?" 하면서 민주가 옥상 난간 쪽을 가리켰다. 몸을 돌린 그녀는 화들짝 놀랐다. 유리가 곁에 있었다.

"깜짝이야! 너 언제부터 여기 있었니?"

유리는 굳은 얼굴로 대답을 하지 않았다. 기현은 난처한 기분에 휩싸였다. 다른 건 몰라도 키스 운운하는 이야기는 분명히 들었으리라. 해명을 하기도 어색했다. 그때 한바탕 소란이 일었다. 술에 취한 루미가 테이블에 부딪혀 병이 깨진 것이었다.

"이제 슬슬 가야겠다. 밤이 늦었어." 기현은 괜히 중얼거렸다. 민주에게 들으라고 한 말인지 유리에게 들으라고 한 말인지, 그 스스로도 몰랐다.

가벼운 한숨을 내쉬고 고개를 들었다. 어둠은 깊고 별은 총총하다. 별똥별이 하나쯤 날아도 어울릴 법한 하늘이었다.

51

우현은 골목에서 배웅하는 기현의 손을 꼭 잡고 말했다.
"형. 고마워. 다시 일어서줘서."
민주는 기현을 졸랐다.
"나 이렇게 어중간하게 취하는 거 딱 싫은데. 조금만 더 마셔요. 우리 팀 보내고 둘이서만 간단하게."
"술 마실 기분이 아니야. 다음에 제대로 마시자." 기현은 다음 기회로 미루었다.

루미와 유리만 남았다. 뒷자리에 나란히 태우고 택시를 몰았다.
"아저씨. 우리 유리 정말 천재죠? 나는 딱 알아봤다니까. 이제 스타 되는 일만 남았어요." 술기운까지 오른 루미는 한껏 신이 났다.

"스타가 되는 일이 그렇게 쉽진 않아. 스타가 된다고 다 좋은 것도 아니고."

"알아요. 나도 알아. 아저씨 뒷조사도 해봤어요. 10년 전에는 잘나가는 성악가였다면서요? 꽃미남 테너 한기현! 매니저를 잘못 만나서 그래."

"너도 고생했다. 매일 유리 데리고 오느라."

"이제 시작인데요 뭐. 우린 영원히 함께 할 거야. 그치 유리야?"

루미는 유리를 와락 안았다.

"너는 어쩌다가 학교도 그만두고 유리를 돕게 됐니?"

"공부에는 영 소질이 없었어요. 애들끼리 어울려 노는 것도 시시하고. 크면 뭘 해먹고 살아야 하나 그런 걱정이나 했죠. 그러다가 유리를 딱 만난 거예요. 노래 부르는 걸 들었는데 정말 끝내줬어요. 그때 결심했죠. 내가 유리의 매니저가 되어야겠다. 얘는 무조건 된다. 공부도 못하는데 가망 없이 학교 다니는 것보다는 유리한테 베팅을 하자!"

"모르겠다. 칭찬을 해줘야 할지. 집에서는 뭐라고 안 하시니?"

"제가 하도 또라이 짓을 많이 해서. 집에서는 그냥 사고 안 치고 얌전히 미용학원 다니는 것만 해도 고마워해요."

"미용학원은 부모님을 안심시키기 위해 다니는 거야?"

"설마요. 유리가 자기 화장이나 머리를 할 수 없으니까 제가 해주려고요. 당장 스타일리스트를 구할 돈도 없고. 다닌 지는 얼마 안 됐어요."

"대단하다는 말 밖에는. 유리야 넌 좋겠다. 이렇게 든든한 매니저가 있어서."

유리는 기현의 말에 대답을 하지 않았다. 룸미러로 엿본 그녀의 표정은 어느 때보다 더 차갑게 굳어 있었다.

술에 취해 자꾸 흐느적거리는 루미를 먼저 집에 내려주고 유리를 데려다 주었다. 유리는 말이 없었다. 낮게 깔리는 라흐마니노프의 피아노 협주곡도 불편한 침묵을 내몰지 못했다.

"조심해서 가세요." 유리는 억양 없는 목소리로 인사하고는 집으로 들어갔다. 기현은 한참 동안 차를 움직이지 못했다.

자꾸 한숨이 새어 나왔다. 멈춰있는 택시를 보고 손님이 차에 타려고 했지만 영업을 안 한다고 돌려보냈다. 집에 돌아와서 눕고 나서도 쉽게 잠이 들지 못했다.

뒤척이는 중에 소리를 죽여 놓은 핸드폰이 반짝이는 불빛을 봤다. 유리의 전화였다.

그는 상체를 일으켜 앉아 전화를 받았다. 귀 기울여보니 옅은 흐느낌이 들리는 것 같기도 했다. 어둠 속에서 홀로 울고 있을 유리를 떠올렸다. 비탄에 찬 오페라 여주인공들의 모습이 겹쳐졌다. 뭐라도 말해주고 싶었지만 뭘 어떻게 설명할지 어렵다. 길고 긴 침묵 속에 흐느낌만 이어졌다. 가슴이 죄어지는 느낌을 견딜 수 없어 기현은 누워있던 옷차림 그대로 밖에 나왔다.

밤이 깊었다. 화려한 야경은 사라지고 보초를 서는 듯 몇몇 건물만 불을 밝혔다. 기현은 난간에 걸터앉았다. 몇 시간 전만 해도 이 자리에 서서 노래하던 유리의 모습이 떠올랐다.

"선생님." 그녀가 울음 섞인 목소리로 불렀다.

"그래."

"오 피디님하고 사귀세요?"

예상했던 질문인데도 답하기가 어려웠다. 답이 어려웠다기보다는 유리의 감정, 그리고 그 자신의 감정을 인정하기 두려웠다.

"말해주세요 선생님."

"아니. 그렇지 않아."

"제 눈은 보이지 않지만 제 귀는 누구보다 더 잘 들어요. 전 분명히 들었어요. 두 분이 키스까지 하셨다고."

"그래. 지금 내가 있는, 아까 네가 노래하던 옥상에서 키스를 했어."

"사귀는 사이도 아닌데 키스를 했다고요?" 유리의 목소리는 분노로 떨렸다. 기현은 막막해졌다. 어디서부터 설명을 해야 하나?

"통화가 길어질지도 몰라. 괜찮겠니?"

"네. 말씀하세요."

기현은 민주와의 처음 인연부터 되짚었다. 그에게 호감을 느낀 민주가 프러포즈의 의미로 기습 키스를 했다는 이야기까지 이르는 긴 시간 동안 유리는 한 마디도 끼어들지 않았다. 기현이 말을 마치자 물었다.

"선생님의 마음은 어떤데요? 오 피디님하고 사귀실 건가요?"

"아니. 그러고 싶지 않아."

"왜요? 잘은 모르지만 오 피디님 괜찮으신 분 같은데요."

"괜찮은 사람이라고 다 사랑에 빠지진 않아."

"믿을게요. 전 선생님 말이라면 다 믿으니까요."

그래 고맙다, 라고 하려다가 말았다. 얼른 전화를 마무리해야겠다는 생각이 드는 순간 유리가 말했다.

"갑자기 기분이 좋아요. 이렇게 선생님하고 통화하는 거 처음인 것 같아요. 우리 그동안 통화는 잘 안 했잖아요."

"매일 몇 시간씩 보는데 통화할 일은 없지."

"선생님 전화 목소리 엄청 좋아요." 유리는 어느새 울음을 그치고 마냥 밝은 음성으로 변했다.

"유리야. 시간이 많이 늦었다. 이제 자고 내일 보자."

"조금만 더 통화하면 안 돼요?"

"안 돼. 너도 오늘 충분히 자야 해. 내일부터 어려운 노래를 불러야 하니까."

"알겠습니다. 선생님."

"오늘 수고했어."

"이렇게밖에 못 하겠죠? 저는?"

"무슨 소리야?"

"아까 선생님이 그러셨잖아요. 카르멘의 노래를 부를 순 있어도 카르멘이 될 순 없고, 비올레타의 노래를 부를 순 있어도 비올레타가 될 순 없잖아요. 오페라 무대에는 평생 못 서겠죠."

"유리야. 안드레아 보첼리라는 가수가 있어. 그 사람도 너처럼 앞을 보지 못해. 그러나 아름다운 목소리로 수많은 사람을 감동시키지. 오페라의 배역을 맡을 순 없어도 오페라의 감동을 사람들에게 전해줄 수 있잖아."

"미안해요. 주제넘은 욕심을 부려서요."

"그건 욕심이 아니라 꿈이야. 누구든 꿈을 꿀 권리는 있지. 앞을 못 보는 사람도, 듣지 못하는 사람도, 나처럼 얼굴이 망가진 사람도. 그러니 꿈을 잃지는 마."

"제 꿈은 이루어질 수 없는 꿈이잖아요."

"원래 진짜 꿈은 다 그래."

"선생님 꿈은 뭔데요?"

"비밀이야."

"아 치사해! 진짜 치사하다!"

"이제 잘래. 그만 전화 끊자 유리야."

"싫어요. 오페라 이야기 하나만 해주세요. 선생님이 제일 좋아하는 오페라는 뭐에요?"

"〈청교도〉." 기현은 망설임 없이 답했다.

"〈청교도〉? 처음 듣는 제목이에요."

"노르마를 작곡한 벨리니의 또 다른 걸작이야. 3백 년을 기다린 사랑이야기지." 기현은 줄거리를 이야기해주었다.

〈청교도〉는 왕당파와 청교도 사이에서 벌어진 영국의 종교 전쟁을 배경으로 한다. 여주인공 엘비라는 청교도 영주의 딸인데 그녀는 정치적으로 반대파인 왕당파 기사 아르투로를 사랑한다. 난관을 헤치고 결혼을 하기로 한 날, 아르투로는 성에 포위되어 있던 왕비를 구출해서 달아난다. 왕에 대한 충정에 너무 강했던 나머지 자신의 결혼식마저 포기한 것이다. 결혼식 날 신랑을 잃은 비련의 신부 엘비라는 충격으로 정신착란에 빠진다.

시간이 흐르고, 왕당파와 청교도간의 전쟁은 청교도의 승리로 끝난다. 아르투로를 비롯한 왕당파 기사들은 모두 처형을 당하거나 쫓기는 몸이 된다. 그런데 아르투로가 목숨을 걸고 엘비라의 성으로 찾아온다. 파국으로 끝난 결혼식 이후 세 달 만이었다. 사랑하는 이를 만나자 엘비라의 정신도 돌아온다. 엘비라가 아르투로에게 물어본다. '우리가 떨어진 지 얼마나 되었는지 아세요?' 아르투로는 대답한다. '세 달만이지요.'

"그러자 엘비라가 뭐라고 하는 줄 알아?" 기현이 물었다.

"뭐라고 하는데요?" 유리가 호기심 가득한 목소리로 되물었다. 기현이 결말 부분을 마저 이야기해주었다.

엘비라는 말했다. '세 달이 아닙니다. 3백년이나 되었습니다. 당신이 떠난 뒤로 저는 매 순간 당신을 기다렸고 당신의 이름을 불렀습니다. 그것은 저에게 3백 년의 시간이었습니다.' 그 말에 아르투로는 눈물을 쏟으면서 주저앉는다. 서로가 서로를 얼마나 사랑했는지 깨닫는 그 순간 아르투로를 쫓던 청교도 병사들이 나타나 그를 체포한다. 결국 아르투로는 사형대에 오른다.

"너무 슬퍼요." 유리는 떨리는 목소리로 중얼거렸다.

"그렇지 않아. 왜냐면 청교도는 오페라 중에 드물게 해피엔딩이거든. 사형이 집행되기 직전에 공화정이 선포되었다는 소식이 알려지면서 아르투로는 풀려나. 엘비라와 아르투로는 모두의 축복 속에 포옹하지."

"아 정말 잘 됐다! 결국 선생님도 해피엔딩을 좋아하네요?"

"그런 셈인가?"

"우리도 해피엔딩이었으면 좋겠어요."

유리의 말에 기현은 멈칫했다. 그는 괜히 다른 이야기로 화제를 돌렸다.

"청교도는 내용도 극적이지만 음악이 아름답지. 아름다운 선율만큼, 모든 오페라를 통 털어 가장 부르기 어려운 오페라이기도 해. 아르투로역의 테너는 마지막 4중창에서 하이 F 음을 내야 해. 하이 D 음도 초고난도에 속하는데 하이 F 음은 사실 인간의 성대로 불가능하지. 지금까지 남아있는 많은 음반 중에서도 제 음으로 부른 경우는 딱 두 번밖에 없어."

"혹시 선생님이세요?"

"그럴 리가. 스웨덴의 전설적인 테너 니콜라이 게다가 딱 한 번 녹음에 성공했고 루치아노 파바로티가 74년에 조안 서덜랜드와 녹음한 음반이 있지. 니콜라이 게다의 노래는 사실 겨우 음정만 맞춰서 별 감흥이 없고, 루치아노 파바로티는 가성을 써서 하이 F를 처리했지. 파바로티로서는 굴욕일 텐데 음정을 낮춰 부르느니 가성을 쓰는 쪽을 택한 거지. 작곡가 벨리니에게 바치는 존경이랄까? 오히려 제대로 성공했다면 그만큼의 감동은 없었을 것 같아. 그 노래를 들을 때마다 소름이 돋지."

"선생님은 안 불러보셨어요?"

아픈 추억이 떠올랐다. 독창회 연습을 하던 중에 그는 청교도 4중창을 원래 음정으로 부르는데 성공했다. 아무도 모르는 비밀이었다. 다음 공연에서 그 노래를 선보여 음악계를 깜짝 놀라게 할 계획이었다. 그러나 공연 직후에 일어난 사고 때문에 무대에서는 한 번도 그 노래를 부를 수 없었다. 그는 그 일을 얘기해주려다가 말았다.

"엘비라 역을 맡은 소프라노도 어렵긴 마찬가지야. 결혼식을 앞두고 부르는 아리아 〈나는 귀여운 처녀랍니다〉는 사랑스럽기 그지없지. 그런데 신랑이 사라져 버리고 난 뒤 희열은 절망으로 뒤바뀌지. 이른바 광란의 장면. 콜로라투라의 한계를 시험하는 초고음역의 선율이 이어지지. 〈돌아오라 내 사랑〉은 미친 여자가 부르는 노래야. 사라진 신랑에게 돌아와 달라고 애원하다가, 자기 앞에 있는 다른 남자를 신랑으로 착각해 노래를 부르기도 하고. 기교도 무시무시하지만 노래 안에 담아야 할 감정도 어려워. 노래는 밝지만 그 밝음은 미친 여자의 밝음이지. 특히 마지막 고음은 세계 정상급 소프라노들도 충분히 길게 뽑아내지 못해. 그러나 성공만 한다면, 단언하건데

이만큼 아름다운 아리아는 없어."

"불러보고 싶어요."

"그러려면 다른 선생님을 찾아봐야겠네. 그 노래를 가르쳐 줄만큼의 능력은 안 되니까. 나도 음반으로 들은 적은 있지만 실제로 본 적은 없을 정도니까. 마리아 칼라스와 조안 서덜랜드의 전성기 시절에 남긴 음반 정도만이 마지막 고음을 충분히 뽑아낸 것 같아."

"선생님은 벨리니를 좋아하시나 봐요."

"좋아해. 정말 천재적인 작곡가인데 안타깝게도 남긴 오페라 편수가 많지 않아. 일찍 죽었거든. 겨우 34살에."

"왜요?"

"간암이었어. 〈청교도〉는 벨리니의 마지막 작품이야. 온몸에 암세포가 번진 상황에서 이토록 멋진 오페라를 썼다니 믿어지지가 않지. 초연을 하고 몇 달 안 있어서 죽었어."

"아, 그건 너무 슬프다."

"그래서 〈청교도〉가 더 감동적인지도 모르지. 요절한 천재 작곡가의 영혼이 고스란히 담긴 작품이니까. 아이러니하게도 죽음을 눈앞에 둔, 암세포에게 온몸을 빼앗긴 상태에서도 벨리니는 해피엔딩으로 오페라를 끝맺었어. 죽음에 굴복하고 싶지 않았던 마음일까? 오페라를 좋아하는 사람들은 이 작품을 보면서 자주 울곤 하지. 음악에 감동받아서 울고 벨리니의 이른 죽음이 안타까워서 울고."

"보고 싶어요."

목적어를 생략한 유리의 말 뒤로 잠시 침묵이 이어졌다. 시계를 보니 자정이었다.

"이만 자자. 정말 늦었어."

"네. 선생님도 편히 주무세요. 그리고… 내 꿈 꿔!"

도망가듯 전화가 끊겼다. 기현은 몸에 힘이 축 빠졌다. 내 꿈 꿔. 깜찍한 유리의 목소리가 귀에 쟁쟁거렸다. 왜 반말을 했을까? 맹랑한 장난이었겠지. 회심의 일격을 당한 복서처럼 휘청거리는 기분이었다.

통화를 하기 전보다 더 복잡해진 마음으로 방에 들어왔다. 문득 유리의 나신이 떠올랐다. 이 방에서 옷을 벗고 옷을 입던 그녀의 몸짓이. 목에서 등으로 이어지는 숨 막히는 곡선과 속옷 사이로 비치던 가슴과 배의 뽀얀 피부가 물결처럼 눈앞에 흘렀다. 보고 싶다. 안고 싶다. 입 맞추고 싶다. 그것은 갈망이었다. 갈망은 쇠약한 몸이 감당하지 못할 엄청난 에너지를 생성시켰다.

잠이 쉽게 안 올 것 같다. 수면제 대용으로 음악을 골랐다. 쇼팽의 야상곡 중에서 후보를 찾던 그는 내일부터 유리와 함께 할 아리아의 주인공, 모차르트 폴더로 옮겨갔다. 모차르트 피아노 소나타 21번 2

악장을 고르고 매트리스에 누웠다. 처음부터 주제를 담은 현악 연주를 김정원의 피아노 연주가 뒤따랐다.

감미로운 선율이 귀에 안착하는 순간 심장이 쿵 울린다. 낭만적인 바람을 타고 영혼이 날아오른다. 사랑하는 이의 손을 잡고 함께 날아오른다. 구름을 맛보며 유영하던 영혼은 달콤함에 몸을 떤다. 이것이 사랑이구나. 설레고 부드럽고 좋아 죽겠는 것이 사랑이구나.

고뇌하는 관악기 파트가 연주를 시작한다. 천상을 산책하며 행복하던 연인은 땅으로 추락한다. 추운 계절의 우뚝한 발걸음처럼 막을 수 없는 이별이 찾아온다. 쓸쓸하도다 사랑이여. 사랑은 이토록 슬픈 것이로구나. 사랑은 지나가면 몇 배로 앓는 것이로구나.

그러나 아무리 암울한 쪽으로 상상하려 해도 소용없었다. 몸과 마음에 깃든 희망의 에너지는 체념의 장막을 찢어버렸다. 죄책감도 두려움도 단호하게 거부하며 미래의 꿈을 소환했다.

기현은 조심스럽게 연인으로서 두 사람의 모습을 꿈꿔보았다. 자신 있었다. 평생 그녀의 눈과 손과 발이 되어줄 자신이 있었다. 그녀에게 노래를 가르쳐 주고 함께 노래하고 무대에 설 수도 있다. 봄이면 꽃향기를 맡게 해주고 여름이면 시원한 계곡에 함께 몸을 담그고 가을이면 전어 굽는 냄새가 어떤 것인지 알게 해주고 싶었다. 겨울이면 호빵도 나누어 먹고 날이 추울수록 사람의 체온은 더 따뜻해진다는 사실도 깨닫게 해줄 것이다.

괜찮을까? 그래도 될까? 어쩌면 나를 지금까지 살려두신 신의 뜻도 그것이었을까?

52

겨우 잠이 든 기현은 일어나기도 힘든 몸살에 걸렸다. 입원까지 하며 난리를 쳤던 몸살이 나은 지 한 달도 지나지 않았는데.

옆으로 누워있는 얼굴 바로 앞으로 큼직한 바퀴벌레 한 마리가 지나가다 멈췄다. 고열의 부작용일까? 사물이 실제보다 더 크고 또렷해 보였다. 쉴 새 없이 움직이는 바퀴벌레의 더듬이, 다리에 솟은 까칠한 가시, 윤기 나는 등껍질 아래 속쌍꺼풀처럼 감춰진 날개까지 선명했다. 구역질이 났다.

겨우 전화를 걸어 동생 우현에게 SOS를 쳤다.

동생이 데리고 간 병원에서는 체력이 극도로 쇠약한 상황이라며 며칠 입원하고 검진을 받아볼 것을 권유했다.

"일단 주사만 놔주십시오. 며칠 뒤에 오겠습니다. 중요한 일이 있어서요."

"그럴 몸이 아닌데요."

의사는 물론 동생 우현도 그를 막아섰다. 의사가 허락하기 전까지는 절대 병원에서 나가지 말라며, 안 그러면 자기가 일을 그만두고 병실을 지키겠노라며 으름장을 놓았다. 결국 입원 수속을 밟고 병실에 누웠다.

기현은 유리에게 전화를 걸었다. 상황을 설명하자 유리는 병원으로 찾아오겠다며 난리를 쳤다.

"안 돼. 그럴 시간이 없다. 방송까지 3일밖에 시간이 없어."

"노래는 충분히 연습했잖아요."

"아니야. 그게 아니야. 노래가 바뀌었어. 방송에서는 〈밤의 여왕 아리아〉를 불러야 해."

"네? 왜요?"

"제작진에서는 당연히 그 노래를 부를 거라고 생각했대. 미리 챙기지 못한 내 잘못이다. 잘 들어. 오늘은 그 노래를 부르지 말고 듣기만 해. 루치아 포프, 디아나 담라우, 크리스티나 도이테콤, 그리고 나탈리 드세이가 부르는 노래를 들어봐. 내가 오 피디한테 연락해서 너한테 음원을 다 보내주라고 할게. 노래를 들으면서 생각해. 내가 노래를 부른다면? 내가 밤의 여왕이라면 어떻게 노래해야 할까? 그 증오를. 그 분노를. 그리고 하루에 다섯 번씩만 불러. 이 노래는 목이 다치기 쉽다. 알겠니?"

"불안해요. 선생님이 들어주시면 안 돼요?"

"퇴원하는 대로 전화할게. 내 말 명심해. 꼭 그대로 해야 한다."

"그럴게요."

"미안하다."

울음을 참는 호흡이 들렸다. 기현은 엄한 음성으로 다그쳤다.

"왜 자꾸 울어? 너 이렇게 나약한 아이였어?"

"죄송합니다."

"자기감정도 못 다스리는 사람이 무슨 노래를 하겠어? 오페라 가수는 웃고 우는 때도 조절할 줄 알아야 해. 지금은 울 때가 아니다."

"죄송합니다."

애써 씩씩한 척 대답하는 유리의 목소리가 더 애처로웠다. 기현은 노기를 거두고 위로하는 목소리로 말했다.

"울지 마. 슬픔한테 지지 말자."

유리는 대답을 못했다. 기현은 한마디 더 하려다가 그냥 전화를 끊었다.

기다렸다는 듯 고통이 밀려들었다. 몸이 녹아 없어질 것처럼 열이 끓었다. 헛것이 보이고 헛것이 들렸다. 기하학적인 무늬가 연속으로 펼쳐지는 꿈이 이어졌다. 꼬박 이틀을 혼수상태 비슷하게 앓고 나서야 열이 떨어지고 몸살 기운이 가셨다.

53

 기현이 퇴원한 때는 방송을 고작 한 시간 남긴 오후였다. 퇴원하자마자 유리에게 전화를 걸었지만 받지 않았다. 민주에게 전화를 걸자 다급한 목소리가 튀어나왔다.

 "아직 병원이에요? 몸은 좀 어때요?"

 "퇴원했어. 지금 막."

 "그럼 빨리 와요! 한 시간 뒤 생방송이에요."

 "유리는?"

 "분장실에서 메이크업 받고 있어요."

 방송을 삼십 분 남기고 방송국 앞에 도착했다. 민주가 연락을 취해놓은 방송국 청경이 기현을 안내했다. 마침내 스튜디오에 나타난 기현을 보더니 민주가 달려와서 가슴을 쳤다.

 "사람 이렇게 쫄게 만들 거예요? 병원에 입원하면 한다고 연락을 해야죠. 유리한테 듣고 알았잖아요. 진짜 짜증나는 사람이야."

 "미안."

"방청석에 자리 하나 비워놨어요. 카메라로 안 잡을 테니까 앉아서 봐요."

표를 행사하는 백 명의 심사위원석 말고 일반 관객들을 위한 방청석이 따로 있었다. 기현은 한사코 거부했다.

"그냥 무대 아래에서 볼게. 오 피디 옆에서."

"참 나. 떨려서 그래요?"

"아니. 어차피 유리는 나를 못 봐. 그 대신 느끼지. 조금이라도 더 가까이 있고 싶어서 그래."

"에휴. 그럼 그러시던가."

민주가 떼를 쓰다시피 해서 부른 유리의 엄마는 방청석에 앉아있었다. 루미도 그 옆에.

기현은 대기실로 가서 유리를 만났다.

"선생님?" 유리는 목소리를 듣지 않고도 그의 존재를 알아차렸다.

"유리야. 많이 늦었지? 지금 퇴원하고 왔다."

유리는 한결 긴장이 풀리는 얼굴이었다. 지난번 방송 때와는 정반대로 까만 드레스를 입었다. 머리를 세팅하고 화장까지 완벽하게 한 그녀의 모습에 기현은 눈을 떼지 못했다. 아름답다. 돌이켜보면 그녀는 여러 가지 모습으로 아름다웠다. 지금 그녀의 아름다움은 최대치의 화려함을 보여주는 아름다움이었다.

"몸은 괜찮으세요?"

"다 나았어. 걱정하지 마."

"저 때문에 무리하셔서 그래요."

"알면 다행이고."

방송 시작 십분 전임을 알리는 AD의 목소리가 스튜디오에 울렸다. 막내 작가가 와서 유리의 손을 잡았다.

"이제 무대 뒤에서 준비하셔야 됩니다. 이동할게요."

기현은 유리의 어깨를 가볍게 잡았다.

"아무것도 생각하지 말자. 지금 이 순간부터 너는 표독한 밤의 여왕이야. 네가 알고 있는 최대한의 분노와 미움을 노래에 담아. 그리고 털어내 버려."

그는 불안해하는 이마에 입을 맞춰주고 유리를 보냈다. 유리는 무대 뒤편으로, 기현은 무대 앞 민주가 서 있는 자리로 내려왔다.

쇼가 시작되었다.

이미 3주째 84표라는 최고 득표로 우승을 이어오고 있는 출연자가 있었다. 스스로를 가난한 시인이라고 소개한 그는 무대 위에서 자작시와 자작곡으로 만든 노래를 불렀다. 사랑하지만 가난한 형편 때문에 하지 못했던 청혼을 대신한 노래였다. 랩을 연상케 하는 세련된 시어와 솔직한 목소리, 그리고 애틋한 사연까지 겹쳐 방청객들의 눈물을 자아냈다. 방청석에 앉아 있던 연인이 우는 얼굴로 청혼을 받아들이는 장면도 감동적이었다. 그의 청혼시가 인터넷으로 순식간에 퍼져 나갔음은 물론이다.

가난한 시인에 도전하는 오늘 첫 번째 출연자는 독학으로 기타를 배운 여자 기타리스트였다. 30대 후반의 가정주부였던 그녀는 무대에 서서 자신의 사연을 직접 소개했다. 출산과 함께 찾아온 우울증을 이기기 위해 기타를 친 지 10년째라고 했다. 로커처럼 찢어진 청바지와 가죽점퍼를 입고 나온 그녀는 먼저 클래식 기타로 아름다운 선율을 연주했다. 한 번도 레슨을 받은 적은 없고 오로지 악보와 인터넷 동영상으로 배웠다는 기타 실력은 일류 세션의 솜씨와 다르지 않았다. 그리고는 현란한 무늬가 새겨진 전자기타를 메고 나와서는 초절기교의 속주로 유명한 피아노 연주곡 〈왕벌의 비행〉을 전자기타로 완벽하게 재현했다.

"대단한데요? 당장 제 다음 앨범에 피처링 섭외를 해야겠어요."

"보셨어요? 기타 줄에서 불꽃이 튀어요. 소화기 어디 있나요?" 패널들도 격한 반응을 보였다.

방청객 심사위원단 100명의 평가가 이어졌다. 81점. 적지 않은 점수였으나 가난한 시인을 꺾지는 못했다.

그다음 출연자는 부산의 재즈킹이라는 별명을 가진 20대 남자였다. 마이클 부블레를 연상케 하는 멋진 외모에 훤칠한 키, 공손하면서도 섹시한 매력이 엿보이는 태도로 여성 패널들의 환호를 받았다. 어릴 때부터 피아노치고 노래하기를 즐겼다는 그는 직접 피아노를 치면서 스티비 원더의 〈레이틀리(Lately)〉를 불렀다.

노래가 끝내줬다. 솔직히 특별한 사연이 없어서 별 기대를 하지 않았던 출연자였는데 무대 매너가 예상외로 근사했고 반응도 폭발적이었다. 게다가 이어진 패널들과의 인터뷰에서 순박한 부산사투리로 큰 웃음마저 선사했다.

"쟤 완전 호감형인데?" 인터컴으로 메인 작가의 감탄사가 들렸다. 민주도 고개를 끄덕였다. 방청객 심사단의 최종 심사가 끝나고 시청자들 문자도 받을 예정인데 인기상을 받을 확률이 높았다.

방청객의 점수가 공개되는 순간 스튜디오 안에 환호성이 일었다. 86점. 3주 연승으로 우승한 가난한 시인을 넘어서는 점수였다. 패널들도 흥분해서 차세대 가요계에 신선한 바람을 몰고 올 스타가 탄생한 것 같다며 찬사를 퍼부었다. 그리고 사회자가 유리를 소개했다.

"자, 오늘 마지막 무대를 장식해주실 출연자분입니다. 몇 달 전에 한 번 출연했던 소녀죠? 소프라노를 꿈꾸는 시각장애인 소녀 서유리 양입니다."

유리는 패널 중 하나인 아이돌 멤버의 손에 이끌려 무대에 섰다.

마네킹처럼 미동도 없이 가만히 있었다. 밤의 여왕 컨셉에 맞게 강렬한 메이크업으로 분장한 그녀는 얇은 입술을 꼭 다물고 보이지 않는 눈을 들어 정면을 응시했다.

"지난번에는 유리 양이 몸 상태가 안 좋아서 포기를 했어요. 흔히 하는 말로 멘붕이 왔다, 그렇죠?" 사회자는 두 번째로 나온 그녀가 별로 마음에 안 드는지 비꼬는 말투를 숨기지 못했다.

"네. 죄송합니다."

방청석 분위기도 별로 좋지 않았다. 사람들은 생방송 중에 제멋대로 소리를 질러버린 그녀가 다시 출연한 사실 자체를 달가워하지 않는 표정이었다. 수군거리는 소리가 들릴 정도였다.

"이제 많이 좋아졌나요?" 사회자가 미심쩍은 눈으로 유리를 보았다.

"네. 그렇습니다."

지켜보는 기현의 심정이 조마조마했다. 지나친 긴장이 그녀의 평정을 무너뜨릴 수 있다.

"자, 그럼 오늘 선보일 노래는 뭔가요?" 사회자가 물었다.

"모차르트의 오페라 〈마술피리〉 중에서 〈밤의 여왕 아리아〉 들려드리겠습니다."

"지난번에 부르려다가 실패한 노래죠? 좀 더 쉬운 노래를 택하지 그랬어요."

기현의 시선은 유리에게 붙은 것처럼 떨어지지 않았다. 한 번도 가르치지 않은 노래를 생방송으로 들어야 하는 셈이었다. 너무 연습하다가 목을 상하지는 않았을까? 루치아 포프를 그대로 따라 부르는 습관을 버리지 못했으면 어쩌나. 호흡과 발성 모두 어려운 노랜데 끝까지 잘 부를 수 있을까?

"그럼 들어보겠습니다. 노래 부르기 전에 방송에서 하고 싶은 말이 있나요?"

유리는 천천히 심호흡을 하고 힘겹게 입을 열었다.

"어릴 때부터 저는 잃어버리기만 했습니다. 엄마를 잃고, 빛을 잃고, 아빠를 잃었습니다. 몇 번이고 죽고 싶었습니다. 그때마다 얼굴도 모르는 엄마를 떠올렸습니다. 나를 버린 엄마를 만나야지. 내가 얼마나 엄마를 미워하는지 알려주기 전까지는 못 죽겠다. 그 생각으로 버텼습니다."

잠시 침묵이 흘렀으나 사회자도 끼어들지 않고 다음 말을 기다렸다.

"그러나 이 노래를 부른 다음부터는 엄마를 미워하지 않으려고 해요. 저에겐 세 명밖에 없거든요. 선생님, 친구, 그리고 엄마. 엄마도 제가 밉겠지만 엄마에게도 저 하나뿐인 걸 알아요. 저를 미워하면 엄마는 세상에 사랑하는 사람이 아무도 없어지는데 그건 너무 슬프잖아요. 그러니까 엄마. 저를 용서해주세요."

파르르 떠는 목소리로 말을 마친 유리는 한 발짝 앞으로 나간 뒤에 눈을 감고 호흡을 가다듬었다. 사회자가 물러나며 말했다.

"자, 유리양이 지난날 절망과 분노를 모두 담아 털어내는 노래입니다. 과연 이번에는 제대로 부를지. 그럼 들어볼까요?"

긴장에 찬 현악 파트가 노래의 시작을 알렸다. 유리는 처음부터 주변을 압도하는 서늘한 음으로 노래를 시작했다. 그녀는 타고났다는 말 밖에는 설명할 길이 없는 카리스마를 분출했다. 못마땅한 표정으로 수군거리던 방청객들도 숨죽이고 그녀를 지켜보았다. 스튜디오 전체가 미지의 자기장에 끌려들어 가고 있었다.

기현은 눈을 감고 노래를 들었다. 이토록 매서운 음이 유리의 가슴에 담겨 있었나? 중음과 저음의 톤은 얼음장처럼 차가웠다. 그러다 가파른 경사를 타고 고음으로 올라가는 부분에서는 타오르는 불꽃을 연상케 했다. 악의 미학이라고 표현할 만한 섬뜩한 아름다움이었다. 손등에서부터 소름이 돋기 시작했다.

인정할 수밖에 없었다. 〈밤의 여왕의 아리아〉를 부르는 유리는 루치아 포프의 환생이었다. 무시무시한 고음을 소화하는 유리의 목소리는 포프의 음성만큼이나 청초하고 투명했다. 다이아몬드를 빻아가루를 뿌리면 이런 느낌일까? 음성은 비슷한 반면 곡에 담아내는 감정은 오직 그녀만의 것이었다. 너무나도 여유로워 편안함까지 느껴지는 포프의 노래와 달리 유리는 템포도 더 빠르고 음과 음 사이의 긴장도 더 빡빡하게 조였다.

노래뿐만 아니라 연기도 대단했다. 유리는 정말로 죽음의 노기를 담은 여왕처럼 노래를 불렀다. 그것은 분명히 배역에 몰입한 일류 오페라 가수의 몸짓이었다. 방청객들 모두 입을 딱 벌리고 노래를 들었다. 스무 살도 안 된 아이가 표현해내는 감정이라고는 믿지 못하는 모습이었다.

오직 기현만이 비밀을 알았다. 노래의 핵심은 공포였다. 그녀가 차마 대면하지 못하고 앞에서 주저앉곤 했던 어린 시절의 공포. 그녀를 붙들어가던 공포의 기억. 그녀는 노래 속에서 죽음의 기억과 싸우고 있었다. 그녀를 가두고 있는 어둠과 싸우고 있었다. 가혹한 운명을 저주하는 마음, 생을 포기하고 싶은 마음, 그녀를 부당하게 대했던 신에 대한 분노와 싸우고 있었다. 기현의 턱이 부르르 떨렸다.

밤의 어둠을 찢을 것만 같은 선명한 고음으로 노래는 끝났다. 방청객들은 모두 일어나 기립박수를 쳤다. 오른손에 큐시트를 들고 있는 민주도 홀린 듯 박수를 쳤다. 노래를 마친 유리는 기를 다 뿜어낸 사람처럼 가만히 서 있었다. 기현의 뺨으로 눈물이 흘러내렸다.

'잘했어 유리야. 잘했다 내 새끼.'

역시 분위기에 압도되어 있던 사회자가 정신을 차리고 유리에게 다가왔다.

"정말 대단하다는 말밖에 할 말이 없네요. 저는 믿을 수가 없습니다. 이것이 정녕 열아홉 살 소녀의 노래입니까? 이것이 정녕 앞을 보지 못하는 아이의 노래입니까? 유리양 뭐라고 말을 좀 해주세요. 지금 사람들이 다 너무 놀랐네요."

유리는 예상을 뛰어넘는 반응에 기쁜 표정으로 돌아왔다. 그녀는 잠시 호흡을 가다듬더니 입을 열었다.

"엄마는 제가 노래하는 것을 반대하세요. 엄마 허락을 맡고 계속 노래하고 싶어요."

"아니 이렇게 노래를 잘하는데 왜 노래를 반대하죠?"

"엄마는 음악 때문에 모든 걸 잃었다고 생각하시거든요. 엄마가 음악 때문에 잃어버린 것들을 이제 음악으로 다시 찾아드리고 싶어요."

사회자는 돌연 방청객석을 보며 두리번거렸다.

"혹시 유리양 어머님이 와 계신가요?"

카메라가 허둥지둥 방청객을 훑었다. 그런데 방청석에 앉아있던 엄마가 보이지 않았다. 돌발 상황에 놀란 민주가 인터컴으로 지시했다.

"세훈아! 유리 엄마 어디 갔어?"

"어? 진짜 어디 갔지? 아까는 분명히 앉아 있었는데요?"

기현의 눈에도 유리 엄마는 보이지 않았다. 그녀가 앉아있던 자리는 비어 있었다. 민주는 발을 동동 굴렸다.

"진짜 이 아줌마 최악이다. 엄마도 아니야!"

기현은 민주의 마음을 읽을 수 있었다. 방송을 통해 모녀의 극적 화해를 이끌어내려고 했겠지. 기현도 화가 치밀어 올랐다. 이건 너무 가혹하다. 딸이, 그것도 앞 못 보는 딸이 이렇게까지 손을 내미는데 엄마라는 사람이 등을 돌리다니.

"아, 오늘 자리를 함께 못하셨나 보네요."

사회자가 애매한 분위기를 수습하면서 유리의 어깨를 토닥였다. 유리는 실망한 표정을 감추지 못했다. 사회자는 유리를 데리고 무대 중앙으로 나섰다.

"자, 그럼 이제 방청객 심사위원단의 점수를 알아볼까요? 이미 지난주까지 3승째를 올리던 낭만시인 유승호 씨를 뛰어넘는 점수가 나왔죠? 부산의 재즈킹 이우진 씨. 86점이라는 높은 점수를 받았는데요. 과연 우리 서유리 양은 몇 점인지, 알아봅니다!"

LED 전광판에서 빠른 속도로 올라가던 숫자는 91에서 멈췄다.

"네! 놀라운 일이 벌어졌습니다! 91점! 오늘 우승자는 서유리 양입니다!" 사회자는 물론 패널들도 모두 흥분했다. 민주는 주먹을 불끈 쥐었다.

"90점 넘은 건 1년 만이에요!"

기현도 가슴을 바짝 조이던 긴장이 한순간에 풀어졌다. 오래전 바로 이 무대에서 노래하던 자신의 모습이 떠올랐다. 애써 지웠던 기억인데 하나도 지워지지 않고 살아있었다.

새로운 우승자가 나오지 않으면 기존 우승자의 무대가 펼쳐지는데 이번에는 새로운 우승자가 나왔으므로 새 우승자의 앵콜 무대로 프로그램을 맺어야 할 순서였다. 사회자가 유리에게 다가갔다.

"자 서유리 양. 먼저 소감이 어떤지 궁금합니다."

"얼떨떨해요. 잘 모르겠어요."

"이제 앵콜 무대를 보여주셔야 하거든요? 또 지난번처럼 시원하게 소리 한 번 지르실 건가요?" 사회자 멘트에 모두 웃었다.

"오늘 우승할 거라고 확신을 못했는데요. 그래도 혹시 우승하면 부르고 싶은 노래가 있었어요."

"오, 미리 앵콜곡을 챙겨오는 센스! 무슨 노랜가요?"

유리는 자신에게 쏠린 카메라와 시선을 아는지 모르는지 몇 번이나 심호흡을 하고는 말을 시작했다.

"온통 암흑뿐인 제 인생에 오페라의 빛을 선물해주신 선생님이 있습니다. 제가 아는 가장 친절한 사람이고 가장 위대한 오페라 가수이기도 합니다. 저에게 기쁨이 무엇인지 알려주시고 고마운 마음이 무엇인지 가르쳐주셨습니다. 파도소리를 들려주시고 로큰롤을 알려주시고 명동 거리의 기운도 느끼게 해주셨습니다. 저는 압니다. 선생님이 여기서 저를 지켜보고 계시다는 걸요. 제 눈은 햇살과 하늘과 꽃은 보지 못하지만 선생님은 볼 수 있으니까요."

그녀는 안테나를 세우듯 손을 들어 올렸다.

"지금까지 선생님이 제게 해주지 않은 것이 한 가지 있습니다. 선생님은 노래를 부르지 않습니다. 저는 이 자리에서 선생님께 부탁드립니다. 선생님과 함께 2중창으로 〈축배의 노래〉를 부르고 싶습니다."

"와우! 유리 양의 선생님 지금 어디 계십니까?" 사회자가 방청석을 두리번거렸다.

기현은 갑자기 고막이 나간 것처럼 소리가 들리지 않았다. 그를 붙잡고 뭐라고 하는 민주의 목소리도 들리지 않았다. AD인지 작가인지, 누군가가 그의 팔을 잡아끌고 무대로 이끌었다. 저항할 수도, 저항하지 않을 수도 없었다. 진공상태와도 같은 순간이 지나가고 그는 유리와 나란히 서 있는 자신을 발견했다. 사회자는 금광을 발견한 카우보이마냥 흥분했다.

"오늘 방송 정말 대박이네요! 서유리 양의 선생님이 우리 〈어메이징 쇼〉의 제1회 우승자 한기현 테너였다니요! 영광입니다 한기현 씨!" 사회자가 악수를 청하고 기현은 얼떨결에 악수를 받았다.

"위대한 제자 뒤에는 위대한 선생님이 있다는 말이 있죠. 불의의 사고 후에 모습을 감추셨는데 많이 다치셨군요?"

기현은 본능적으로 알았다. 카메라가 괴물 같은 얼굴을 클로즈업 하고 있을 것임을.

'시청자들이 놀라겠군. 아이들은 괴물이 TV에 나왔다고 생각하겠지.'

"네. 부상이 심했습니다." 그는 짧게 대답했다. 사회자가 이어 물었다.

"유리 양은 어떤 제자입니까?"

어쩌면 기다려왔던 순간이었다. 그는 힘주어 말했다.

"어떤 이들은 위대함을 지니고 태어나고 또 어떤 이는 태어난 후에 위대함을 이룹니다. 유리가 위대함을 지니고 태어났는지는 모르겠습니다. 그러나 적어도 그녀가 위대함을 이뤄가고 있다는 사실은 분명합니다. 유리의 위대한 재능은 많은 이들에게 기쁨을 선사할 것입니다. 저의 도움만으로는 부족합니다. 오늘 유리의 무대를 보고 조금이나마 감동을 받은 분이 있다면 도움의 손길을 주셨으면 좋겠습니다. 구걸이라고 생각하셔도 좋습니다. 유리의 재능을 살릴 수 있다면 저는 무릎 꿇고 손도 벌릴 수 있습니다."

기현의 말이 끝나자 다시 박수가 쏟아졌다. 사회자는 고개를 끄덕이다가 기현의 어깨에 손을 얹었다.

"자, 오랫동안 무대에 안 오르셨는데. 오늘 이렇게 노래를 부르게 될 줄 알았습니까?"

기현은 고개를 내저었다. 정확히 12년 만에 부르는 노래다. 그날 밤, 파멸의 순간 그가 꿈꾸던 무대가 결국은 이렇게 찾아왔다. 이것 역시 신의 의도였을까?

"한기현 씨는 유리의 위대함에 대해 이야기했지만 저는 유리를 가르친 선생님이야말로 위대하다고 생각합니다."

기현은 고개를 내저었다.

"반대입니다. 유리가 저를 가르쳤습니다. 사고 이후 저는 쓰레기로 살았습니다. 나 자신을 혐오하고 세상을 저주했습니다. 유리는 그런 저에게 열정과 인내, 희망을 가르쳐 주었습니다. 저는 유리에게 당연히 그녀의 것인 음악을 돌려준 것뿐입니다."

"정말 두 분이 함께 부르는 노래를 기대하지 않을 수 없네요! 그럼 들려주시죠!"

유리가 기현의 손을 슬쩍 잡았다. 기현은 잡은 손에 힘을 줬다.

'그래. 〈축배의 노래〉는 이렇게 나란히 서서 불러야지.'

환희로 넘실대는 현악 반주가 흘러나왔다. 기현은 다신 부르지 않겠노라 다짐했던 노래를 시작했다. 그는 음악을 떠났으나 음악은 그를 떠나지 않았다. 멜로디도 노랫말도 그대로 남아 있었다. 기술적인 면에서는 몰라도 노래에 몰입하는 감정에 있어서만큼은 전성기 때와 다를 바 없었다. 축복의 아리아를 부르는 순간, 영원히 사라진 줄 알았던 전율이 몸 구석구석으로 퍼져 나갔다.

테너 파트가 끝나자 유리가 노래를 이어받았다. 가르친 적이 없는 노래인데 익숙하게 부른다. 핸드폰에 넣어줬던 노래를 혼자 따라 불렀으리라. 그녀는 파바로티 옆에 선 서덜랜드처럼, 호세 카레라스 옆에 선 몽세라 카바예처럼 노래했다.

새처럼 지저귀며 사랑의 노랫말을 흩뿌리는 그녀의 입술은 그가 보았던 어떤 입술보다 더 입 맞추고 싶은 입술이었다. 그녀의 눈은 정확히 그의 얼굴을 향해 있었다. 그녀의 표정은 사랑을 앞두고 만찬을 즐기는 비올레타 그 자체였다. 찰나의 순간 기현은 안타까워했다.

'이토록 사랑스러운 눈이 보일 수만 있다면! 최고의 오페라 가수

가 될 수도 있을 텐데.'

한 파트씩 주고받던 둘은 마침내 함께 노래를 불렀다. 테너로 활동하던 시절 내내 그가 바라던 소원이 이제 이루어졌다. 영혼을 교감하는 짝을 만나고 싶습니다. 그는 가능한 모든 성량을 동원해 뒤늦게 나타난 짝을 위한 축배의 노래를 불렀다. 무아지경. 얼굴 반을 덮고 있는 흉터마저 잊어버렸다.

노래는 점점 절정으로 치달았다. 엑스터시와도 같은 강렬한 마무리로 노래를 맺었다. 방청석에 앉아있던 사람들 모두가 일어나서 새롭게 탄생한 알프레도와 비올레타를 위해 박수를 쳤다.

기현은 현실인지 환상인지 분간이 되지 않았다. 유리가 그의 품에 와락 안기고서야 정신이 들었다. 이건 오페라 가수의 매너가 아닌데. 지금은 인사를 할 타이밍이야. 유리가 그의 귀에 속삭였다.

"선생님 고맙습니다. 정말 고맙습니다."

그는 아무 말도 하지 못했다. 눈물이 목을 막았다. 그는 12년 만에 자신을 용서했다.

54

유리의 표현대로라면, 생애 최고의 날 기록을 갱신한 밤이었다. 방송이 끝나고 회식을 하자는 민주의 청을 거절하고 기현은 유리, 루미와 함께 스튜디오를 나왔다. 분장을 지우고 옷을 갈아입은 유리는 다시 열아홉 소녀로 돌아온 모습이었다. 방송국 로비를 가로질러 걷던 중에 루미가 앞을 막아섰다.

"아저씨. 유리하고 나란히 서 봐요. 사진 찍어 드릴게요."

"사진?"

"뭘 그렇게 놀라요? 이런 날 기념으로 찍어야죠!"

"그래 루미야. 나 사진 찍어줘." 유리가 팔짱을 꼈다.

기현은 사진을 뭐 하러 찍냐는 말이 목구멍까지 올라왔다. 괴물과 맹인 소녀. 둘 다 사진을 찍어봐야 소용없는 사람들인데.

"선생님. 환하게 웃어주세요." 유리가 부탁했다.

'넌 어차피 보지 못할 사진이잖니.'

기현은 복잡한 심경을 누르고 밝게 웃으려고 애썼다. 핸드폰으로 사진을 찍으려던 루미가 킥킥거렸다.

"표정이 그게 뭐예요? 너무 억지로 웃는 티가 나잖아요. 좀 자연스럽게 웃어 봐요."

자연스럽게 웃을 수가 없었다. 화상으로 무너진 반쪽 얼굴은 뜻대로 움직이지 않으니까. 웃어도 반쪽만 웃는 얼굴이다. 사고 이후 한 번도 찍은 적 없는 사진이 마침내 찰칵, 찍혔다. 루미는 그 자리에서 사진을 전송해주었다.

"잘 나왔어?" 유리가 루미에게 물어보았다. 루미가 사진을 설명해주는 동안 기현도 전송받은 사진을 열어보았다. 유리는 기현의 어깨에 고개를 기대고 환하게 웃고 있다. 그녀의 시선은 카메라로부터 30도쯤 옆으로 향했다. 기현은 사진이라는 걸 처음 찍어보는 미개인마냥 어색한 표정이었다. 붉은 흉터로 뒤덮인 얼굴 절반은 특수분장처럼 보이기도 했다.

괴물과 맹인 소녀의 사진. 묘하게 잘 어울리는 것 같기도 하다. 슬프지 않다. 그는 정말로 슬프지 않다고 스스로에게 되뇌었다.

루미를 집에 내려주고 유리의 집으로 향했다.

"선생님 저 배고파요. 지금 몇 시에요?" 집 앞에 다 왔을 때쯤 유리가 칭얼거렸다.

"아홉 시가 좀 넘었네. 미안한데 조금 있다가 먹자. 어머니 잠드시기 전에 얘기를 좀 해봐야겠어."

"우리 엄마하고요? 왜요?"

기현은 대답하지 않았다. 화가 났다. 자식이 부모에게 지켜야 할 예의도 있지만 부모가 자식에게 지켜야 할 예의도 있다. 그보다 먼저 사람과 사람 사이에 최소한으로 지켜야 할 예의조차 그녀는 짓밟아버렸다. 기현이 보기에 더 원망하고 더 미워해야 사람은 유리였다. 그럼에도 불구하고 유리는 미움을 누르고 화해의 손길을 내밀었다. 그런 딸을 거들떠보지도 않고 가버린 인간에게 엄마로서의 자격이 있을까?

그런데 유리의 엄마가 집 앞에서 기다리고 있었다. 기현은 유리를 데리고 차에서 나왔다.

"제 이름은 김윤희예요. 그동안 인사도 제대로 못했네요."

그녀는 전에 들은 적 없는 차분한 목소리로 인사했다. 보자마자 화를 내려고 했던 기현은 어딘가 작심한 기색이 엿보이는 그녀의 비장함에 눌려 말을 꺼내지 못했다.

"식사 못 하셨죠? 들어와서 같이 하고 가세요. 선생님."

유리조차도 어리둥절한 표정이었다. 윤희는 딸의 손을 잡고 천천히 집으로 들어갔다. 기현도 뒤를 따랐다.

집 안에 들어가자마자 기현은 또 한 번 놀랐다. 예전에 왔을 때와는 아예 다른 집 같았다. 사람이 사는 집 맞나 싶은 생각이 들 정도로 어지럽던 실내는 말끔하게 치워져 있었다. 먼지가 켜켜이 쌓여있던 바닥도 깨끗했다. 무엇보다 냄새가 달라졌다. 잠깐 머물렀던 기현조차도 불쾌하게 만들었던 정체불명의 악취는 사라지고 은은한 향이 실내에 감돌았다. 유리 역시 집이 달라졌다는 사실을 눈치챈 표정이었다.

"시간이 없어서 많이 차리진 못했어요." 윤희는 기현을 부엌으로 이끌었다.

두 명이 앉으면 딱 맞을 식탁에 저녁 식사가 마련되어 있었다. 미역국과 불고기를 주메뉴로 하고 간단한 밑반찬을 놓았다. 밥그릇 두 개에서 모락모락 김이 났다. 윤희는 유리를 자리에 앉혀주고 맞은편에 기현을 앉도록 했다.

"어서 드세요. 저는 음식하면서 먹었어요. 음식 맛이 어떨지 모르겠네요." 그녀는 시험결과를 보려는 아이처럼 두근거리는 얼굴이었다.

"그럼 잘 먹겠습니다." 기현이 인사를 하고 밥을 먹기 시작했다. 윤희는 옆에 앉아서 유리에게 밥을 먹여주었다.

"불고기 먹어봐. 간이 너무 달지 않은가 모르겠다."

"달지 않아요. 좋아요."

"그래? 미역국도 한 숟갈 먹자. 목 푸는 데는 미역국이 좋다더라."

수저를 옮기는 윤희의 손이 파르르 떨린다 싶더니 두 눈에 눈물이 맺혔다.

"맨날 남의 집 청소하고 밥해주면서 우리 집 청소는 한 적이 없었구나. 맨날 남의 집 애들 밥 챙겨주면서 내 새끼 밥은 먹여준 적이 없었구나."

기현은 윤희가 방송 도중에 사라진 이유를 그제야 알았다. 엄마는 집으로 달려왔던 것이다. 딸을 위해 청소를 하고 밥을 짓기 위해.

"엄마. 너무 맛있어요. 세상에서 제일 맛있어요."

윤희는 유리 옆에 무릎을 꿇었다. 그녀는 흐느낌과 싸우면서 말했다.

"너무 무서웠어. 감당할 자신이 없었어. 이제 용기를 낼게. 다신 널 버리지 않을게. 엄마가 맛있는 밥 먹여주고 깨끗하게 집도 치워줄게. 유리야. 엄마를 용서해줄래?"

유리는 고개를 끄덕이고 물었다.

"엄마 제 노래 들었어요?"

"들었지."

"어땠어요?"

"최고였어."

유리의 눈에도 눈물이 차올랐다. 모녀는 다신 떨어지지 않을 것처럼 꼭 끌어안고 울었다. 기현도 가슴이 벅차올라 밥을 먹을 수 없었다.

어쩌지. 따뜻한 저녁 식사를 망쳐버렸네.

                                55

 이른 아침부터 울리는 민주의 전화에 잠이 깼다.
 "대박! 미쳤어요. 완전! 인터넷 한 번 열어봐요!"
 기현은 무거운 몸을 겨우 추스르며 컴퓨터를 켰다. 네이버 초기 화면에 유리에 관한 기사가 몇 개나 떠 있었다. 그녀의 라이브 동영상은 물론이고 〈어메이징 쇼〉를 통해 얽혀있는 기현과의 인연도 자세히 나와 있었다. 내용이 꽤 자세한 걸 보니 민주가 인터뷰를 한 모양이었다. 기현의 과거와 교통사고, 유리의 시각장애에 관한 최루성 기사들도 많았다. 얼굴 절반이 붉은 흉터인 기현과 앞을 못 보는 유리가 나란히 〈축배의 노래〉를 부르는 사진도 수십 개의 기사에 실렸다. 기현은 민주에게 전화를 걸었다.
 "반응이 좋네. 축하해 오 피디."
 "시청률이 무려 7%나 뛰었어요. 아마 월 장원인 리틀 스타까지는 무난해 보여요. 다음 주, 다다음 주, 그다음 주까지 유리가 부를 노래 준비해주세요. 그때 기현 씨 집에서 부른 노래들 하면 되겠네요."

"그래. 더 연습시킬게."

"난리가 났어요. 유리 인터뷰하겠다고. 지금도 계속 전화 걸려오네요."

"너무 노출시키는 건 안 좋은데."

"제가 결정할 일은 아니죠. 섭외 문의하는 사람들한테는 루미 번호를 넘겼어요."

"루미?"

"매니저잖아요. 당신 만나고 싶다는 기자, 피디들도 적지 않아요. 어떡할까요? 당신 번호 물어보던데."

기현은 망설였다. 기자들 앞에 나서기도, 프로그램에 출연하는 일도 아직은 자신이 없다. 10년도 넘게 은둔하며 지냈던 그였다. 누추해도, 무덤처럼 편안한 옥탑방에서 아직은 나가고 싶지 않아.

"귀찮겠지만 내 번호는 공개하지 않았으면 좋겠어. 당신이 알아서 거절해줘."

"얼마나 버틸 수 있을지는 모르겠네요. 너무 화제의 인물이 되서서. 하여튼 알겠어요."

기현은 전화를 끊고 인터넷을 좀 더 살폈다. 검색어 순위도 서유리, 서유리 동영상, 한기현, 〈어메이징 쇼〉 등등이 10위권 안에 무더기로 자리를 잡았다. 유리와 상관없이, '전설이 돌아왔다'는 식의 제목으로 기현의 방송 출연을 공식적인 컴백인양 보도하는 기사도 있었다.

또 전화가 걸려왔다. 이번에는 루미였다.

"아놔. 어떡하죠? 방송 출연 요청이 몰려듭니다! 아까도 〈컬투쇼〉 피디라는 사람이 전화 했더라고요. 거긴 출연하기로 했어요. 저랑 유리가 〈컬투쇼〉 팬이거든요. 인터뷰 요청도 많아요. 그런데 기자들이 아저씨하고 같이 보고 싶다고 하는데, 이 기회에 제가 아저씨도 매니저 봐 드릴까요?"

"나는 빼줘. 그리고 유리도 너무 여기저기 노출시키지 않았으면 좋겠어. 어지러울 거야."

"당연하죠. 저는 신비주의 전략이에요. 공중파 방송하고 CF만 할 거예요."

그 말에 기현은 웃음을 터뜨렸다. 귀여운 녀석. 밉지 않다.

루미와 통화를 마친 기현은 세수를 하고 옷을 챙겨 입고 옥상 난간 앞에 섰다. 매일 내려다보던 서울 시내가 다르게 보였다. 봄의 기운을 물씬 담은 공기는 비 온 직후처럼 청명했다. 동네는 물론 강 건너 강남의 고층빌딩들까지 선명하게 눈에 들어왔다. 날개만 있다면 한 바퀴 휘 돌고 오고 싶은 기분이었다.

무지개를 처음 본 소년처럼 가슴이 뛰었다. 희망. 얼마 만에 감히 떠올려보는 단어인가. 눈을 감는다. 찬란한 멜로디가 비처럼 내린다. 희열로 불끈거리는 합창이 울린다. 삶은 이토록 넘실대는 푸른 바다였구나.

56

꿈같은 나날이 이어졌다. 유리를 후원하겠다는 사람들이 줄을 이었다. 명문대 음대에서 그녀를 위한 특별교육 프로그램을 약속했다. 음반사에서도 앨범을 내자는 연락이 왔고 전속 계약을 하자는 유명 기획사도 있었다. 인터뷰 요청과 방송 출연 제의는 하도 많아서 거절하는 게 일이었다.

루미는 오 피디와 기현의 의견을 구했다. 방송출연과 앨범녹음 등에 적극적인 오 피디와 아직은 공부를 중심으로 진로를 잡아야 한다는 기현은 입장이 조금 달랐지만, 어쨌든 행복한 고민이었다. 정작 유리 본인은 성찬처럼 앞에 차려진 기회를 별로 반가워하지 않았다. 그녀가 원하는 것은 한가지였다.

"계속 선생님하고 공부하고 싶어요."

바람이 아니라 고집이었다. 타협할 수 없는 조건.

유리만큼은 아니어도 기현에게 쏟아지는 관심도 대단했다. 당장 뮤지컬 〈오페라의 유령〉 팀에서 주연으로 캐스팅 제의가 들어왔다. 토크쇼 출연 제의도 있었고 강의 요청도 들어왔다. 그러나 자신이 없었다. 너무 오래 쉬었다. 유리와의 공연이 화제가 되었던 것은 그의 실력 때문이 아니라 극적인 사연 때문이라고 생각했다. 다시 노래로 먹고살 정도의 실력에 이를 수 있을까, 의구심이 그를 짓눌렀다.

하루는 동생 우현이 집으로 그를 초대했다. 제수씨가 직접 준비한 보쌈과 시원한 김치, 그리고 약주가 어우러진 저녁상을 받았다. 조카의 재롱까지 곁들어진 식사를 마치고 동생은 한 바퀴 산책이나 하고 오자며 기현을 데리고 나왔다. 아파트 단지 안의 작은 공원을 걷다가 벤치에 앉았다.

배드민턴을 치는 아빠와 딸, 인라인을 연습하는 아이들, 깔깔거리는 웃음을 주체하지 못하는 교복차림의 여중생들, 강아지를 산책시키는 사람들. 평온한 일상의 풍경이 낯설게 느껴졌다. 너무 오랜 세월 동안 그는 그만의 세계에서 살았다.

"저녁은 어땠어?" 우현이 물었다.

"맛있게 잘 먹었다. 간만에 과식했네."

"자주 놀러 와."

기현은 빙긋 웃으며 대답을 대신했다. 줄이 풀린 말티즈 한 마리가 발아래로 쪼르르 달려왔다. 야구 모자를 쓴 아가씨가 달려오더니 죄송합니다, 사과하고 강아지를 안고 갔다. 그러더니 기현을 돌아보고는 옆의 친구에게 호들갑을 떨었다. 둘의 목소리가 다 들렸다.

"어, 그 사람이다!"

"누구?"

"그 테너 아저씨! 〈어메이징 쇼〉 못 봤어?"

기현의 얼굴을 확인한 친구도 신기한 듯 고개를 끄덕였다. 기현은 못 본 척 슬쩍 고개를 숙여 시선을 피했다. 우현이 빙긋이 웃으며 중얼거렸다.

"우리 형, 다시 인기인이 되셨네."

"무슨 인기인이야. 잠깐 화제가 된 거지. 한 달만 지나도 다 사라질 관심이야."

"예전 같지 않네."

"무슨 소리야?"

"형 예전에는 평생 스타로 살 것처럼 보였어. 형이 그렇게 말하고 행동했지."

"철이 없었으니까."

"아니야. 반대야. 형 말이 맞아. 형은 스타야. 반짝반짝 빛나. 다른 사람들하고는 다른 무엇인가가 분명히 있어."

"글쎄다."

"우린 피를 나눈 형제잖아. 그런데 나는 왜 형 같은 재능이 없을까, 어릴 때 정말 괴로웠어. 아무리 해도 형처럼, 아니 형의 반도 못 따라갈 거란 생각을 하니까 공부고 뭐고 열심히 하고 싶지 않더라. 지금 와서 하는 핑계지만 나는 그냥 대충 살고 싶었어. 어차피 아버지도 나한테 관심도 없고."

"미안하다."

"형이 사과할 일이 아닌데 뭐. 나야말로 철이 없었지. 나 사실은 내일 생일이야."

"그렇구나." 챙긴 지 십 수 년도 넘은 동생 생일은 날짜도 가물가물했다.

"형한테 받고 싶은 생일 선물이 있어."

"뭔데?"

"다시 노래해 줘." 동생은 형을 똑바로 보며 말했다.

"나는 형을 알잖아. 형은 노래를 부를 때 제일 행복하잖아. 나는 형이 행복했으면 좋겠어. 만약 형이 내가 알지 못하는 큰 죄를 저질러서 벌을 받은 거라면, 이미 충분히 받았어. 유리 가르친 것만으로도 사죄는 충분히 했어. 이제 형 마음이 시키는 대로 해. 솔직히 말해봐. 노래하고 싶지?"

그 순간, 기현은 용기를 내보기로 결심했다. 다시 노래하리라. 그 생각만으로도 가슴이 벅차오르는데, 어쩌겠나.

57

연락을 받고 병원을 찾은 것은 봄이 깊어진 4월 중순의 오후였다. 택시를 타고 가는 길 곳곳에 봄꽃이 만개했다. 벚꽃 나무 아래 하얀 꽃잎이 비처럼 내렸다. 꽃구경을 하고 사진을 찍는 사람들의 얼굴에 미소가 꽃처럼 피었다. 온통 꽃 같은 풍경을 지나 병원에 도착했다.

기현을 마주한 의사는 먼저 악수를 청했다.

"TV 잘 봤습니다. 유리양하고 부르는 노래를 듣고 저도 눈물이 흘렀습니다."

"고맙습니다."

의사는 입술을 꿈틀거리며 말을 쉽게 꺼내지 못하고 있었다. 블라인드가 반쯤 열린 창을 통해 들어온 봄 햇살이 눈부셨다. 유리를 데리고 봄 소풍을 가면 좋겠다는 생각이 들자 기현은 몸이 깃털처럼 가벼워져 창밖으로 날려가는 기분이 들었다. 봄바람을 타고 훨훨. 잔디의 웃음소리가 들리는 푸른 언덕까지.

"지난주에 입원해 계시면서 정밀 검진을 하셨지요. 결과가 나왔습니다."

"몸이 많이 안 좋지요?"

"네." 짧게 말하고 침을 삼키는 의사의 시선이 기현을 피했다. 순간 서늘한 한기가 몸을 휩쌌다.

"간암이 많이 진행된 상태로 보입니다."

"간암이 많이 진행되었다고요." 중얼거리듯 의사의 말을 되풀이했다.

"당장 수술을 해야 할 상황입니다."

목이 말랐다. 현기증이 가물가물 머리를 어지럽혔다. 도대체 무슨 뜻일까. 시간이 건더기로 뭉쳐 둥둥 떠다니는 환상이 보였다. 귀에 웅웅거리는 메아리가 들렸다.

내 앞에는 내가 있었다. 절망과 분노에 휩싸여 매일매일 죽기를 기도하던 내가. 하루도 술 없이는 살 수 없어, 매일 취해서 잠들던 내가 나를 마주 보고 있었다. 그렇게 산 세월이 10년이 넘었다. 그렇게 죽고 싶어 애를 쓰더니 결국 죽음의 문을 열었구나. 이미 한 발쯤은 들여 놓았으려나?

나는 차갑게 웃으며 나에게 물었다.

'이것도 신의 뜻일까?'

"괜찮으세요?" 의사가 물었다.

"괜찮습니다. 저는 아무렇지도 않습니다."

그렇게 말하면서 기현은 아득하게 멀어지는 의식의 꼬리를 잡으려고 했다. 놓쳤다. 스르륵 의자에서 미끄러지는 감각이 마지막이었다.

58

여느 때처럼 한 손에 커피를 들고 방송국 로비를 가로질러 가던 민주의 앞을 가로막고 선 사람이 있었다. 예능 국장이었다. 체크무늬 넥타이에 감색 양복을 입은 그는 왼쪽 입꼬리만 올라간 특유의 미소를 지으며 악수를 건넸다.

"어이. 오 피디. 축하해."

"감사합니다. 국장님."

"거 봐. 드라마가 살아있으니까 시청률은 자동으로 찾아오잖아. 유리하고는 자주 연락하지?"

"가끔요."

"완전히 네 사람으로 만들어. 그런 애들은 두고두고 써먹을 데가 많다고. 잘 키우면 조수미만큼도 되겠어. 목소리를 아주 타고났던데 뭐."

"네. 재능이 대단한 친구에요."

"한기현이는 어떻게 하겠대? 다시 오페라로 복귀하나? 내가 아는 후배가 이번에 예술의 전당에 오페라의 유령 올린다는데 거기 주연으로 캐스팅할 생각이 있나 보더라."

"안 그래도 그 얘기 하던데요. 며칠 전에 통화했는데."

"하라고 해. 역할이 아주 딱 이잖아. 분장도 필요 없고 말이야." 국장은 큰 소리로 웃었다. 민주는 따라 웃지 않았다.

"언제 한번 한기현이하고 유리하고 데리고 와. 밥이나 사주게."

"네, 국장님."

국장은 고개를 끄덕이고는 빠른 걸음으로 멀어졌다. 민주는 핸드폰을 열어 기현에게 전화를 걸었다. 전화를 안 받는다.

너무 오랫동안 못 쉬었다며 열흘 정도 혼자 여행을 다녀온다고 했다. 그렇게 말한 지가 벌써 보름이 지났다. 오늘 밤까지 연락을 안 받으면 옥탑방으로 찾아갈 생각이었다. 유리도 기현과 통화가 안 된다며 매일 같이 전화를 걸어왔다. 걱정하는 목소리가 얼마나 애처로운지 민주의 마음이 다 아플 지경이었다.

그녀는 알았다. 기현과 유리 사이에 흐르는 강력한 자기장을. 어떤 방해물이 있어도 결국은 서로를 찾고야 마는 강력한 N극과 S극 같았다. 그 사이를 무모하게 막고 싶은 생각은 없었다.

"전화 좀 받아라. 좀." 민주는 중얼거리고 한 번 더 전화를 걸었다. 역시 불통. 그녀는 문자를 남겼다.

–자꾸 이렇게 잠수타면 경찰에 실종신고 하는 수가 있어요.

그날 밤 민주는 퇴근하는 길에 기현의 집을 찾았다. 길이 워낙 좁고 경사도 심해 어떻게 이런 데 사나 싶었는데 몇 번 가다 보니 정이 드는 동네였다. 다른 건 몰라도 어둠이 내린 뒤에 보이는 서울의 야경만큼은 어느 스카이라운지보다 더 나았다. 그녀의 손에는 아사히 맥주 캔 식스팩이 들려있었다. 봄날 저녁의 맥주를 생각하니 혀에 침이 고였다. 기현이 집에 없으면 혼자서라도 한두 캔 마시고 갈 참이었다.

연락이 안 되어 찾아온 길이었지만 꼭 할 말도 있었다. 그녀는 고백을 철회하려고 했다. 후회하진 않았다. 그녀는 그런 사람이었다. 하지 않고 아쉬워하느니 저지른 다음에 수습하는 쪽이 낫다고 생각하는.

좁은 계단을 올랐다. 어디선가 들어본 선율이 들렸다. 집에서 음악이나 듣고 있으면서 내 전화를 씹었어? 이틀이나? 민주는 걸음을 빨리했다.

옥상에 올라가자 기현의 뒷모습이 보였다. 그는 서울의 야경을 찍은 사진의 일부분처럼 움직이지 않고 서 있었다. 아래로는 도시의 불빛들이 별자리를 이루며 반짝이고 위로는 깊고 푸른 밤하늘에 별이 찬란했다.

"아저씨, 거기 서서 뭐해요?"

큰 소리로 불렀는데 뒤도 안 돌아본다. 열어놓은 방문을 통해 들리는 음악은 유난히도 구슬펐다. 민주는 다가가서 기현의 팔을 잡았다. 그제야 기현은 조용히 그녀를 응시했다. 마주하는 사람을 움찔하게 만들 정도로 슬픈 그의 눈빛이 음악과 잘 어울렸다.

"이 음악 알아?"

"몰라요. 어디서 들어본 것 같기도 하고. 지금 음악 얘기가 나와요? 사람 연락을 씹었으면 미안하단 말부터 해야지. 난 그렇다 치고, 유리 전화는 왜 안 받아요? 유리가 옥탑방에 오겠다는 걸 말렸어요."

"아까 왔었어. 어머니랑 같이."

"그랬어요?"

"몸이 안 좋아서 돌려보냈어."

민주는 심상치 않은 기운을 느꼈다. 평상시의 기현이 아니다. 무슨 일이 있었다. 수많은 사람을 대하는 피디로서의 직감이었다.

"이 음악은 토마스 알비노니라는 작곡가의 아다지오 G단조야. 사라예보의 첼리스트 이야기 때문에 유명하지. 들어봤어?"

민주는 대답하지 않았다.

"사라예보가 전쟁에 휘말린 때였어. 한 첼리스트가 있었는데 전쟁이 났는데도 음악을 포기할 수 없었어. 어느 날 그는 저격수의 보호를 받으며 첼로 연주를 하고 있었지. 적군이 몰려왔어. 적군의 저격수가 첼리스트를 발견했지. 그런데 저격수는 차마 첼리스트를 쏠 수 없었어. 그가 연주하는 음악이 너무 아름다워서였어. 첼리스트를 보호하던 저격수 역시 적군의 저격수를 발견해. 그런데 그 역시 방아쇠를 당기지 못해. 첼리스트의 연주를 방해할 수 없었거든. 그때 사라예보의 첼리스트가 연주하던 곡이 바로 이 곡이야. 음률이 참 슬프지? 영혼을 맑게 해주는 음악이야. 카타르시스라고 하잖아. 우리 마음은 슬픔을 통해서만 정화가 되니까."

"왜 이래요 진짜."

"음악이란 타임머신과도 같아. 선율을 타고 과거와 미래를 여행할 수 있어. 모차르트의 노래를 부를 때면 모차르트와 대화를 나누게 되고 베르디의 노래를 부르면 베르디를 만날 수 있어. 지금 나는 사라예보에 있어. 나는 첼리스트야. 온통 죽음의 그림자가 드리워진 도시. 희망이 없는 도시에서 이 음악을 연주하고 있어."

음악이 멎고 다시 처음부터 음악이 반복되자 기현이 입을 열었다.

"나 많이 아프대."

"이렇게 혼자 처박혀 있으니까 아프지. 오늘도 라면이나 하나 먹고 말았겠지 뭐. 그러게 나랑 사귀지 그랬어요. 맛있는 거 실컷 사줬을 텐데."

기현은 입고 있던 후드를 쓱 걷어 올렸다. 하얀 배 위에 아직 채 아물지 않은 상처가 길게 뻗어 있었다. 민주는 겁이 덜컥 났다.

"이게 뭐예요?"

"급하게 수술 날을 잡았었어. 배를 열었는데 의사가 수술을 하지 않고 바로 덮었어."

"왜요?"

"간 전체가 새카맣게 죽어있더래. 이렇게 살아 숨 쉬는 게 기적이라고 하더라."

기현은 남의 얘기를 하는 사람처럼 담담하게 말했다. 여행을 간다고 하고선 혼자 수술대에 올랐구나. 민주는 손발에 힘이 쭉 빠졌다.

"6개월 남았대. 암세포가 전이되어서 수술도 소용없고."

민주는 기현의 눈을 똑바로 쳐다보았다. 장난을 치거나 헛소리를 하는 눈이 아니었다. 민주는 울었다. 그를 때렸다. 한참 울고 나니 헝클어진 머리가 조금 정리되는 기분이었다. 그녀는 믿고 싶지 않았다. 그러나 지금 가장 냉정해야 할 사람이 자신이라는 사실도 깨달았다. 최악의 나락에 빠져 있다가 겨우 삶을 되찾은 남자, 공포와 암흑에 갇혀 있다가 겨우 희망의 끈을 잡고 나온 소녀. 두 명의 미래를 어떻게 지켜줘야 할까?

"의사가 그러더군. 시한부 환자들이 죽음을 받아들이는 다섯 가지 단계가 있다고. 먼저 부정을 한대. 아니야, 난 믿을 수 없어, 나에게는 그런 일이 일어날 수 없어. 그다음이 분노의 단계래. 하필이면 왜 내가. 자기 자신에게, 사랑하는 사람에게 혹은 의사나 간호사, 신에게까지 분노를 표현한대. 그다음이 타협의 단계래. 죽음이라는 불가피한 사실을 어떻게든 연기하려는 시도를 하지. 갑자기 착실한 행동을 보이고 특별한 헌신을 하기도 하고. 그다음이 우울의 단계. 극도의 상실감과 심한 우울증에 빠지는 순간이 찾아온대. 그 단계마저 지나면 마지막으로 수용의 단계에 이른다더군. 그제야 인정하는 거지. 나는 죽는다."

"그런 얘기하지 마요."

"나는 이미 한 번 죽음을 경험했어. 그때 이미 다섯 단계를 다 겪었고. 그래서일까? 나는 금방 수용의 단계로 접어들었어. 나는 죽는다. 곧. 며칠 동안 생각했어. 남은 몇 달을 어떻게 보내야 할까."

전쟁의 포화마저 잠시 멈출 정도로 슬픈 연주가 밤의 정적 속으로 파고들었다. 그의 죽음을 멈출 방법은 없을까? 민주는 살면서 이토록 간절한 마음이었던 적이 없었던 것 같았다.

"나는 결심했어. 남은 시간은 오직 유리를 위해 보내기로."

"무슨 소리에요! 이 몸으로 레슨을 한다고요? 말이 6개월이지 관리하기 따라 1년, 2년도 살 수 있어요. 시한부 선고를 받고 한참씩 더 산 사람이 얼마나 많은데요!"

"그래봤자 몇 달, 1년이지. 그리고 오 피디는 내 말을 잘못 알아들었어."

"유리를 위해 6개월을 쓸 거라면서요?"

"그래. 레슨을 하겠다는 말은 아니었어."

"그럼요?"

"그녀를 떠날 거야."

"네?"

"유리는 제대로 사춘기를 겪을 기회도 없었어. 나이만 열아홉 살이지 아직도 아이야. 유리는 내 죽음을 이겨내지 못할 거야. 슬픔에 휘청거리다 넘어질지도 몰라. 앞으로 몇 달이 유리의 남은 인생을 좌우

할 텐데. 이 귀중한 시간을 나 때문에 울고불고하면서 보낼 순 없어."

"유리도 알아야죠! 그 아이는 그만한 권리가 있어요."

"아직은 아니야. 세월이 흐른 뒤에 슬픔을 이겨낼 만큼 자라면 알려줘야지."

민주는 목이 메어 말이 나오지 않았다. 기현은 평온하게 말했다.

"당신한테 부탁이 있어. 곧 죽을 사람의 마지막 부탁이니 들어주겠지?"

"그런 말 하지 말란 말이야!" 민주는 울면서 그의 가슴을 때렸다.

"오 피디. 당신 참 좋은 사람이야." 기현은 마치 화난 여동생을 달래주듯 그녀를 안고 등을 토닥여주었다.

"죽음이란 놈이 고맙다고 말할 시간은 남겨줘서 다행이야. 고마워. 민주야."

"제발 이러지 말아요. 제발." 민주는 그의 품에서 고개를 세차게 흔들었다.

그날 밤 그녀는 세상에서 가장 슬픈 부탁을 받았다. 도저히 들어줄 수 없는. 그러나 들어줄 수밖에 없는.

59

거대한 얼룩이었다. 소녀의 세상은 그랬다. 다만 희뿌연 얼룩과 거무스름한 얼룩이 있을 뿐. 얼룩은 다가오기도 하고 멀어지기도 하고 조금만 부주의하면 그녀를 때리고 밀고 발을 걸었다. 사람도, 전봇대도, 문도, 햇살도, 가구도 모두 마찬가지였다. 차라리 눈을 감으면 찾아오는 깨끗한 암흑이 더 나았다.

처음부터 그랬으면 덜 고통스러웠을까? 그러나 그녀는 얼룩으로 물들기 전의 형형색색 세상을 보았다. 꽃도, 태양도, 무지개도. 밤하늘에 빛나는 별빛이 은가루 같다는 것도 알았고 맛있는 음식은 보기만 해도 맛있다는 사실도 알았다. 그녀가 분명히 기억하는 세상을 더 이상 볼 수 없다는 것은 절반쯤 죽는 일과 비슷했다.

빛이 사라지니 사람도 사라졌다. 앞을 못 보는 그녀는 항상 혼자였다. 좁은 집, 좁은 방의 공간이 그녀의 세상이었다. 혼자서는 집을 나설 수도 없었다. 그녀는 냉혹한 고독의 사슬에 묶여 있었다. 그나마 루미를 만나 가끔 집 밖으로 나가는 일이 외출의 전부였다. 처절한 고독에 익숙해졌나 싶다가도 가끔 빙판 위에 발가벗겨지는 기분이 들 때가 있었다.

영원히 그렇게 살 줄만 알았다. 빛도 사람도 의미도, 아무것도 없는 인생. 오직 얼룩만인 삶. 그런데 오페라를 배우면서 달라졌다. 노래할 때면, 노래를 들을 때면, 오페라를 생각할 때면 얼룩도 자리를 비켰다. 수호천사가 선물한 망토처럼 막연한 희망이 그녀를 감쌌다.

세상에서 오페라가 두 번째로 좋았다. 첫 번째는 선생님이었다. 그는 얼룩투성이 삶에 오페라를 선물해 준 프로메테우스였다. 유일한 선생님이었고 다른 선생님은 필요 없었다. 유일한 남자였고 다른 남자는 필요 없었다.

방송에 출연한 후 가장 기쁜 일은 쏟아지는 관심도, 지원의 손길도 아니었다. 다시는 노래하지 않겠다던 선생님이 노래를 불렀다. 그것도 그녀와 함께 이중창으로! 선생님을 만난 후 매일 같이 '내 인생 최고로 행복한 날' 기록이 깨졌지만 〈축배의 노래〉를 함께 부르던 날의 기록은 깨지기 힘들 것 같다.

선생님이 활동을 시작하면 앞으로도 함께 노래할 기회도 있겠지? 상상의 나래는 끝이 없이 펼럭였다. 커다란 공연장에서 선생님과 함께 노래하는 자신의 모습을 떠올릴 때면 입에 침이 고이고 정신이 아득해졌다.

완전히 사라진 줄 알았던 헛된 소망이 다시 뭉글거렸다.

'보고 싶다.'

다시 눈을 찾고 싶었다. 선생님의 얼굴을 한 번이라도 볼 수 있다면. 불가능한 일인 줄 알면서도 그녀는 기도했다. 보고 싶습니다. 그녀는 매일 몇 번씩 떠올렸다. 손으로 더듬어 본 선생님의 얼굴을. 얼굴 절반을 덮은 거친 흉터조차도 그녀에겐 소중했다.

눈을 뜨고 싶은 이유는 또 있었다. 그녀는 진정한 오페라 가수가 되고 싶었다. 아리아만 부르는 가수가 아니라 배역을 연기하는 가수. 그러나 이루어질 수 없는 꿈이기에 그 지점에서 상상의 나래는 힘없이 꺾이고 현실의 땅 위로 내팽개쳐지곤 했다.

방송을 하기 전에도 그녀는 충분히 행복했다. 선생님과 함께 있노라면 그것으로 되었다. 그런데 상황이 달라지고 있다. 온통 선생님밖에 없었던 그녀의 삶에 다른 것들이 마구 몰려들었다. 주위에서는 분명 그녀를 더 좋게 해주겠다는 소리만 들렸으나 그녀는 싫었다. 그런 것들 때문에 선생님의 자리가 좁아질까 봐.

하루하루 시간이 지나면서 그녀의 불길한 예감이 맞아 들어갔다. 그녀를 축하하고 함께 행복해하던 선생님은 갑자기 혼자 여행을 다녀오겠다며 보름이 넘도록 연락을 끊었다. 태풍 앞의 난파선처럼 위태롭게 흔들리던 그녀에게 불쑥 전화가 걸려왔다. 전에 듣지 못했던 건조한 목소리였다.

"할 얘기가 있어. 집 앞으로 데리러 갈 테니 전화를 하면 나와."

거의 20일 만에 보는 선생님이었다. 유리는 급하게 루미에게 전화를 걸었다. 다행히 집에 있던 루미를 불렀다.

"지금 밀린 드라마 보고 있는 중인데, 왜?"

"선생님한테 전화 왔어. 곧 집으로 오신대." 거기까지만 말했는데도 루미는 유리가 원하는 바를 알았다.

예쁜 옷을 입혀달라고 했다. 머리도 빗어달라고 했다. 화장도 해달라고 했다. 루미는 선생님에 대한 유리의 감정을 분명히 알면서도 이것저것 물어보거나 잔소리를 하지 않았다. 다만 엉뚱한 얘기를 하긴 했다.

"피임은 꼭 해라. 세상일이라는 게 어떻게 될지 모르는 거거든? 남자는 다 똑같아. 여자들이 다 똑같은 것처럼. 우리 깔끔하게 살자. 깔끔하게."

유리는 혼자 기다리고 싶다고 말했다. 루미는 군말 없이 그녀를 떠나주었다. 세상에 이런 친구는 없다. 루미를 생각해서라도 잘 되고 싶었다. 정말 유명한 가수가 되면 루미도 돈을 많이 버는 매니저가 될 것이다. 그러나 유리의 머리는 금방 선생님에 대한 생각으로 가득 찼다.

그녀는 시각장애인 전용 스마트폰에 달려 있는 이어폰을 귀에 꽂고 음악을 검색했다. 화면을 누르는 대신 기능을 입으로 말해야 한다. 선생님이 부른 노래들은 가장 빨리 찾을 수 있는 폴더에 넣어놓

앉다. 수백 번은 들었을 〈남몰래 흘리는 눈물〉을 재생시켰다.

외로이 그대 뺨에 흐르는 눈물은 떠나지 말라고 말하네.
외로이 그대 뺨에 흐르는 눈물이 작별 키스로 남았네.
아! 나에게만 무언가 말하네. 할 말이 아직 많이 남아있다고.
아! 가지 마오. 내 사랑 가지 마오.
떠나지 마오, 그대 떠나가지 마오!
사랑을 주오, 살아남을 기회를 주오.

연애를 해보지 못한 그녀였으나 노래에 담긴 이별의 슬픔은 신기하게도 고스란히 전해졌다. 문득 느낀다. 평소보다 더 무겁게 감도는 공기를. 코끝에 전해지는 묘한 습기의 냄새를. 아니나 다를까, 빗소리가 들린다. 천둥도 친다. 4월의 봄날에 어울리지 않는 날씨다. 그녀는 최대한 눈을 크게 뜨고 정신을 집중한다. 이렇게 하면 그나마 선명한 얼룩이 보인다. 빗줄기는 볼 수 없지만 창이 있는 쪽에 햇살이 들어오는지 어두운지 정도는 구분할 수 있다. 어둡다.

그때 전화벨이 울려 깜짝 놀랐다. 유리는 반가움과 불안이 뒤섞인 감정을 애써 누르며 전화를 받았다. 선생님은 말을 길게 하지 않았다.

"도착했어. 조심해서 나와."

유리는 거울을 보고 싶었다. 선생님의 눈에 비칠 자신의 모습이 어떤지 너무나 궁금했다. 화장은 제대로 됐는지, 얼굴에 뭐가 묻진 않았는지, 옷이 삐뚤어지지는 않았는지.

삐걱거리는 소리가 나는 철문을 열고 나가자 선생님이 있었다. 목소리를 듣지 않아도 알았다. 선생님의 존재는 얼룩 중에서 가장 빛나는 얼룩이었다. 아무리 먼 거리에 있더라도, 다른 얼룩에 가려져 있더라도, 선생님이 근처에 있으면 그녀는 귀신같이 알아차렸다. 존재 위의 존재였고 감각 위의 감각이었다.

그녀는 대문을 닫고 멈춰 서서 기다렸다. 선생님이 손을 잡아줄 때까지.

"잘 있었어?" 가볍게 손을 잡고 묻는 안부 인사에 눈물이 왈칵 밀려왔다.

왜 어디를 누구와 그렇게 다녀오셨나요? 제가 얼마나 선생님을 기다렸는지 아나요?

"네." 그녀는 기어들어가는 목소리로 대답할 뿐이었다.

"방송 잘하던데?"

"보셨어요?" 관심을 확인하고 다시 기뻐졌다.

"다는 아니고. 루미가 나름 일을 잘 하나 보더라."

"좋은 친구에요. 정말 좋은 친구."

"그래. 인정할게. 처음에 내가 루미를 오해했어."

선생님이 차를 어디로 모는지는 알 수 없었지만 그녀는 목적지를 물어보지 않았다. 어디라도 상관없었다. 동해 바다라면 더 좋겠지만.

"할 말이 있는데 적당한 장소가 떠오르지 않아서. 차 안이 제일 낫겠다 싶었어."

다시 두려움이 파도쳤다. 이렇게 차가운 목소리로 말씀하셔야 해요? 저에게 이런 적은 없었잖아요.

"나 유학 간다."

예상하지 못했던 말이었다. 가슴이 울렁거린다. 어떻게 할지 모르겠다.

"아시는 분이 도움을 주기로 했어."

"언제요?"

"곧. 집은 당장 내일부터 비울 생각이야."

"내일부터요? 이사 가세요?"

"유학 가기 전까지 민주네 집에서 지내기로 했어. 민주하고 사귀기로 했다."

선생님. 아니라고 했잖아요. 오 피디님하고 그런 사이 아니라고 저한테 말씀하셨잖아요. 거짓말이었나요? 유리는 입이 떨어지지 않앉다. 가슴이 쿵쾅거렸다. 보이지 않는 눈을 제외한 모든 감각을 총동원했다. 선생님이 하는 말의 뜻, 그리고 말을 하는 선생님의 마음을 읽기 위해서였다. 그러나 평소에는 동물의 감각기관처럼 예민하던 청각도 후각도 촉각도 멍해졌다.

"축하해주면 안 되겠니?"

"좋은 일이네요." 그렇게 말하는 순간 유리의 눈에서는 눈물이 쏟아졌다. 참으려고 애를 써도 걷잡을 수 없이 흘러내렸다. 뭔가 단단하고 무거운 것이 가슴을 뚫고 들어와 피가 흐르는 기분이었다.

"기억나니? 슬픔에 지지 말자고 했던 말?"

선생님이 손을 잡아주었다.

"나도 안다. 유리가 선생님한테 남자로서의 감정을 갖고 있다는 걸. 충분히 이해한다. 넌 지금껏 남자친구를 사귈 상황이 아니었으니까. 남자라고는 오직 나밖에 없었으니, 사춘기의 감정이 온통 나에게 쏠렸을 거야. 이제는 다르다. 너에겐 앞으로 수십 가지 길이 열려있어. 그 길 위에서 많은 남자를 만날 테고 대부분은 나보다 훨씬 젊고 괜찮은 남자들일 거야. 너랑 나랑 딱 스무 살 차이가 난다고. 다들 아빠와 딸로 여길걸. 너 못 봐서 그래. 선생님 반쪽 얼굴은 아무것도 없는 흉터고, 나머지 반은 주름이 자글자글해. 고생을 많이 해서. 아마 실제로 날 보면 도망갈 거야."

"오 피디님을 사랑하세요?"

긴 침묵이 있었다. 이번에는 정신이 없는 유리도 알아차렸다. 침묵 속에 흔들리는 기현의 호흡을.

"그래. 사랑한다."

"제가 싫으세요?"

"아니."

"그런데 어떻게 오 피디님을 사랑하세요?"

"너를 좋아한다. 훌륭한 제자로."

"한 번도 저를 여자로 느끼신 적은 없나요? 제가 예쁘다고 하셨잖아요."

이번에도 선생님의 침묵이 불안하다.

"너는 예쁘다. 그러나 나의 몫은 아니야. 네 또래에, 너와 어울리는 누군가를 만나겠지. 그럼 나 같은 늙다리 괴물은 관심도 없을걸. 아니, 잠깐이나마 나한테 호기심을 가졌던 시절을 부끄러워할걸?"

"그런 거 말구요. 저를 한 번도 여자로 느낀 적 없냐고요."

"없다. 나는 한 번도 너를 여자로 느낀 적이 없다."

"저는 선생님 못 떠나요. 오 피디님하고 사귀어도 좋아요. 유학을 가도 좋아요. 유학 가실 때까지 저를 가르쳐주세요. 저는 선생님 좋아할래요. 그것만 허락해주세요."

"유리야. 잘 들어. 지금까지는 나밖에 없었으니까 내가 없다고 생각하면 막막하고 그럴 거야. 하지만 생각해봐. 나는 테너야. 너는 소프라노. 내가 너에게 발성을 가르쳐주고 오페라 이야기를 들려줄 수는 있어. 그러나 지금 정도 이상의 레슨을 해줄 수 없어. 너는 이제 더 이상 나한테 배울 게 없어."

"더 이상 배우지 않아도 좋아요. 지금처럼 계속 같이 노래해요."

"애처럼 굴래!" 선생님이 소리를 질렀다. 진심으로 노기 어린 고함이었다.

"내가 뭐랬어? 너에게 노래는 유일한 희망이라고 했지? 몸이 멀쩡한 애들보다 몇 배는 더 독하게 공부하고 더 잘 불러야 살아남을 수 있다고 했지? 강해져야 한다고 했어 안 했어?"

"선생님. 소리 지르지 마세요." 그녀는 다시 울음이 터질 것만 같았다. 주먹을 꽉 쥐고 참았다.

"지금 내가 소리 안 지르게 생겼어? 너 이런 나약한 마인드로 어떻게 탑클래스가 될래? 어떻게 살아남을 거냐고!"

"그럼 전 어떡하나요?"

"어머님하고 상의해서 앞으로의 커리큘럼을 짤 생각이다. 너를 가르쳐보고 싶다는 교수님이 계셔. 한때 유명한 소프라노셨다. 나보다는 열 배 더 좋은 선생님이야. 레슨 잘 받으면 좋은 대학에 입학하는

데는 무리가 없을 거다. 몇몇 대학에서는 장학금 얘기까지 나오고 있어. 방송 출연이나 음반 녹음은 신중하게 생각해 보자. 아직은 배울 게 많으니까."

유리는 정신을 차리지 못했다. 선생님이 하는 말 한 마디 한 마디를 문자 그대로 이해하려고만 애썼다.

"오페라 선생님이 아니라 인생의 선배로서 한마디만 할게. 앞으로 너는 많은 사람을 만날 거야. 그런데 만남에도 시작이 있고 끝이 있단다. 지금 너의 슬픔을 이해한다. 너에게 이별은 항상 너무 아프고 무서운 방식으로 왔으니까. 하지만 만남에도 유효기간이 있단다. 우리의 인연은 여기까지야. 그게 서로를 위해서 좋아. 너는 나와 헤어져야 더 좋은 소프라노로 성장할 거고, 나도 다시 재기하기 위해 공부를 더 해야 해. 좋은 사람과 연애도 하고 싶고."

유리는 더 할 말이 없었다. 선생님의 유학도, 사랑도 축하해 줄 수 없었다. 레슨도, 대학 진학도, 방송도 음반도 중요하지 않았다. 지금 이 순간 그녀에게 중요한 사실은 오직 한 가지였다. 선생님이 나를 떠난다.

빗속으로 흘러들어 가는 정적 속에서 그녀는 불쑥 손을 내밀었다. 선생님의 얼굴을 만졌다. 고무 같은 선생님의 뺨 위에 눈물이 흐르고 있었다.

60

민주가 있는 곳은 신사역 사거리 탐앤탐스 야외 테라스였다. 예전에 다른 프로그램에서 같이 일하던 작가가 결혼한다고 해서 청첩장을 받으려고 나간 자리였다. 몇 년 전만 해도 라디오헤드를 좋아하고 앤디 워홀을 찬양하던, 결혼제도와 우리나라의 교육시스템을 혐오하던 그녀의 입에서는 최근 부동산 시세와 혼수 유행이 줄줄이 흘러나왔다.

남편은 회식 자리에서 만난 타 방송국 피디라고 했다. 그녀는 또 다른 친구를 만나야 한다며 먼저 자리를 떴다. 민주도 일어나려다가 잠시 더 앉아 있었다. 비 오는 거리를 지켜보는 일이 오랜만이었다.

비 오는 일요일 오후 네 시. 언제나 북적이는 유흥가 골목에도 사람이 별로 없다. 우산을 나눠 쓴 연인이 그녀 앞을 지나갔다. 모델처럼 날씬한 여자에 비해 남자는 코가 들린 얼굴에 키도 작고 배가 볼록 나왔다. 여자는 남자의 팔에 낙지처럼 달라붙어 웃고 있다. 남자는 귀찮은 표정으로 담배를 피우며 걷는다.

사람은 어떻게 만나 사랑하고 결혼할까? 커플마다 모두 다른 스토리를 갖고 있겠지만 대략 몇 가지 방식으로 분류할 수는 없을까? 나는 결혼할 수 있을까? 일단 남자친구부터 만들어야겠지.

그러다 기현에게 생각이 미쳤다. 그에 대한 감정은 정리했다고 자신했었다. 그러나 코앞에 죽음이 닥쳤음에도 애써 담담하려는 우묵한 눈을 보았을 때 숨어있던 감정이 우르르 튀어나왔다.

비극적인 운명을 가진 남자가 실제보다 더 매력적으로 보일 나이는 지났는데, 그녀의 눈에 비친 기현은 어린 시절 보았던 숭배의 대상보다 더 강력한 매력을 발산했다. 그녀는 알았다. 그가 뿜어내는 매력의 핵심은 힘이었다. 운명을 거스르는 사람만이 가질 수 있는 위험한 힘.

금방 앞을 지나간 남녀가 주문한 커피를 들고 그녀 옆에 앉았다. 다른 자리가 몇 개 비었는데 왜 하필이면 여기에? 그녀가 자리를 옮길까 말까 망설이는 사이 여자가 남자에게 물었다.

"오빠. 아침에 왜 그렇게 전화 안 받았어?"

"몰라. 받기 싫으니까."

"왜 받기 싫어?"

"네가 나 닦달할 게 뻔하니깐. 존나."

"존나라는 말 쓰지 말라고 존나게 말했지?"

"나는 니가 좀 힘들다. 전화 몇 번 안 받았다고 한 시간 뒤에 우리 집 초인종 누르는 것도 무섭고. 그런 게 싫어. 존나."

"얘기할 게 있으니까 그렇지."

"얘기하는 게 아니라 따지는 거잖아. 아냐? 넌 싸우지 않아도 될 일에 왜 그렇게 집착해? 내가 그러지 말라고 했지? 왜 넌 자꾸 강요를 하고 고집을 부리냐고. 존나."

"나 오빠 존나 좋아해. 존나 사랑해. 그래서 그러는 거야."

더 이상 있다간 나까지 기분 망치겠다. 민주가 가방을 챙겨 일어나려는 순간, 쏟아지는 빗소리를 뚫고 핸드폰 벨소리가 들렸다. 그녀가 기다리고 있던, 어쩌면 오지 않기를 바라던 전화였다. 그녀는 존나 싸울 것 같은 커플에게서 멀리 떨어진 자리로 가서 전화를 받았다. 유리의 목소리는 예상과 달리 차분했다. 그녀는 선생님께 얘기를 다 들었노라고 했다.

"피디님도 아세요? 저 선생님 좋아했어요."

이 아이는 감정을 숨길 줄 모른다. 사람을 많이 만나지 못해, 대인관계에 필요한 방어기제가 없나 보다.

"그래도 선생님이 선택한 거라면 어쩔 수 없잖아요. 그런데 피디님. 저는 자꾸만 이상한 생각이 들어요."

"어떤 생각?" 민주는 자기 목소리가 떨리지 않기를 바랐다.

"선생님이 뭔가를 숨기고 계신 것 같아요."

가슴이 덜컹 내려앉았다. 이 아이는 감정을 숨길 줄 모르는 것뿐 아니라 남이 숨긴 감정까지도 보이나 보다.

"뭘? 선생님이 뭘 감춰?"

"선생님은 저를 여자로서 좋아하지 않는다고 하셨어요. 한 번도 그런 적이 없다고 하셨어요. 그런데 그렇게 말하는 선생님의 목소리가 거짓말을 하는 사람처럼 흔들렸어요. 저는 알거든요. 눈이 안 보이니까 목소리만큼은 남들보다 더 잘 들려요. 그래서 확인하고 싶었어요. 피디님이 말씀해주세요. 우리 선생님하고 어떤 사이에요?"

그가 신신당부했던 답변을 내놓을 시간이었다.

"서로 사랑하는 사이야. 우리는 많이 사랑해. 기현씨가 유학을 마치고 돌아오면 나는 결혼까지 생각하고 있단다. 마침 전화 잘했다. 솔직히 너에게 부탁하고 싶었어. 나도 여자야. 내가 사랑하는 남자 옆에 다른 여자가, 그것도 그 사람을 좋아하는 여자가 서성이는 건 싫어. 그러니 부탁할게. 앞으로는 선생님에게 연락하지 않았으면 좋겠어. 선생님이 어머니하고 상의해서 네 진로는 확실하게 준비해 놓으실 테니까. 그래야 나중에라도 우리 셋이 편하게 볼 수 있지 않겠니? 나도 너를 응원하고 도와주고 싶단다."

울지 않으려고 버티는 유리의 호흡이 핸드폰을 통해 전해졌다. 민주 역시 더 이상 버티기 어려웠다.

"그럼 이만 끊을게. 지금 다른 사람하고 같이 있어서."

전화를 급하게 끊었다. 좀 떨어져 있는데도 남녀의 말싸움이 생생하게 들렸다.

"오빠 진짜 인간적으로 나한테 이럴 수 있어? 오빠가 나를 오해하게 만들었어? 안 만들었어? 내가 다 잘못한 거야? 존나 인간적으로 생각 좀 해보라고!"

여자가 앙칼지게 쏘아붙이자 남자는 냉소로 응답했다.

"뭐? 인간적? 야. 니가 인간적이라는 표현을 쓰니까 존나 웃긴다. 인간적으로 너 바람피우다 걸린 지 얼마 되지도 않았잖아. 그것도 내 친구랑. 인간적이라는 말이 무슨 뜻인지는 아냐? 비 오는 날 헛소리 좀 그만해라. 됐고 밥이나 먹으러 가자. 배고파."

민주는 바닥에 주저앉았다. 기현과 유리의 마음은 이 세상에서 좀처럼 찾기 힘든 순정이었다. 멸종 위기의 꽃처럼 귀한 마음을 내 손으로 꺾어버렸다. 그녀는 허공에 소리치고 말았다.

"미안해 유리야. 미안해. 언니가 너무 미안해."

61

가만히 눈을 감았다. 강이 흐르는 소리가 들린다. 동해바다에서 들었던 웅장한 파도 소리가 테너의 하이 C 음이라고 한다면 강이 흐르는 소리는 넘실거리며 노래하는 메조소프라노 같았다.

"야 서유리. 열두 시 넘었다. 얼른 가자." 루미가 채근했다. 유리는 가만히 있었다.

"요즘 우리같이 이쁜 여자만 보면 범죄충동이 마구 솟구치는 사이코 새끼들이 많거든. 한강시민공원이라고 안전하진 않아. 게다가 이렇게 늦은 시간이라니."

처음부터 루미를 불러낼 생각은 아니었다. 선생님에게 전화를 하고 싶었다. 그러나 자꾸 오 피디님의 목소리가 귓가에 어른거렸다.

'우리 서로 사랑하는 사이야. 앞으로는 선생님에게 연락하지 않았으면 좋겠어.'

그 말이 유리의 의지를 꺾었다. 그러나 보고픈 마음, 듣고픈 마음만은 어찌하지 못했다. 혼자 집에 있다가는 몸 안에서 폭발이라도 일어날 것 같았다. 엄마에게 오늘 하루 루미 집에서 자겠다고 하고 루미를 불러낸 것이었다. 한강시민공원에서 모든 것을 다 털어놓았다. 현재의 상황은 물론이고 그녀의 깊은 마음까지도. 눈치 빠른 루미는 전부터 짐작했는지 크게 놀라지 않았다.

"날씨는 어때?" 유리가 물었다.

"이 밤에 날씨는 알아서 뭐하게?"

"밤하늘이 어떤지 궁금해서."

"맑네. 아주 맑아. 별도 많고 달도 커. 오늘은 보름달이네. 보름달이 남자의 성욕을 자극한다는 말 들어본 적 있지? 더 위험해. 얼른 들어가자."

"너는 어떻게 생각해?"

"네 마음은 알겠어. 그런데 솔직히 그 아저씨랑 오 피디랑 잘 어울리잖아. 나이 차이도 적당하고. 뭔가 좀 잘 맞는 거 같기도 하고. 서유리. 세상은 넓고 남자는 많아. 넌 이제 점점 잘 될 일만 남았잖아. 훨씬 더 좋은 남자도 만날 텐데."

"훨씬 더 좋은 남자 필요 없어."

"이 일편단심 소녀 좀 보게나. 아 담배 땡겨." 루미는 담배를 물고는 불을 척 붙였다.

"답답한 마음에는 담배가 좋은데, 함 빨아볼래?"

유리는 고개를 저었다. 대신 자리에서 천천히 일어났다.

"미워. 미워 죽겠어. 선생님도 피디님도."

"야. 솔직히 그 사람들은 죄 없어. 내가 아무리 친구고 매니저지만 그렇잖아. 그 사람들이 나쁜 짓 하는 것도 아니고. 그렇다고 선생님이 너랑 사귀는 도중에 배신 때린 것도 아니고. 너 선생님하고 아무 일도 없었지?"

"무슨 일?"

"스킨쉽. 키스를 했다거나, 아니면 혹시 선생님이 가슴을 만졌다던가."

"그런 말 하지 마. 아무 일도 없었으니까. 저번에 동해안 갔을 때."
유리는 거기까지 말하고 입을 닫았다. 루미가 눈을 크게 떴다.

"동해안 갔을 때 뭐? 무슨 일 있었구나!"

"같이 잤어."

"오 마이 갓!" 루미는 담배를 내던지고 펄쩍 뛰었다.

"잤다고? 왜 얘기 안 했어! 이거 진짜 난 년일세!"

"네가 생각하는 그런 거 아니야. 그냥 잤어. 꼭 안고."

"뭔 소리야. 꼭 안고만 잤다고? 그럴 리가 없는데. 혹시 선생님 진짜 고자냐? 그때 사고로 문제가 생겼나?"

"그때가 너무 그리워. 다시 돌아갔으면 좋겠어. 자꾸 생각이 나. 어떡해." 유리는 주먹을 꼭 쥐었다. 루미는 한숨을 쉬고 말했다.

"생각하지 마. 그 생각이 나려고 하면 다른 생각을 해. 아님 차라리 노래를 불러. 그래. 그게 좋겠다."

유리는 천천히 심호흡을 했다. 파도 소리가 이불이 되어 연인 아닌 연인을 덮어주던 밤을 떠올렸다. 어둠도 얼룩도 두려움도 막아줄 것 같던 선생님의 따뜻한 품을 떠올렸다. 품 안에서 그녀는 분명히 느꼈다. 꿈틀거리는 욕망을. 남자를 잘 모르는 그녀도 본능적으로 알았다. 선생님이 간절하게 그녀를 욕망하고 있다는 사실을.

'없다. 나는 한 번도 너를 여자로 느낀 적이 없다.'

선생님이 아니라고 부인해도 그날 밤의 기억을 떠올릴 때면 혼란스러워졌다. 그러나 이제 모두 부질없는 고민이다. 선생님은 떠났다. 다른 여자에게로. 이제 다신 천국 같은 품에 안길 일은 없겠지.

유리는 〈달에게 부치는 노래〉를 불렀다. 지금 그녀의 머리를 비추고 있을 달이 아니라 그날 밤 동해 바다를 밝혔던 달을 떠올리면서. 현실에서 허락되지 않는다면 가끔 꿈에서라도 그날 밤으로 돌아갈 수 있기를 기도했다.

벨벳 하늘의 달님이여.
당신은 멀리까지 빛을 보내고 온 세상을 거닐지요.
달님이여, 잠시만 제 곁에 머물러주세요.
제 사랑은 어디 있나요?
부디 그에게 전해 주세요.
제가 기다리고 있다고.
그대가 나를 꿈꾸리라는 작은 희망만을 품고.
달님이여, 그분이 지금 어디에 있더라도 비추어 주세요.
그리고 전해 주세요.

제가 기다리고 있다고.

62

 얼마 전 함께 찾았던 공원의 벤치였다. 평화로운 일상의 풍경은 그때와 다를 바가 없었다. 그러나 둘을 감싼 공기는 완전히 달랐다.
 기현에게 이야기를 들은 우현은 감정을 주체하지 못했다. 그는 머리를 쥐어뜯다가 자리에서 일어나 돌아다니기도 하고 중얼거리면서 고개를 흔들기도 했다.
 "찾아보자. 뭐라도 방법이 있겠지."
 "아니야. 방법은 없어. 손쓸 상황이 아니라잖아."
 "내가 의사를 만나볼게."
 "시간 낭비야."
 "그렇다고 그냥 있을 수는 없잖아?"
 "그냥 있지 않아. 할 일이 있어."
 "그런 사람이 입원도 안 하고 이렇게 돌아다녀? 썩은 간을 달고?"
 "입원해봤자 치료가 안 된다잖아?"
 "내 눈으로 직접 보고, 내 귀로 직접 들어야겠어."

집으로 돌아온 기현은 난간 앞의 의자에 앉았다. 군데군데 열기를 머금은 초여름 바람이 불었다. 사시사철 시끄러운 서울에서도 여름은 분명히 가장 시끄러운 계절이다. 여름이면 야경도 더 화려한 것 같다. 이 도시도 언젠가는 쇠락할까? 인간의 세상에서 시선을 떼고 고개를 들어본다. 여덟 시가 넘었는데도 아직 서쪽 하늘에는 태양의 흔적이 남아있다. 영혼은 하늘로 올라갈까 땅에 스밀까? 아니면 영혼 따위는 없는 것일까?

전화가 울렸다. 민주였다. 그녀는 기현의 몸 상태에 대해 시시콜콜 물어보았다.

"이상하리만큼 멀쩡해. 지금 느낌으로는 백 살까지도 살 것 같아."

"다행이네요. 내일 유리 첫 레슨이에요. 당신이 와주었으면 해요."

"내가 왜?"

"낯설어할 수도 있으니까요. 당신이 있으면 좀 더 자연스럽게 새 선생님하고 친해지겠죠."

"아니. 내가 있으면 여전히 나를 떠나지 못할 거야. 적응해야지."

"너무 그러지 마요. 정 그러면 유리하고는 안 만나더라도 선생님하고는 만나 봐요. 인사라도 드리는 게 낫지 않겠어요? 전 성악에 대해서 아무것도 모르잖아요. 부탁할게요."

"굳이 그럴 필요가 있을까?"

실랑이 끝에 유리하고는 만나지 않고 선생님한테 인사만 하기로 하고 전화를 끊었다. 일종의 인수인계랄까.

옥상에 앉아 가만히 있자니 자꾸 술 생각이 났다. 방에 들어가서 라디오를 켰다. 오페라도, 클래식 음악도 듣고 싶지 않았다. 하루하루 흔한 날을 사는 사람들의 목소리가 듣고 싶었다. 라디오 디제이는 문자로 온 사연들을 줄지어 소개하다가 어느 연인의 신청곡을 들려주었다.

"일기예보의 노래를 러브홀릭이 다시 불렀죠? 〈그대만 있다면〉."

라디오에서는 그가 원하던 흔한 사연과 흔한 가요가 흘러나왔다. 그러나 그의 마음은 라스칼라 극장에서 파바로티의 공연을 관람할 때보다 더 강하게 울렸다. 흔한 유행가 가사에 콧날이 시큰해졌다.

너와 함께 한 나날이 소나기처럼 스친다. 너를 처음 본 순간을 기억한다. 바로 이곳, 누추한 나의 거처에서. 불안하게 흔들리던 너의 시선도. 겨울보다 더 꽁꽁 얼어있던 우리의 마음도. 생각나니? 바다가 보고 싶다는 말에 바로 동해안으로 떠났던 날. 하늘은 푸르고 도로는 시원했지. 몸을 들썩이던 로큰롤 비트. 생애 처음 마주하는 바다 앞에서 두 팔을 벌리고 온몸으로 파도를 보던 너의 모습. 숨기려고 꽁꽁 묻어두었던 나의 욕망을 확인했던 밤. 나는 무서웠다. 너와 다시 못 볼 것처럼 멀어졌던 순간도 있었지. 너의 영혼을 움켜쥐고 있던 공포의 실체를 마주하던 순간도 기억한다.

너는 지금 무엇을 하고 있니? 혹시 너도 내 생각을 하고 있니? 나를 미워하고 있니? 내가 정말 너를 두고 갈 수 있을까?

63

윤혜선 교수는 최근에 떠오르는 신예 소프라노를 몇 명이나 길러낸 사람으로 유명했다. 기현보다 나이는 열 살 더 많았다. 기현이 국내에서 한참 활동할 때 그녀는 주로 외국에서 생활하면서 공연하러 다녔다. 안면은 없었지만 서로의 존재에 대해서는 잘 알았다.

"놀랍습니다. 저도 방송을 다시 보기로 몇 번이나 봤고요. 한기현 선생님의 열정에 감동받았습니다. 어릴 때부터 혼자 노래를 부른 아이라고 해서 발성이 걱정됐는데 기본을 아주 잘 잡아주셨더군요."

"저는 가르친 게 없습니다. 유리가 워낙 오페라를 좋아해서 자기가 열심히 한 것뿐이지요."

기현은 제자를 넘겨 보내는 선생님의 역할을 아주 충실히 수행했다. 유리의 성격, 특징, 단점, 지금까지 연습한 곡들과 레슨의 방식까지도 상세하게 설명해주었다. 그녀가 불렀던 노래를 녹음한 수백 개의 파일도 고스란히 USB에 담아 전해주었다.

차분하게 이야기를 마친 기현은 자리에서 일어났다.

"저는 이만 가보겠습니다. 괜히 제가 있으면 유리가 선생님한테 적응하는데 방해만 될 테니까요."

"그렇게까지 생각해주니 고맙습니다."

가볍게 악수를 하고 돌아서려는 찰나, 연습실의 문이 열렸다. 유리였다.

"안녕하세요?" 예의 씩씩한 목소리로 인사를 한 루미는 오 피디에게 유리의 손을 넘겨주었다. 민주는 루미의 입에 손가락을 대어 기현의 존재를 티 내지 말라고 신호를 주었다. 그리고 윤 교수에게 루미를 인사시켜주었다.

"유리의 매니저 역할을 하는 친굽니다."

루미는 어색한 표정으로 인사를 나누고는 연습실을 나섰다. 고개를 돌려 기현을 한 번 응시하는 것을 잊지 않고.

윤 교수는 유리의 손을 가볍게 잡았다.

"안녕? 나는 윤혜선이라고 해. 한기현 선생님하고 피디님 통해서 네 얘기는 많이 들었어. 며칠 전에는 어머님도 만나 뵈었고. 어머님이 선물로 주신 반찬도 잘 먹고 있단다. 우리 유리 실제로 보니까 훨씬 더 예쁘구나."

유리는 고개를 숙인 채 가만히 있었다. 민주가 거들었다.

"윤 교수님도 우리나라 최고의 선생님이셔. 물론 유명한 소프라노시기도 했고."

유리는 여전히 고개를 들지 않았다. 민주는 몸을 숙이고 유리의 손을 잡았다.

"유리야. 이제부터 윤 교수님이 너의 선생님이야. 인사부터 드려야지."

유리는 갑자기 민주 앞에 무릎을 꿇고 애원했다.

"피디님 잘못했습니다. 다시는 안 그럴게요. 기현 선생님한테 특별한 감정 안 드러낼게요. 기현 선생님한테 연락해주세요. 유학 가기 전까지라도 가르쳐 달라고 해주세요. 저 다른 선생님한테는 안 배울래요."

유리는 고개를 숙이고 싹싹 빌었다. 민주는 숨이 턱 막혔다. 윤 교수는 난감한 표정으로 입술만 깨물고 있었다. 몰래 연습실을 빠져나가던 기현은 문 앞에서 멈춰버렸다. 무릎 꿇은 유리의 모습에 한숨이 절로 나왔다.

그때였다. 갑자기 유리가 몸을 일으켰다. 그녀는 더듬이처럼 두 팔을 뻗치고 걸음을 옮겼다.

"선생님? 여기 계신가요?"

기현은 얼어붙었다. 유리는 갈팡질팡하면서도 점점 기현을 향해 걸음을 옮겼다.

"선생님 맞지요? 선생님!" 유리의 눈에서 눈물이 줄줄 흘렀다. 기현은 왈칵 솟아오르는 울음을 겨우 참았다. 유리의 손이 점점 다가왔다.

'그래 선생님 여기 있다. 어서 오렴. 꼭 안아줄게.'

유리의 손끝이 기현의 얼굴에 닿기 직전에 민주가 유리의 팔을 잡아챘다.

"오늘은 이만하고 가자."

민주는 윤 교수님을 보며 정중하게 허리를 굽혔다.

"교수님 죄송합니다. 유리가 아직 마음의 준비가 안 되었네요. 괜히 귀한 시간만 뺏었습니다."

"피디님! 선생님 여기 있죠? 맞죠?" 유리는 연습실을 나가지 않으려고 버텼다.

"아니야. 선생님이 왜 여기 있니? 유리야 진정해." 민주는 팔을 휘젓는 유리를 말리느라 정신이 없었다.

"나가자. 오늘은 그만하자."

민주가 겨우 유리를 데리고 나갔다. 선생님, 선생님, 애타게 외치는 소리가 메아리처럼 남았다. 그제야 기현은 꾹 눌렀던 입에서 손을 뗐다. 윤 교수도 대충 속사정을 짐작했는지 안타까운 시선으로 그를 보고 있었다.

침묵에 빠진 연습실처럼 기현의 마음이 텅 비었다. 눈을 감고 심호흡을 해본다. 닿으려고 애원하던 유리의 손길이 아직도 한 뼘 앞에서 흔들리는 것 같다.

64

검사를 끝낸 의사는 어깨를 으쓱했다.

"멀쩡하신데요? 시력도 좋은 편이고요. 불편하신 점이 있나요?"

"그런 건 아닙니다. 아픈 데는 없어요."

의사는 미심쩍은 시선을 거두지 못했다. 아픈 데도 없이 괜히 눈 상태를 봐달라고 부탁하는 환자는 없으니까.

"그럼 나가보셔도 됩니다."

"저 기억 못 하십니까?" 그 말에 의사는 잠시 기현의 얼굴을 응시했다.

"몇 달 전에 한 여학생하고 왔었지요. 모르시겠습니까?"

"하루에도 수십 명씩 환자들을 보니까요. 죄송합니다."

기현은 의사 쪽으로 몸을 기울이고 물었다.

"누군가를 정해서 각막을 기증할 수 있나요?

의사는 바로 고개를 내저었다.

"불가능합니다. 각막기증은 수혜자를 지정할 수 없습니다."

기현은 진료실 의자가 들썩일 정도로 큰 한숨을 토해냈다.

"자녀나 부모님에게 기증하시는 거라면 가능합니다. 직계 가족의 경우에는 수혜자 지정이 허용되니까요."

"가족은 아닙니다만."

"그럼 방법이 없습니다. 적출 수술도 이식 수술도 할 수 없어요."

"혹시 돈을 더 드리면…"

그 말에 의사가 미간을 찌푸렸다.

"나가주십시오. 저뿐 아니라 정신이 제대로 박힌 의사라면 누구나 이런 말을 들으면 불쾌할 겁니다."

기현은 병원에서 쫓겨나다시피 거리로 나왔다. 여름이 절정이었다. 맑은 하늘 아래 햇살이 축복처럼 퍼져 있다. 생명을 가득 머금은 열기가 넘실거린다.

어디로 가야 할지 몰랐다.

65

밤에도 기현은 불을 켜지 않았다. 옥상으로 나가지도 않고 좁은 방에 누워있었다. 몸에 힘이 하나도 없었다. 슬슬 죽음의 기운이 뻗쳐오는 것일까? 전에는 의식하지 못했던 몸무게가 짐처럼 무겁다. 중력이 두 배로 늘어났나 싶은 착각이 들 정도로.

인기척이 들려 나가보니 동생 우현이 서 있었다. 그제야 기현은 불을 켰다.

"오면 온다고 얘길 하지." 기현은 옥상에 놓인 의자에 앉았다.

"몸은 좀 어때?"

"피곤하네. 일찍 자야겠어. 이 시간에 무슨 일이냐?"

"뭐 보여줄 게 있어서."

우현은 핸드폰을 꺼내 동영상을 재생시켰다. 한눈에 봐도 수십 년 전에 찍은 것처럼 화질이 엉망인 화면 속에는 10대 소년 시절 기현의 모습이 담겨 있었다. 빌려 입은 턱시도 차림에 머리도 무스를 발라 뒤로 넘겨 한껏 멋을 냈다.

"어딘지 알겠어?" 우현이 물었다.

"정확히 기억이 안 나네. 얼굴 보니까 고등학교 때인 것 같은데."

"하긴 형은 이런 대회 자주 나갔으니까. 형이 고2 때야. 강북구청에서 열린 청소년 성악콩쿠르."

피아노 반주에 맞춰 화면 속의 기현이 노래를 부르기 시작했다. 베르디의 오페라 〈리골레토〉 중에서 〈여자의 마음〉이었다. 기현은 고개를 끄덕였다.

"노래를 들으니까 알겠다. 기억나."

풋풋한 소년은 눈빛과 손짓에까지 진지함을 담아 노래했다. 함께 영상을 보는 두 형제의 얼굴에 닮은 미소가 그려졌다.

"쪼그만 놈이 여자에 대해 뭘 안다고 이런 노래를 불렀대?"

"형은 어릴 때부터 어른인 척했으니까."

"그런데 어떻게 이게 영상으로 남아있지?"

"형 혹시 기억해? 내가 딱 한 번 아버지한테 맞은 적이 있었는데."

"글쎄다. 난 한 번도 니가 아버지한테 대드는 걸 본 적이 없는데?"

"형이 이 대회를 나갈 때쯤이었어. 내 생일 선물로 아버지가 게임기를 사주시기로 했거든. 근데 아버지가 게임기 대신 비디오카메라를 사왔어. 형이 콩쿠르에 자주 나가니 찍어야 한다고. 이건 그렇게 산 캠코더로 찍은 처음이자 마지막 화면이야. 내가 다음날 카메라를 친구네 집에 숨겼거든. 아버지한테는 버렸다고 거짓말을 하고. 아버지가 노발대발 난리가 났지. 난 처음이자 마지막으로 아버지한테 반항했어. 나는 뭐냐고. 내 생일인데 왜 형 선물을 사오냐고."

"난 정말 기억이 안 난다."

"형에게는 대수롭지 않은 사건이었던 거지. 형은 옆에서 말리지도 않고 보고 있더라. 아버지는 내 뺨을 때렸어. 그때 하신 아버지 말씀이 잊히지 않아."

"뭐라고 하셨는데."

"형은 특별한 사람이라고. 그런 형이 있는 걸 감사하게 생각하라고."

"미안하다 우현아."

"아니. 사과하지 마. 이젠 내가 형한테 용서받을 차례야. 그때 카메라를 친구 집에 맡겨놓고 비디오테이프만 찾아왔어. 아버지한테는 이 화면을 한 번도 보여주지 않았어. 내 나름의 복수였지. 그리고 나는…나는…"

우현은 갑자기 목이 메었다.

"나는 평생 형을 미워했어."

여름밤을 떠돌던 바람이 형제 주변에 잠시 머물렀다. 반달은 밝기도 밝았다. 아래 골목의 주점에서는 어김없이 취객들의 떠드는 소리가 뭉글거렸다. 그 속으로 동생의 고백이 이어졌다.

"사고가 나고 형이 몰락하는 모습을 보면서… 나는 좋아했어."

기현은 조용히 동생의 손을 잡아주었다.

"검사결과 나왔어." 우현의 목소리는 비장했다.

"무슨 검사결과?"

"조직검사."

"우현아. 왜 쓸데없는 짓을 해?"

"살 수 있대!" 우현이 소리치며 기현의 손을 잡았다.

"이식하자. 형."

"안 해. 너까지 위험해진다."

"가능성 있대."

"가능성? 이십 프로? 삼십 프로? 그런 가능성에 왜 목숨을 걸어?"

"용서받을 기회를 줘."

"난 이미 너를 용서했다."

"유리한테 눈을 주고 싶어서 그래? 형이 그런 생각할 것 같아서 알아봤어. 각막은 받는 사람을 지정해서 기증할 수 없대!"

"나도 안다. 그럴 수 없다더라."

"그런데 왜 죽으려고 그래?"

"죽으려고 하는 거 아니다."

"그러니까 수술하자고! 형 제발 포기하지 마."

형은 동생에게 설득당하지 않았다. 동생도 형에게 설득당하지 않았다.

우현이 돌아가고 홀로 남은 기현은 스스로에게 물었다.

죽음이 두려우냐? 구원받지 못할까 봐 두려우냐? 아니면 구원받을까 봐 두려운 것이냐? 혹, 구원하지 못할까 봐 두려우냐?

성큼 다가온 죽음의 무게가 가슴을 짓누른다. 육체의 기운은 소진하였으나 정신의 불꽃은 기를 쓰고 마지막 힘을 내어 타오르고 있다.

진정으로 두려운 것이 무엇이냐?

그는 영혼만이 답할 수 있는 질문에 결국 답을 얻었다.

66

선생님으로부터 전화가 걸려올 줄은 몰랐다. 몇 달 만이었다. 잘 있었니? 안부를 묻는 목소리를 듣는 순간 유리는 온몸에 힘이 쭉 빠졌다. 방바닥에 주저앉아 벽에 등을 기댔다. 선생님의 목소리는 한참 레슨을 하던 시절처럼 친절했다.

"새 선생님한테 적응을 잘 못 한다는 얘기 들었어. 아직 레슨 시작 못 했지?"

"네."

"노래 그만둘 생각이니?"

유리는 북받치는 설움을 누르느라 대답할 정신이 없었다. 선생님은 한층 더 누그러진 목소리로 말했다.

"나 내일 출국해. 2년 동안 한국에 안 들어올 계획이야. 통화도 힘들 듯해. 마지막으로 우리 유리 목소리 듣고 싶어서 전화했어. 그러니까 하고 싶은 말 다 할게. 잔소리처럼 들리겠지만 들어줘. 알겠지."

"네 선생님."

"포기하지 마. 음악은 너에게 유일한 빛이잖니. 노래를 포기하면 너와 나의 추억마저 무의미해진다. 나는 유리가 멋진 소프라노로 성장했으면 해. 언젠가 무대에서 함께 노래를 부를 수도 있잖아. 내가 얘기했었지? 테너로 활동할 때 내 소원이 멋진 파트너였다고. 약속해 줄래 유리야? 새 선생님하고 열심히 레슨 하겠다고."

"선생님 안 가면 안 돼요?"

"안 돼."

유리는 선생님의 목소리에서 미세한 떨림도 감지하지 못했다. 감정을 담지 않은 음성이었다. 그녀는 절망했고 차라리 조금씩 차분해졌다.

"그거 아니? 사람의 말은 하늘에 닿지 않지만 노래는 닿는대. 그러니까 노래를 부르면 멀리 있을 나에게도 들릴 거야. 약속해줘. 계속 노래하겠다고."

"그럼 선생님도 약속해주세요. 돌아오면 꼭 다시 찾아오겠다고. 같이 노래하겠다고."

"약속할게."

선생님의 음성이 떨렸다. 그러나 떨림의 이유는 짐작하기 어려웠다.

"유리야. 우리 슬픔에 지지 말자."

유리는 주먹을 꼭 쥐었다. 자꾸만 눈물이 나려고 했다. 울면 선생님이 실망할 텐데.

"잘 가라는 인사 해줄래?"

유리는 몇 번이나 심호흡을 한 다음 말했다.

"잘 다녀오세요. 선생님."

"그래. 잘 있어."

선생님은 할 말이 남은 사람처럼 머뭇거리다가 전화를 끊었다. 유리는 끝내 눈물을 참아냈다.

이제부터 기다림이 나의 희망이다. 희망이 있으니 다시 노래할 수 있겠지.

67

 석 달째 일요일 오전마다 청소를 해 온 잠원동 아파트 식구들은 윤희가 오는 시간에 맞춰 교회에 나갔다. 청소, 설거지, 침구 갈이까지 한 뒤에 집 안의 쓰레기를 버리는 것으로 일을 끝낸 윤희는 화장대에 놓인 봉투를 집어 들었다. 봉투에 든 일당 오만 원짜리 지폐 한 장을 지갑에 옮겨 담고 집을 나섰다.
 오후에는 일을 잡지 않았다. 일요일 오후는 그녀의 집을 청소하는 시간이다. 레슨을 마치고 돌아오는 유리를 위해 맛있는 음식도 준비하고.
 반듯하게 깔린 보도를 걸어 강남고속버스터미널 역까지 걸었다. 바람이 제법 쌀쌀했다. 낙엽이 발에 깔리는 느낌이 좋다. 한강시민공원으로 놀러 가는 젊은이들이 재잘거리며 그녀 곁을 스쳤다. 남자아이가 든 비닐봉지에 먹을거리들이 잔뜩 있었다. 더 추워지기 전에 유리를 데리고 나들이나 한번 나가보면 좋겠다고 생각이 들었을 때쯤 주머니 속의 핸드폰이 진동했다. 윤희는 문자를 확인하고 전화를 걸었다.
 그녀가 들은 말은 이 계절이 가을이 아니라 봄이라는 말과 같았다. 그녀 손에 들린 것이 핸드폰이 아니라 권총이라는 말과도 같았다. 외계인이 불쑥 나타나 눈앞에서 공간 이동을 보여준다면 이런 기분일까? 거울 속의 자신이 악수를 청한다면 이런 기분일까?

멈춰 있는 그녀 곁으로 사람들이, 시간이 지나쳐갔다.

68

이제는 휠체어 끄는 일이 제법 익숙해졌다. 민주는 호스피스 병원 뒤편의 뜰을 한 바퀴 돌았다. 기현은 조는지 깨어 있는지 고개를 휠체어 머리 받침에 기댄 채 움직이지 않았다. 간 기능이 거의 정지된 몸은 형편없이 야위었고 피부는 거무죽죽하게 변했다. 눈에 가득하던 광채만이 아직 희미한 빛을 발산했다.

시멘트로 만들어 놓은 작은 연못 앞에 멈췄다. 이름을 알 수 없는 물고기 몇 마리가 부지런히 움직이고 있었다. 인적이 드문 외곽에 병원이 위치한 탓에 야외인데도 조용하다. 사람 목소리도 자동차 소리도 들리지 않는다. 죽음을 기다리는 것 외에는 할 일도, 자극도 없는 곳이다.

"한 마리가 줄었네." 기현이 중얼거렸다.

"어떻게 알아요?"

"지느러미 양쪽에 갈색 얼룩무늬가 있던 물고기가 사라졌어. 죽었나 봐. 잘 움직이지 않더라니."

"들어갈까요? 날이 많이 춥네요." 민주는 기현의 가슴께로 흘러내린 담요를 목까지 끌어올려 주었다.

"그래. 들어가자. 이렇게 보고 있는데 눈앞에서 물고기가 죽으면 너무 슬프겠다."

"그런 일은 일어나지 않아요."

"모르지."

"며칠 전에 우현씨 만났어요."

"우현이를 왜?"

"아내분이 공개방송 방청을 오고 싶다고 하셔서 같이 왔었어요."

"잘했네."

"우현씨한테 얘기 들었어요."

기현은 반응이 없었다. 표정의 변화조차 없는 그를 보며 민주는 가슴이 미어졌다.

"정말 살고 싶지 않아요?"

"죽고 싶은 사람이 어딨어."

"그런데 왜 이식수술을 거절했어요?"

기현은 빙긋 웃고 말았다. 민주는 차마 묻기 두려웠던 질문을 내놓았다.

"후회하지 않아요?"

"후회하지 않아."

눈발이 스르르 내려왔다. 민주는 고개를 들어 첫눈을 맞이했다. 이렇게 쓸쓸한 첫눈은 처음이었다.

"그만 가 봐. 방송일도 바쁠 텐데."

"시간 넉넉해요. 오전 반차 휴가를 써서."

"왜 금쪽같은 휴가를 이런 곳에서 보내? 바쁘지 않아? 곧 연말이잖아."

"시간이 참 무정하네요."

눈이 더 쏟아지기 전에 민주는 휠체어를 밀고 병원 건물로 들어갔다.

"보러 가고 싶어." 기현이 불쑥 말했다.

"뭘요?"

"알잖아."

"이 몸으로는 무리에요. 그냥 TV로 봐요. 어차피 생방송인걸요."

"가까이서 응원해줘야지."

그렇게 말했지만 민주는 다르게 들었다. 보고 싶어. 사무치도록 보고 싶어.

기현은 최근 들어 유리 이야기를 꺼내지 않았다. 민주는 그가 애써 그리움을 누르고 있음을 알았다.

"허락해줘."

"안 돼요. 무슨 일이라도 생기면 어떡해요?"

"우리 눈앞에서 물고기가 죽는 일이 없듯이 내가 스튜디오에서 죽는 일도 없을 거야."

"의사하고 상의해볼게요."

"의사는 당연히 안 된다고 하겠지."

기현은 힘겹게 고개를 들어 민주를 쳐다보았다. 차마 그 눈을 똑바로 볼 수 없었다. 차마 거절할 수 없었다. 사랑하는 이의 모습을 보고 싶다는 남자의 마지막 부탁을.

"한 가지만 더."

"뭔데요?"

"턱시도를 구해줘. 내가 보는 마지막 무대일 텐데. 의상을 갖춰 입고 싶어."

69

 제15대 어메이징 스타를 뽑는 연말 특집 방송이 10분 남았다. 스튜디오 안은 열기로 가득했다. 프로그램의 인기가 높아지면서 방청 신청이 너무 몰렸다. 방청석에 앉은 사람들은 120대 1의 경쟁률을 뚫고 뽑힌 운 좋은 사람들이었다.
 민주의 큐 사인과 함께 방송이 시작되었다. 1년 동안 4주 연속 우승을 차지한, 모두 다섯 명의 리틀 스타가 겨루는 형식이었다. 출연자들은 다들 갈고닦은 실력을 무대에서 뽐냈다. 방청석의 열기는 물론 ARS 참여도 대단했다. 시청률 걱정은 안 해도 되지 싶었다.
 민주는 생방송 도중에는 절대로 무대에서 눈을 떼지 않는 피디였다. 그런데 오늘 그녀의 시선은 틈날 때마다 방청석을 향했다. 목숨을 걸고 스튜디오를 찾은 남자에게. 기현은 보는 이가 안쓰러울 정도로 몸이 말랐다. 해골에 얇은 피부만 발라놓은 것 같은 얼굴은 눈빛마저 흐릿해진 모습이었다. 입고 있는 턱시도가 버거워 보였다.
 의사는 만류했었다. 이런 몸으로는 절대 병원밖에 나갈 수 없다고. 기현은 혀를 깨물고 죽겠다고 떼를 썼다. 평온하게 병실을 지키던 몇 달간의 모습을 볼 때 이례적인 일이었다. 민주는 말리면서도, 사실은 그를 데려오고 싶었다. 만일의 경우를 대비해 기현의 옆자리에는 의사가 앉았다. 사정을 전해들은 병원의 배려로 구급차도 방송국 주차장에 대기 중이었다.

유리의 차례가 돌아왔다. 지금까지 방청객 심사단의 점수는 두 번째로 무대를 펼친, 국악 여신이라는 별명이 붙은 참가자가 제일 높은 점수를 유지하고 있었다. 20대 중반의 나이가 믿어지지 않을 만큼 구성지고 농익은 목소리에 패널 심사단으로 참가한 명창 신영희 씨마저 극찬을 아끼지 않았다.

사회자의 안내를 받으며 유리가 무대에 올랐다. 밤의 여왕으로 분장했던 예선 무대와 달리 이번에는 웨딩드레스를 입고 머리에는 하얀 꽃으로 만든 화관을 썼다. 유리는 허리 굽혀 인사를 하고 떨리는 목소리로 노래 설명을 했다.

"오늘 제가 부를 노래는 벨리니의 오페라 〈청교도〉 중에서 〈엘비라의 아리아〉입니다. 두 곡을 이어 부르겠습니다. 〈그대의 달콤한 목소리가 나를 부르네〉 그리고 〈돌아오라 내 사랑〉."

심호흡을 한 다음 노래를 시작했다. 결혼식 날 신랑을 잃어버리고 실성해버린 신부의 마음을 노래하는 아리아. 사랑하는 아르투르를 그리워하는 마음이 수정처럼 투명한 음색에 담겨 스튜디오 안에 반짝였다.

여기 있었지요. 달콤한 그대의 목소리.
나를 부르더니 사라져버렸어요.
사랑을 보여주고는 잔인하게도 사라졌어요.
아, 이제 더 이상 함께 하지 못하네요.
희망이여 돌아오라!
그렇지 않으면 내가 죽게 해다오.

 지난번 예선처럼 고음을 강조한 기교적인 아리아를 기대했던 방청객들은 조금 의외의 선곡이라는 표정을 짓기도 했다. 그러나 이내 아름다운 음악에 젖어들었다. 그녀는 두 손을 가슴에 모으고 계속 노래했다.
 두 번째 노래 〈돌아오라 내 사랑〉이 시작되었다. 이제부터는 아찔한 고음과 초절기교로 소프라노 음역의 한계를 시험하는 파트였다. 선율의 계단을 타고 차츰차츰 높아지는 그녀의 목소리는 스튜디오 천장을 뚫고 하늘로 솟아오를 것만 같았다. 방청객들은 완벽하게 압도되었다. 민주도 넋을 잃고 무대를 지켜볼 뿐이었다.

돌아와요 내 사랑.
하늘에 달이 떴어요.

모든 것이 조용하네요.

날이 새기 전까지 이리 와서 내 가슴에 안겨요.

서둘러요 나의 아르투르.

돌아와요 내 사랑. 당신의 엘비라에게.

민주는 관객석에서 기현을 찾아보았다. 금방이라도 꺼질 듯 희미하던 그의 눈빛은 어느새 다시 힘을 찾았다. 멀리서도 알 수 있었다. 사랑을 숨긴 채 떠나야만 했던 기사 아르투르의 모습이 그와 겹쳐 보였다. 온몸에 퍼진 암세포와 싸우면서 최후의 오페라를 작곡한 벨리니와도 닮았다.

이제 노래는 악명 높은 고음을 남겨두고 있었다. 난다 긴다 하는 소프라노들도 마지막 고음을 충분히 소화하기는 어려웠다. 높이가 높으면 힘이 없고, 힘이 있으면 호흡이 짧았다. 민주가 아는 한 높이와 힘, 길이까지 삼박자를 고루 갖추어 이 노래의 클라이맥스를 불러낸 사람은 전성기 시절의 마리아 칼라스, 조안 서덜랜드 같은 전설의 소프라노들밖에 없었다.

과연 유리가 제대로 해낼 수 있을까? 민주는 조마조마한 마음으로 무대를 지켜보았다. 객석 제일 앞자리에 앉아있는 윤희도, 그 옆에 앉은 루미도, 노래를 들으면서 유리의 팬이 되어버린 방청객 모두

기도하는 심정으로 점점 높이 올라가는 유리의 목소리를 응원하고 있었다.

끝을 모르고 올라가던 유리의 목소리는 마침내 인간이 상상할 수 있는 최고음에 도달했다. 그것은 사자후와도 같았다. 사람들은 굳어버렸다. 사람들을 전율하게 만든 건 아찔한 음의 높이만이 아니었다. 놀랍도록 오래 이어지는 절정의 음 안에서 그녀는 가슴 가득한 그리움을 토해내고 있었다. 돌아오라고. 제발 내 품으로 돌아오라고.

아득하게 이어지던 고음이 멈추고 노래가 끝났다. 정적이 흘렀다. 1초, 2초, 3초… 아무도 먼저 소리를 내거나 움직이려고 하지 않았다. 그러다 누군가 처음 박수를 쳤다. 해일이 몰려들듯 박수가 쏟아졌다. 누군가 먼저 자리에서 일어나자 약속이나 한 듯 모든 관객이 일어서서 박수를 보냈다. 그녀가 부른 노래만큼이나 우렁차고 긴 박수를.

박수를 진정시키고 방송을 계속해야 할 스태프들도 잠시 할 일을 잊었다. 패널들마저 일어나서 박수를 쳤다. 그들의 눈도 모두 젖어 있었다.

"아 진짜 미치겠다. 어떻게 저렇게 노래를 부르냐. 이건 반칙이야." 감동해서 목이 멘 작가의 목소리가 인터컴으로 들렸다.

기립 박수가 이어지는 객석에서 기현은 혼자 앉아 있었다. 그는 힘겹게 팔을 들어 박수를 치기 시작했다. 죽음이 집어삼키기 직전의 야윈 뺨 위로 하염없이 눈물이 흘렀다. 그 모습을 보던 민주도 참던 울음을 터뜨렸다.

그녀는 젖은 눈으로 보았다. 무대 위에 선 유리가 정확히 기현 쪽으로 고개를 향해 있는 모습을. 눈부신 웨딩드레스를 입은 그녀는 팔을 들어 기현 쪽으로 뻗었다. 잃어버린 신랑을 찾는 신부의 몸짓이었다. 턱시도를 입은 기현 역시 신부를 향해 팔을 뻗었다. 애처롭게도 쓰다듬듯이 손을 움직였다.

맙소사. 정말 저 둘은 보이지 않아도 보이는 것일까? 닿지 않아도 닿는 것일까?

민주는 눈을 감고 물었다.

하느님, 정말 저들을 갈라놓으실 건가요?

70

하늘은 매일 몇 시간씩 쳐다봐도 질리지 않았다. 나무를 보는 일도 즐거웠다. 그녀는 속으로 인사를 건넸다. "안녕 반가워. 내 이름은 유리야." 나른한 봄 햇살도 눈을 간질였다. 개나리 진달래 철쭉,

차례로 피어나는 봄꽃은 볼 때마다 눈으로 향기가 전해오는 기분이었다. 무엇보다 행복한 일은 사람을 보는 것이었다.

각막 이식 수술에 성공하고 처음 본 얼굴은 엄마의 얼굴이었다.

"엄마가 보이니?"

그녀는 그렇게 물어보았다. 고개를 끄덕이자 그저 끌어안고 울기만 했다. 엄마는 생각했던 것보다 훨씬 나이 들어 보였지만 그래도 너무 좋았다. 엄마 다음으로 본 루미는 상상했던 것보다 훨씬 예뻤다.

누구보다 자신의 모습을 처음 본 순간이 가장 경이로웠다. 거울 속에 비친 얼굴이 마치 선물 받은 얼굴처럼 낯설었다.

'너였구나.'

그리고 그녀는 선생님의 얼굴을 보았다. CD 재킷에 실린 선생님의 모습은 20대 중반의 청년이었다. 하얀 피부에 자신만만한 미소, 그리고 긴 눈썹을 가진 눈까지. 그녀는 가슴이 설레었다. 〈어메이징 쇼〉의 방송분량을 동영상으로 다시 보면서 최근의 선생님 얼굴도 볼 수 있었다. 화면에 클로즈업 되어 보이는 얼굴은 그녀의 손끝이 기억하는 감각과 비슷했다. 왼쪽이 모두 검붉게 얽혀버린 얼굴이어도 상관없었다. 다시 그 얼굴을 볼 수만 있다면. 만질 수는 없겠지만 볼 수는 있겠지. 그녀는 기쁨과 슬픔을 동시에 느끼며 몇 번이고 영상을 돌려보았다.

수입 각막을 기증받게 되어 이식 수술을 감행했다. 성공 확률이 낮았지만, 이번에 실패하면 다신 기회가 없다고 했지만 엄마가 단호하게 수술을 고집했다. 이름도 얼굴도 모르는 외국인 기증자에게 유리가 선물 받은 것은 종잇장보다 더 얇은 막이었지만 그것으로 그녀는 세상을 얻었다.

암흑 속에 잉태되어 있다가 스무 살 아기로 태어난 기분이었다. 모든 것이 축복이었다. 수술에서 회복하고 시력을 찾은 뒤로 유리는 하루도 집에 있지 않고 밖을 돌아다녔다. 혹시나 해서 루미가 그녀를 따라다녔다. 유리는 거리를 걷는데도 보통 사람보다 몇 배로 걸음이 느렸다. 흔한 도로 위에도 봐야 할 것들이 너무 많았으니까. 끝없이 줄지어 지나가는 자동차들도 아직은 신기했다.

"언제까지 그렇게 두리번거릴 거야?" 루미가 핀잔을 줬다.

"네가 이십 년 동안 본 걸 며칠 만에 다 보려니까 그렇지."

"천천히 봐. 네 눈 누가 안 뺏어가."

"루미야. 고마워. 그동안 내 눈 역할을 해줘서."

"고맙다는 얘기 자꾸 하지 마. 정말 내가 너한테 대단히 잘해준 것 같잖아. 이제는 혼자서도 마음껏 돌아다녀도 돼. 그래서 말인데 나 매니저 일 그만두려고."

"안 돼!"

"이젠 눈이 생겼잖아. 나는 네가 정말 세계적인 가수가 됐으면 좋겠어. 그런데 나는 음악에 대해서, 그쪽 비즈니스에 대해서 아무것도 몰라."

"나는 너로 충분해."

"아니. 그렇지 않아. 나는 네가 정말 일류 오페라 가수가 된 모습을 보고 싶어. 요 며칠 사이 가끔 상상했어. 네가 유럽이나 미국의 멋진 무대에서 노래하는 모습을. 조수미 아줌마처럼 말이야. 화려한 무대 의상을 입고 노래하는 네 모습을 상상하기만 해도 눈물이 날 것 같아. 나는 너를 그 무대에 올려줄 수 없어."

"아니야. 네가 옆에 있어야 해."

"너와 계약하고 싶다는 기획사들이 줄을 섰어. 그 사람들이 할 일이지. 나는 너를 방송국에 데려다 줄 수도 있고 섭외 전화를 승낙하거나 거절할 수는 있어. 그러나 그 이상은 해주지 못해. 너는 더 먼 곳으로 가야 해. 나도 여기서 먹고살 길을 찾아야지. 이제 제대로 미용 일을 배울 거야. 21세기 자본주의 사회에서 나같이 머리 나쁜 여자가 먹고사는 일이 얼마나 피곤한데."

루미는 유리의 손을 꼭 잡으며 말을 이었다.

"나는 지금도 너의 매니저였다는 사실이 자랑스러워. 하지만 화제성으로 방송 출연이나 하다가 음악을 그만두면 화가 날 거 같아. 네가 세계적인 오페라 무대에 서는 모습을 보면 그 자랑스러움이 평생을 가겠지. 네가 TV에 나오면 나는 주변 사람들에게 말할 거야. 내가 너를 키웠다고. 내가 저렇게 멋진 소프라노의…"

루미는 잠시 말을 멈추었다. 그녀는 눈물을 글썽이며 미소 지었다.

"대신 부탁이 있어. 어떤 무대에서도 좋으니 한 번만 나를 위해서 노래를 불러줘. 노래를 부르기 전에 이렇게 말해줘. 한때 내 매니저였던, 내가 제일 좋아하는 친구 루미를 위해서 이 노래를 바칩니다. 할 수 있겠어?"

유리는 목이 메어 대답 대신 고개를 끄덕였다. 루미가 유리를 꽉 끌어안았다.

"약속 안 지키면 죽는다."

격하게 등을 쓰다듬어 주고는 떨어졌다.

"오늘부터 뒤에서 너를 응원할게. 이제 혼자 걸어가."

루미는 손을 흔들어주고 떠났다. 그녀를 잡고 싶었지만 잡으면 안 될 것 같았다. 뒷모습이 완전히 사라질 때까지 유리는 멈춰 있었다. 비로소 홀로 남았을 때 유리는 알았다. 이제 눈이 있다. 두려워 말고 세상 속으로 들어가자.

그녀는 핸드폰을 꺼냈다. 민주에게 전화를 걸고 싶었다. 눈을 되찾았다는 이야기를 해주고 기현 선생님에게도 기쁜 소식을 전해달라고 부탁하려 했다. 그러나 또 다른 마음이 의지를 꺾었다.

 전화를 거는 대신 그녀는 걸었다. 거리의 풍경을 두리번거리지 않고 걸었다. 혼자 버스를 타고 지하철도 탔다. 그녀는 스스로에게 물었다.

 '이제 너는 어디로든 갈 수 있어. 제일 먼저 어디에 가보고 싶니?'
 곁을 지나가는 수많은 사람들만큼 무수한 생각이 머리를 스쳤다.
 출렁이는 마음을 애써 누르고 집으로 돌아왔다. 그러나 늦은 밤, 유리는 더 이상 참지 못하고 루미에게 전화를 걸었다.

71

 아침부터 하루 종일 망설이다가 집을 나섰다. 도착했을 때는 저녁이 다 되어서였다. 흔하디흔한 4층짜리 다세대 원룸 건물 앞에서 유리는 또 망설였다. 옥탑방에는 이미 다른 사람이 살고 있을 텐데.

 주소를 알려달라는 전화를 받은 루미도 걱정하지 않았나. 어차피 다른 사람이 살고 있을 텐데 가서 뭐하냐고. 그래도 유리는 마음에 솔직하고 싶었다. 두 눈을 찾은 그녀가 자기 발로 제일 먼저 찾아가고 싶은 곳은 선생님의 옥탑방이었다. 그곳을 눈으로 봐야 기억이 완성된다. 암흑과 슬픔뿐이었던 지난 20년 동안 유일한 빛과 기쁨이었던 기억이 완성된다.

유리는 항상 루미의 손을 잡고 오르던 좁은 계단을 혼자 올랐다. 한 계단 한 계단 오를 때마다 가슴이 조금씩 더 빠른 속도로 뛰었다. 마지막 층계참에서 잠시 걸음을 멈추고 심호흡을 했다. 마침내 옥상에 발을 디뎠다.

생각했던 것보다 작은 옥상을 둘러싼 하늘에는 노을이 절정이었다. 옥탑방에는 불이 꺼져 있었다. 아직 집주인이 들어오지 않은 모양이었다. 유리는 난간 앞에 서서 아래를 내려다보았다. 높은 지대에 건물이 있어서 시야가 가리지 않고 넓게 보였다. 동네 골목들부터 멀리 한강과 강 건너 강남까지. 군데군데 불이 켜진 서울은 야경을 뽐낼 채비를 마치고 있었다.

수업을 받다가 쉴 때면 종종 이렇게 옥상에 나왔다. 시원한 바람을 맞으면서 선생님은 오페라 이야기를 들려주고 눈앞의 풍경을 묘사해주기도 했다. 가끔 유리는 상상했다.

'선생님하고 결혼하면 매일 이렇게 저녁노을을, 밤하늘을, 서울의 야경을, 오페라를 들을 수 있겠지?'

유리는 궁금해졌다.

'선생님도 혼자 이 자리에 서서 나를 생각한 적이 있을까? 나를

그리워한 적이 있을까?'

 그때였다. 누군가 계단을 올라오는 소리가 들렸다. 당황한 유리는 그 자리에서 얼어버렸다. 뭐라고 변명을 할까 망설이는데 옥탑방 주인이 모습을 드러냈다. 서른쯤 되어 보이는 깔끔한 느낌의 여자였다. 그런데 그녀는 유리를 보자마자 자리에 주저앉아 버렸다. 유리가 깜짝 놀라 다가갔다.

 "죄송합니다. 예전에 살던 사람을 찾아왔어요. 저한테는 추억의 장소라서요. 한 번 꼭 와보고 싶어서요."

 유리는 일으켜주려고 손을 내밀었다. 그런데 주저앉은 여자는 당황한 표정을 떨치지 못하고 고개를 내저을 뿐이었다. 그러다가 그녀가 유리의 이름을 중얼거렸다. 유리는 그 목소리를 알았다. 잠시 멍해졌다.

 '오 피디님이 왜 여길 찾아왔지? 기현 선생님은 오스트리아로 떠났는데. 이 집은 다른 사람이 살고 있을 텐데.'

 "피디님이 어떻게 여길 오셨어요? 참 저 각막이식 수술 받았어요. 결과가 좋아요. 이제 눈이 보여요. 피디님 이렇게 생기셨구나."

 "엄마한테 들었어. 축하한다." 간단한 인사말인데도 불구하고 민주의 목소리가 휘청거렸다.

 "그랬구나. 기현 선생님은 잘 지내신대요? 저한테는 이제 연락 안

하시거든요. 제가 수술한 거 선생님도 아세요?"

그때였다. 겨우 몸을 일으키고 선 민주의 눈에 갑자기 눈물이 맺히더니 툭 떨어졌다.

"피디님! 죄송해요. 제가 괜히 선생님 얘기를…"

유리가 사과를 채 마치기도 전에 민주가 그녀를 끌어안았다.

"미안하다 유리야. 나는 더 이상 못하겠다. 너에게 할 말이 많은데… 나는 차마 끝까지 전할 자신이 없다. 미안해 유리야."

그녀는 급히 계단을 내려가 버렸다. 감당할 수 없는 상황에서 도망치는 사람의 뒷모습이었다. 대체 이 집에는 누가 살고 있단 말인가?

유리는 옥탑방 문 앞에 섰다. 번호 키가 달린 문은 잠겨 있었다. 비밀번호를 몰랐다. 유리는 문을 쾅쾅 두드렸다. 응답이 없었다. 귀를 문에 대어 보았다. 무슨 소리가 들리는 것 같기도 했고 아닌 것 같기도 했다.

유리는 엄마가 돌아올 때까지 솟구치는 궁금증과 불안함과 싸웠다. TV를 켜놓았지만 그 재미있는 TV 프로그램도 눈에 들어오지 않았다.

'오 피디님은 왜 옥탑방에 들렀을까? 왜 미안하다고 되풀이해서 얘기했을까? 무슨 일이기에 눈물을 보이고 도망쳤을까?

엄마가 일을 마치고 들어왔다. 유리는 괜히 아무렇지 않은 척하기가 싫었다.

"엄마. 아까 선생님 옥탑방에 갔었어요. 그런데 오 피디님 만났다?"

거기까지만 말했는데도 엄마는 흠칫 놀라며 시선을 피한다.

"왜 그래요? 대체 무슨 일인데요?"

엄마의 입술이 파르르 떨렸다. 그녀는 식탁 의자에 앉았다. 유리도 맞은편에 앉았다. 엄마는 어떻게 이야기를 시작해야 할지 모르는 표정이었다.

"빨리 얘기해요. 이런 기분은 정말 싫어요. 나만 바보가 된 것 같잖아."

"기현 선생님 얘기다."

그 정도는 짐작했다. 유리는 고개를 끄덕이며 이야기를 들을 준비가 되었음을 보여주었다.

"작년 가을 어느 날이었다. 청소 일을 마치고 나오는 길에 선생님한테 문자가 왔더라. 중요한 이야기가 있다고 하셔서 전화를 걸었지. 많이 아프다고 하시더라. 간암 말기라고. 몇 달 남지 않았다고 하셨어."

유리는 몸에 힘이 쭉 빠졌다.

"선생님은 유럽으로 유학을 갈 계획도 아니었고 오 피디님하고 사귀는 것도 아니었어. 너에게 선물을 주고 싶어서 모든 것을 꾸미신 거야."

"무슨 선물요? 뭘 꾸며요? 나는 무슨 소린지 모르겠어. 지금 선생님 어디 계세요? 병원에 계세요? 나 당장 선생님 보러 갈래."

유리는 일어서서 엄마의 손을 거칠게 낚아챘다. 엄마는 울먹이며 고개를 저었다.

"선생님은 병원에 안 계셔."

"그럼 어디 있는데요?"

"네 몸속에."

입안이 말라왔다. 현기증이 서서히 몰려왔다. 그럴 리가 없는데?

"각막은 누구를 지정해서 줄 수 없잖아요? 제가 어떻게 선생님 각막을 받아요?"

"딱 한 가지 예외가 있지. 가족."

"그런데 어떻게……."

"선생님은 나한테 청혼을 하셨어."

"청혼? 엄마한테요?"

"너에게 눈을 주기 위한 유일한 방법이니까. 엄마는 무서웠다. 그럴 수 없다고. 어떻게든 치료해보시라고 했는데 선생님은 완강했어. 자기 죽음을 헛되게 만들지 말라고 부탁하셨어. 수술 며칠 전에 혼인신고를 마쳤다."

"엄마하고 선생님이 결혼을 했다고요? 그럼 지금 선생님은……."

"돌아가셨어."

그제야 의문이 풀렸다. 갑자기 각막 이식 차례가 돌아온 이유도, 상태가 최상인 각막이 아니면 성공 확률이 희박하다던 수술이 성공한 이유도. 기적이라고만 믿었는데. 선생님이 언제 돌아가셨는지 알겠다. 며칠 전, 이식 수술을 하던 날이었겠지. 선생님이 마지막 숨을 내쉬자마자 각막을 떼서 내 눈에 옮겼겠지.

현기증이 그녀를 집어삼켰다. 정신을 지탱하는 구조물이 하나씩 허물어지는 기분이었다. 다리에 힘이 풀려 벽에 손을 짚었다.

"선생님이 절대로 너에게 알려주지 말라고 하셨어. 그럼 네가 수술을 거부할 거라고. 오 피디님도 그래서 거짓말을 할 수밖에 없었어. 안 그래도 곧 얘기할 참이었다."

유리는 팔을 휘두르며 소리를 질렀다. 엄마가 그녀를 안아주려고 했으나 허사였다.

"나 눈 필요 없어. 눈 없이도 잘 살았어. 선생님 돌려내. 우리 선생님 살려내라고! 누가 눈 필요하댔어! 내 눈 가져가고 선생님 돌려달라고!"

유리는 미친 사람처럼 절규했다. 빈말이 아니라 진심이었다. 한 마리 짐승처럼 날뛰는 그녀를 엄마도 말릴 수 없었다.

72

오월다운 바람이 부는 오후였다. 유리는 선생님의 옥탑방 앞에 섰다. 오 피디가 가르쳐준 네 자리 번호를 또박또박 누르자 문이 열렸다. 다섯 평도 채 되지 않는 방에 들어서는 순간, 얼어붙고 말았다.

온통 그녀인 방이었다. 천장과 창문을 제외한 모든 벽에는 그녀의 사진과 기사를 프린트 한 종이가 빼곡하게 붙어 있었다. 벽지나 다름없었다. 흐뭇한 미소를 띤 채 한 장 한 장 그녀의 흔적을 벽에 붙이는 선생님의 모습이 눈에 선했다.

한쪽에 놓인 키보드와 음악 작업용 컴퓨터가 보였다. 방에 있는 물건들을 하나하나 쓰다듬었다. 모니터 스피커에서는 당장 음악이 흘러나올 것만 같았다. 구석구석 먼지 하나 없이 깨끗한 걸 보면 오 피디님이 자주 들러 청소를 한 모양이었다.

이불이 반으로 접혀있는 매트리스 앞에서 허리를 굽혀 냄새를 맡아보았다. 선생님의 체취가 희미하게 남아 있었다. 그녀는 형언키 어려운 감정에 휩싸였다. 무채색의 얼룩으로 기억되었던 추억들이 선명한 색과 형체로 되살아나는 순간이었다.

 이 방은 선생님의 선물이었다. 첫 레슨부터 마지막 레슨까지, 둘이 함께 한 시간이 어떤 모습이었는지 보여주는 둘 만의 박물관이었다. 다시 이때로 돌아갈 수 있다면 평생 앞을 못 보고 살아도 좋아. 그녀는 사무치는 그리움에 몸을 떨었다.

 컴퓨터 자판 옆에 나무 상자가 놓여있었다. 유리는 떨리는 손으로 상자 뚜껑을 열었다. 하얀 사기로 만든 유골함이 있었다. 유리는 유골함을 품에 안아보았다. 차갑다. 그제야 실감이 났다.

 선생님은 이제 없다.

 온통 그녀인 방에서, 그녀는 신을 저주하며 통곡했다.

 상자 안에는 유골함과 함께 편지가 들어 있었다.

 유리에게.

 이 편지를 볼 때쯤이면 두 눈을 찾은 뒤겠지? 수술이 실패하면 편지를 찢어달라고 부탁했으니 말이야. 너와 함께 부른 〈축배의 노래〉를 들으며 편지를 쓴다.

 고맙다. 너는 빛을 선물 받았다고 생각하겠지만 빛을 선물 받은 사람은 나였어. 널 만나기 전에는 삶의 모든 순간을 후회했다. 그러나 지금은 한순간도 후회하지 않아. 우연이라고 생각했던 일들이 모여 기적을 이루었으니까. 사람들은 죽으면 암흑에 묻히지만 나는 너의 빛으로 다시 태어나잖아.

그리고 미안하다. 거짓말을 해서. 너를 여자로 생각한 적이 한 번도 없냐고 물었지. 나는 없다고 말했지. 아니다. 너는 나에게 온통 여자였다. 나는 너를 향한 갈망에 가슴이 뛰었다. 또 무서웠다. 행복하면서 또 괴로웠다. 안고 싶던 너의 알몸이, 입 맞추고 싶었던 너의 입술이 자꾸만 생각난다. 나에게 미련이 있다면 오직 너뿐이다.

우리 이야기가 오페라라면 특이한 오페라겠지? 보통 소프라노가 죽고 테너가 사는데 우리는 반대잖아. 게다가 우리 오페라는 해피엔딩이잖아. 암흑에 갇혀있던 너는 빛을 얻었고 절망에 갇혀있던 나는 희망을 얻었으니. 그리고 영원히 함께 있을 테니. 이것만큼 좋은 결말이 있을까?

나의 프리마돈나, 처음이자 마지막으로 사랑했던 여자, 나의 전부. 모두 너였다.

조금만 기다려. 진짜 빛을 들고 너에게 갈게.

봉투 안에는 편지와 함께 사진이 한 장 들어 있었다. 선생님을 만난 뒤로 자주 기록을 갱신하던 '내 인생 최고로 행복한 날' 중 최고 기록. 방송국에서 선생님과 함께 노래를 부르고 나오는 길에 루미가 핸드폰으로 찍어준 사진을 출력한 것이었다. 벽에 붙어있었는지 사진 윗부분에는 압정 구멍이 선명했다.

유리는 세상을 다 가진 사람처럼 환하게 웃고 있다. 선생님도 웃고 있다. 참 정답게도 고개를 맞대고. 앞이 안 보이는 소녀와 반쪽 얼굴을 잃은 남자는 행복해 보인다. 둘은 동지 같기도 하고 부녀 같기도 하고 연인 같기도 하다.

그녀는 기억했다. 이곳에서 시작해 이곳에서 끝난 인연을. 눈물겨운 추억이 하나둘씩 별자리를 이루면서 반짝였다. 그것은 그녀의 첫사랑이었고 모든 첫사랑이 그러하듯 마지막 사랑이었다. 다만 그녀의 사랑이야기는 다른 이들의 첫사랑, 혹은 마지막 사랑보다 조금 특별했다. 음악이 함께 하는 오페라였다.

그녀는 사진을 품에 안고 노래를 시작했다. 〈달에게 부치는 노래〉. 노래를 마치자 서서히 커튼이 내려왔다. 그녀는 눈을 감고 커튼이 완전히 닫힐 때까지 가만히 서 있었다. 그렇게 오페라는 끝났다.

—끝—